Thomas Keneally

Am Rande der Hölle

Roman

Aus dem Englischen
von
Kurt Heinrich Hansen

Deutsche Verlags-Anstalt

CIP-Kurztitelaufnahme der Deutschen Bibliothek

Keneally, Thomas
Am Rande der Hölle : Roman. –
Stuttgart : Deutsche Verlags-Anstalt, 1978.
Einheitssacht.: Season in purgatory «dt.»
ISBN 3-421-01850-2

Titel der Originalausgabe: Season in Purgatory
© 1976 by Thomas Keneally
© 1978 der deutschen Ausgabe: Deutsche Verlags-GmbH, Stuttgart
Lektorat: Ulrike Killer
Typographie: Günter Saur
Gesamtherstellung: Richterdruck Würzburg
Printed in Germany

Für meinen Bruder John Patrick

Vorbemerkung des Autors. Dieser rein fiktive Roman beruht auf Ereignissen, wie sie sich 1943 und 1944 vor der dalmatinischen Küste abgespielt haben. Die Figuren – mit Ausnahme von Tito selbst – sind erfunden und haben weder in ihrem Äußeren noch in ihrem Verhalten oder ihrer beruflichen Laufbahn irgendwelche Ähnlichkeit mit Offizieren, Ärzten oder Partisanen, die seinerzeit dort gelebt haben.

Vor einigen Monaten besuchte Frau Moja Javić, eine temperamentvolle jugoslawische Witwe, ihren Sohn, einen Weinimporteur, in London. Sie bat ihn, ihren lieben Freund David Pelham, der dreizehn Jahre jünger war als sie selbst, in seine Villa in Fulham einzuladen. Pelham war zu dieser Zeit in der westlichen Welt als einer der besten Orthopädie-Chirurgen anerkannt. Er hatte die Standardwerke über mehrfache Knochenbrüche und Hüftgelenkschäden geschrieben. Aber er war nicht der Typ eines prominenten Arztes. So hatte er es ausgeschlagen, geadelt zu werden, weil er es für pure Eitelkeit und überholt hielt, war dann aber eitel genug, seine Ablehnung im Kollegenkreis durchsickern zu lassen. Sie wußte auch einiges über sein Privatleben. Von seiner Frau, die 1964 an Krebs starb, hatte er keine Kinder und lebte jetzt anscheinend glücklich mit einer schlanken, gut aussehenden Dame aus Knightsbridge zusammen. Aber aus einer gewissen Empfindlichkeit, die sich aus ihrer gemeinsamen Vergangenheit erklärte, brachte er sie zu dem Treffen mit der jugoslawischen Witwe nicht mit. Er kam allein.

Er erschrak, als er sah, wie vergrämt Frau Javić wirkte. Die feinen Züge ihres Gesichts waren wie verwischt. Obwohl ein wenig von seiner alten Leidenschaft zu ihr wach wurde, wagte er es nicht, sie kräftig in die Arme zu schließen, aus Angst, daß ihr zerbrechlicher Körper das nicht aushalten würde. Sie hatte Schmerzen in der Brust... ein Virus, sagte sie. Pelham sah ihr in den Hals und holte aus der Nachtapotheke Librium für sie. Als dann aber beim Essen, nach dem zweiten Gang, Schmerz und Kurzatmigkeit sie so entkräfteten, daß ihr Kopf vornübersank, ging er zum Telefon, um den Krankenwagen zu bestellen.

„Das machst du nicht, David", keuchte sie, als er schon die Nummer wählte.

Im St. Stephen Krankenhaus behandelte man sie wegen Verschlusses der Herzkranzgefäße. Als Pelham sie besuchte und den unförmigen, anonymen Hospitalkittel sah, in den man sie gesteckt hatte, glaubte er, sie schon in ihrem eigenen Totenkleid vor sich zu haben. Diese Vorahnung bestürzte ihn um so mehr, als er daran gewöhnt war, als praktizierender Arzt täglich mit derlei gekleideten Patienten umzugehen.

Er sagte: „Die Ruhe wird dir guttun, Moja."

Als er ging, drängte es ihn, mit den Schwestern und dem jüngeren Arztpersonal zu sprechen und ihnen zu sagen: „Bitte, nehmen Sie sich der alten Frau nach Kräften an. Sie wird auf dem Balkan wie eine Göttin verehrt, und ohne sie hätte ich das Leben auf der schrecklichen Insel Mus nicht ertragen."

Am Tag darauf, als er seine Operationen am Royal Free

Hospital hinter sich hatte, begab er sich am frühen Nachmittag wieder zum St. Stephen Krankenhaus. Er traf im Vorraum mit dem jungen Javić zusammen und wußte, ohne daß er es ihm zu sagen brauchte, daß Moja nicht mehr am Leben war.

„Vor wenigen Minuten", sagte der junge Javić. Der junge Mann, schien es Pelham, hatte einen doppelten Verlust erlitten. In seiner Heimat hätten die Nachbarsfrauen die Mutter feierlich mit Schleier und Schürze bekleidet und ihr Klagelied um den Leichnam angestimmt. Und auch die Männer wären im Zimmer der lieben, toten Moja gewesen und hätten mit ihm getrunken. Hier in London würden ihm als spärlicher Trost nur die weißen Beileidskarten bleiben, und der eine oder andere Geschäftsfreund würde ihm die Hand auf die Schulter legen.

Wir glaubten, alles so gut hinbekommen zu haben, dachte Pelham, indem wir unser Hirn oder unsere Eingeweide nicht auf der barbarischen Insel Mus ließen. Und nun ist Mojas Flucht zu einem Ende gekommen.

Er rief die Verwaltung an und erhielt die Erlaubnis, sich Moja ansehen zu dürfen. Sie wirkte mit ihrem durchscheinenden Gesicht sehr schmächtig. Das Gefäß mit der Kochsalzlösung stand verloren neben ihrem Bett, und er sah das kleine Loch in ihrer Hand, in das das Mittel gegen Gerinnung gespritzt worden war.

Als er wieder unten war, nahm er Javić beim Arm. Es war Zeit für einen doppelten Whisky.

Javić sagte: „Die Beerdigung ist am Donnerstag."

„Donnerstag? Aber ..."

„Sie hat nichts dagegen, in England begraben zu werden. Ich bin in England. Sie sind in England." Pelham dachte an die elenden Friedhöfe in den Londoner Vorstädten.

Javić sagte: „Beigesetzt wird sie auf dem Friedhof der Serbischen Orthodoxen Kirche im Bethnal Green. Es ist ein kleines Stück Serbien."

„Auf dem Friedhof Tower Hamlets?"

„Ja. Es hätte ihr dort gefallen."

Betroffen hörte Pelham Javić über sein Glas hinweg sagen: „Sie waren ihre große Liebe."

Pelham hüstelte. „Ich weiß nicht, hat sie Ihnen etwas erzählt ... über unsere ..."

„Nie in abwertender Weise."

„Schön." Pelham, ganz unvorbereitet auf diese Gesprächswendung, mußte sich, hier im Salon des Hotels, entschuldigen und sich, weil ihm die Tränen kamen, in die Herrentoilette zurückziehen.

Am Donnerstagmorgen wurde Moja Javić, geliebt von Javić und Pelham und einst Matriarchin der Zweiundzwanzigsten Partisanendivision, in einer sonnigen Ecke des Friedhofs ihrer heimischen Kirche in die Erde gelassen. Der Ort, durch Mauern abgeschirmt gegen Verkehr, Rowdys und Schulkinder, war angemessener für sie als Pelham es erhofft haben konnte.

Fielding (der Pelham seinerzeit auf Mus die Instrumente zugereicht hatte und jetzt Professor für Slawistik an der Universität Hull war) und seine slowenische Frau Jela nahmen ebenfalls an dem Begräbnis teil.

Durch den Tod entstand Pelham eine Pflicht, der er nachkommen mußte. Vor einem Monat flog er daher nach Belgrad, mietete sich einen Wagen und fuhr südwärts durch das Hügelland Serbiens zu einem Dorf in der Nähe von Čačak. Hier betrieb ein alter Mann namens Jovan, einst sein Arzthelfer auf der Insel Mus, das Geschäft eines Steinhauers. Oder es war vielmehr sein Sohn, der es betrieb, während er selbst mit einer weißen Wollmütze auf dem Kopf verschmitzt blinzelnd in der Sonne saß.

Jovan hieß Pelham mit einem schrillen Pfeifen willkommen, rief seinen Sohn, schenkte Slibowitz ein – der für Pelham den Geschmack von Todesgefahr und Jugend hat – und brachte jenes Sirupgebäck an, das den Namen *Slatko* trägt. Dann redeten sie miteinander.

„Jovan", sagte Pelham, „ich möchte, daß Sie mir einen an der Straße aufzustellenden Gedenkstein für Moja zurechthauen. In der echten serbischen Art. Als Inschrift denke ich mir etwa: Ich bin Moja Javić, Mutter und Ratgeberin der Zweiundzwanzigsten Partisanendivision auf der Insel Mus und später der Vierten Partisanendivision in den Bergen Bosniens. Ich half vielen Verwundeten, ohne mir selbst helfen zu können und verschied ... und dann setzen Sie das Datum hin, Jovan."

„Das ist genau der Stil von solchen Gedenksteinen, Kamerad Doktor."

„Freut mich, daß Sie das sagen, Jovan."

„Und was für ein Bild soll auf den Stein, Freund?"

„Sie können sich's denken, Jovan. Die Geräte, mit denen sie gearbeitet hat. Und meinen Sie ...?"

„Was?"

„Sie könnten das Bild eines Röntgenapparates einmeißeln?"

„Ja. Das können wir. Ganz primitiv, natürlich."

„Das wäre genau richtig."

„Ein Problem ist allerdings, daß *Krajputaši* heutzutage nur in beschränkter Zahl aufgestellt werden dürfen. Sie brauchen eine Genehmigung vom zuständigen Untersekretär des Stadtrats von Čačak."

„Meine Güte!"

„Ich kenne ihn. Er ist kein schlechter Mensch. Wir könnten jetzt zu ihm hinfahren, wenn Sie wollen."

Darauf fuhren sie die wenigen Kilometer nach Čačak, vorbei an der Kirche, und hielten vor einem zweistöckigen Gebäude mit einem Neonstern darüber, der die Serben nachts mit seinem Glanz aufmunterte. Das Büro des Untersekretärs war kaum größer als vier Quadratmeter.

Der Untersekretär mit seinem schütteren Haar war ein beflissener Mann, er hatte die unangenehme Art von jemandem, der höchstwahrscheinlich zu Besserem berufen war, als zu bestimmen, wer ideologisch untadelig genug war, um einen *Krajputaši* an der Landstraße aufstellen zu dürfen.

Er und der angesehene Kamerad Doktor Pelham, sagte Jovan zu dem Mann, suchten um die Genehmigung nach, einen Gedenkstein für die in Čačak aufgewachsene Moja Javić errichten zu dürfen.

Pelham verstand nicht alles, was gesagt wurde. Der Untersekretär sprach mit einem fremdartigen Akzent, und

außerdem hatte Pelham viel von dem verlernt, was er sich seinerzeit unter Streß auf Mus an Serbokroatisch angeeignet hatte. Die Unterhaltung verlief in groben Zügen etwa so: *Untersekretär:* In Čačak aufgewachsen? Ich denke, sie ging in Wien zur Schule. Und dann auf die Wiener Universität.
Jovan: Aber ihre Familie lebte in Čačak.
Untersekretär: Landadel! Sie und ich wuchsen in ihrem Schatten auf, Jovan.
Jovan: Sie wurde Partisanin. Sie können sich nicht vorstellen ...
Untersekretär: Wir waren alle Partisanen.
Jovan: Sie aber schon 41. Und Sie?
Untersekretär: Ich beanspruche für mich keinen *Krajputaši*.

Für Pelham war dieses Gerede unerträglich. Er mischte sich ein. „Herrgott nochmal! Der große Josip hat sie gekannt ..."

„Der große Josip? Tito?"

„Von ihr bekam er Tabletten gegen Brechreiz."

„Brechreiz?" Dem Untersekretär schien es gar nicht zu passen, daß ihm die Krankheitssymptome des Halbgotts unter die Nase gerieben wurden.

„Sie brachte ihm Suppositorien", sagte Pelham. „Als sie starb, schickte er ihrem Sohn ein Telegramm."

Jovan, Liebe mit einer Gebärde seiner Hände andeutend, sagte: „Es hieß sogar, daß sie beide ..." Es fiel ihm aber ein, daß auch Pelham Moja nahegestanden hatte, und so schwieg er verlegen.

Der englische Arzt sagte: „Aller Wahrscheinlichkeit nach würde Tito selbst für einen *Krajputaši* für sie sorgen. Er hat sich vermutlich deswegen nicht darum gekümmert, weil er Kroate ist und Kroaten keinen Wert auf solche Gedenksteine legen, aber wenn ich mit ihm telefonierte, würde er sofort einwilligen."

„Das ist wahr", sagte Jovan mit tiefer Stimme.

Und der Untersekretär konnte sich dem nicht verschließen. Man sah ihm die Gedanken an, die ihm durch den Kopf gingen: Was springt für mich dabei heraus, wenn ich zu pingelig bin?

Als Pelham Jovan nach diesem Gespräch bei seiner Werkstätte absetzte, sagte er, er würde im August herkommen, um sich den Stein anzusehen.

Jovan sagte: „Warum fahren wir beide nicht mal rüber nach Mus, Doktor?"

Pelham zuckte zusammen. Der Name Mus rief in ihm so seltsame Erinnerungen wach. Dort war er nicht nur jung gewesen, es war für ihn auch ein Ort blutiger Opfer und zugleich des Weines, der Liebe und des Gestanks von brandigen Wunden. Vor allem aber des Wahnsinns, an dessen Schwelle er gestanden hatte.

Jovan sagte: „Es ist heute eine Insel für reiche Touristen. Vor Grevisa baden sie nackt. Bald werden sich die Reiseagenturen darüber hermachen. Dann ist es zu spät für eine Pilgerfahrt."

Pelham sah Jovan voll in die blinzelnden Augen. „Ich weiß nicht recht, Freund. Der Kopf ist mir jetzt ein wenig voll von Gedanken an Moja."

Von sich selbst angewidert, dachte er: das ist alles, was ich, selbst auf Serbokroatisch, über sie zu sagen gewillt bin.

1

Im September 1943 arbeitete David Pelham als junger Sanitätsoffizier in einem Militärhospital in Bari. Er, ein großer dunkeläugiger junger Mann, war damals 27. Er war an der italienischen Küste mit einer Fallschirmjägerdivision der Achten Armee gelandet. Das Hospital hatte man in einer Mädchenschule untergebracht. Etwa eine Woche hatte er als Narkosearzt für dienstältere Sanitätsoffiziere gearbeitet, die mit Bauch-und Brustverwundungen befaßt waren. Gelegentlich gestattete man ihm, weniger schwere Verwundungen durch Granatsplitter selbst zu operieren oder, wenn Hochbetrieb war, ein gequetschtes oder zerschmettertes Bein zu amputieren. Aber die Kämpfe verlagerten sich bald weiter nach Norden. Pelhams Sanitätseinheit geriet mit dem Hospital in die Etappe. Vierzehn Tage darauf kamen Brigadiers, um sich ihre Hämorrhoiden operieren oder ihre Krampfadern beseitigen zu lassen. In den Betten, die vorher mit schwerverwundeten und totenblassen Soldaten mit geringer Überlebenschance belegt waren, lagen jetzt rüpelhafte Tripperkranke aus dem Sizilienfeldzug.

Einige Wochen zuvor hatte er ein Formular unterschrieben, in dem Sanitätsoffiziere mit Fallschirmausbildung als Freiwillige für den Frontdienst gesucht wurden. Er hatte es nach reiflicher Überlegung unterzeichnet, ohne allerdings zu erwarten, daß es irgendwelche Folgen haben würde. Seine Meinung war, daß jemand, der im Sanitätskorps Dienst tat, auch über ärztliche Fronterfahrung verfügen müßte. Andernfalls könnte er ebenso gut als praktischer Arzt in dem Nordwales seiner Vorväter bleiben. Eines Tages entschloß er sich, die älteren Offiziere anzurufen, die seinen Vater gekannt hatten. So sprach er mit einem Brigadier.

„Pelham? Ihr Vater ist George Pelham?"

„Ja."

„Der Orthopäde?"

„Ja, Sir."

„Aha! Worum geht's denn? Sie meinen, Sie sind zu Besserem berufen, als Ihre Zeit in einem Etappenlazarett zu vertrödeln?"

„Mir geht es um Fronterfahrung, Sir."

„Das kann ich verstehn. Wir könnten Sie in ein Frontlazarett versetzen. Wie wär's mit der Gustav-Linie, hm?"

„Ich wäre Ihnen sehr verbunden, Sir."

„Halt, so schnell geht das nicht. Ich muß erst einmal das Ding suchen, unter das Sie Ihren Namen gesetzt haben."

„Hoffentlich macht Ihnen das nicht zu viele Umstände, Sir."

„Ah was, tu ich gern. Ihr Vater war immer sehr nett zu mir."

Am nächsten Abend saß Pelham mit einer schwarzhaarigen Schwester des Hospitals in der Bar des Imperiale. Pelham war Anglokatholik. Es war ihm mit seiner Religion immerhin so ernst, daß er niemals nur deswegen mit einer Frau ins Bett gegangen wäre, weil sie verfügbar war. Diese Frau war verfügbar und ödete ihn an. Die letzte Viertelstunde hatte sie damit zugebracht, ihm zu erklären, wie einflußreiche Cliquen im Littlehamptoner Tennisverband ihren Vater achtzehn Monate lang so in die Enge getrieben hatten, daß er schließlich die Präsidentschaft niederlegte. Daddy ist seit diesem Tag nicht mehr das, was er früher mal war, erzählte sie Pelham.

Als gerade ein Buchhalter namens Gollings Daddy in der Wechselstube skrupellos betrog, tauchte ein Brigadier im Rücken der Krankenschwester auf.

„Ah, da sind Sie ja", sagte der Brigadier. Es war der Mann, den Pelham tags zuvor angerufen hatte. „Ich habe Sie doch gleich an der starken Ähnlichkeit erkannt", fügte er hinzu.

Pelham stellte ihn der Schwester vor. Oh, ja, er kannte Littlehampton, war oft von Bosham um Selsey Bill gesegelt und hatte beim Segelklub Anker geworfen.

Die Schwester ging zur Damentoilette. Während sie draußen war, beugte sich der Brigadier über seinen doppelten Scotch und blickte Pelham väterlich an.

„Ein Charmeur", sagte er. „Wünschte mir halb soviel Glück wie ihr jungen Dachse."

17

„Wissen Sie, Sir ..."

„Na hör'n Sie. Sie woll'n mir doch nicht erzählen, daß Sie mit ihr nicht ..."

„Ich erinnere sie zu sehr an ihren Bruder. Das ist es, Sir. Ich habe ihr versucht zu sagen – na ja, wenn es so ist ... wenn Sie in mir nur einen Bruder sehn ..."

„Ich verstehe genau. Das Leben ist zu kurz, Pelham. Für mich noch mehr als für Sie."

Sie tranken.

Der Brigadier sagte: „Wenn das so ist, ich meine, wenn Sie da wirklich raus wollen ..."

„Das will ich, Sir."

„Ich könnte die Dame zurückfahren und sie bei ihrem Quartier absetzen. Von einem alten Mann wie mir hat sie keinen Ärger zu erwarten."

„Ich wäre Ihnen sehr dankbar, Sir."

Pelham senkte die Stimme. „Ich glaube, sie wäre sogar ganz froh darüber."

Der Brigadier hüstelte. „Also, das sagen Sie doch nur, weil Sie ein höflicher Mensch sind."

In Pelhams dunklem, mehr oder weniger feingeschnittenem Gesicht drückte sich so etwas wie entschlossene Aufrichtigkeit aus. Das war eine Masche, mit der er immer bei den leitenden Ärzten im St. Bartolomew's Hospital ankam.

„Ich halte es für unmoralisch, in solchen Dingen nur höflich zu sein."

„Ganz recht." Der Brigadier trank. Mit seinen Lippen befeuchtete er genüßlich den Rand des Glases. Er sagte:

„Diese Sache, um die Sie sich beworben haben ..."

„Ja, Sir?"

„Sie sagten, Sie wollten als Chirurg Erfahrung sammeln. Dazu hätten Sie dort massenhaft Gelegenheit."

„Ich verstehe."

„Sie können mit einem Fallschirm umgehen?"

„Ich habe eine Ausbildung in einer Fallschirmjägerdivision hinter mit."

„Denken Sie bitte keine Sekunde, daß ich Sie bevorzuge. Außer Ihnen haben sich nur drei gemeldet."

„Bei dieser Sache ... Worum handelt sich's denn, Sir?"

„Es ist drüben, auf der anderen Seite der Adria. Sie werden als Patienten Jugoslawen haben. Ganze Schiffsladungen von denen, sage ich Ihnen."

„Ich dachte, das Land wäre von den Deutschen besetzt."

„Mehr oder weniger schon. Es ist einigermaßen kompliziert." Das Mädchen aus Littlehampton kam zurück, und der Brigadier lächelte ihr mit einem Seitenblick zu. „Der Mann, mit dem ich gesprochen habe, kennt sich aus. Er meint, Sie werden da schon mit heiler Haut herauskommen. Er hält Kontakt ..."

Nachdem Pelham sich verabschiedet hatte, ging er in eine andere Bar, fand dort Freunde, trank aber nicht viel, da er fit bleiben mußte. Alles in allem war ihm leicht ums Herz: Eine Aufgabe kam auf ihn zu und beendete die Sinnlosigkeit seines Daseins.

Am anderen Morgen mußte er anästhesieren. Eine Schädeloperation an dem Fahrer eines Panzers. Blinddärme, die herausgenommen werden mußten. Gegen Ende des vormittäglichen Programms klopfte jemand an die Tür des Operationssaals, und eine Schwester ging, um nachzuschauen, wer es war. Als sie zum Sauerstoffgerät zurückkam, sprach sie – Maske gegen Maske – mit Pelham.

Im Verwaltungsbüro wartete dringend ein Offizier auf ihn. Der operierende Arzt sagte, er sollte gehen. Ein Sanitäter, Fielding war sein Name, würde ihn vertreten.

Pelham legte im Sterilisationsraum Kappe, Kittel, Maske und Handschuhe ab und überquerte in der hellen Herbstsonne den Platz. Als er das Büro betrat, stand der Verwaltungsoffizier auf und ging hinaus, so daß er mit dem schneidigen Offizier allein blieb. Der Mann hinkte, hatte, wie es schien, ein Holzbein. Unter einer saloppen Lederweste mit Majorsabzeichen trug er ein Hemd mit hawaiianischem Muster.

„Sie gehören jetzt als Captain der Fronttruppe an", sagte er. „Okay?"

„Ja, Sir."

„Mein Name ist Rankin. Mir untersteht das Kommando 147. Wir können tun, was wir wollen, sind eben dem Außenministerium unterstellt. Außer General Alexander hat uns niemand etwas zu sagen. Wie finden Sie das?"

„Ich bin sehr neidisch."

„Kein Grund vorhanden. Gehören jetzt selbst dazu. Sie. Können Sie springen?"

„Ja."

„Gut. Sie werden zu den Jugoslawen geschickt. Aber nicht einfach zu den Jugoslawen. So ist das nicht."

Rankin blinzelte wie irre, vielleicht drückte sich darin seine Begeisterung für die Balkanfrage aus. Die träge Stimme konnte einen nicht ganz von seinem Desinteresse überzeugen.

„Wissen Sie etwas über Jugoslawien?"

„Nichts."

„Also, das ist etwa so. Als der Feind das Land besetzte, teilten sich die Jugoslawen – zerfielen praktisch – in drei Gruppen. Eine davon war die kroatische Ustascha, Wahnsinnige, geführt von einem kleinen, bösartigen Mann mit Namen Pavelić. Sie kollaborierten von Anfang an mit den Deutschen und tun es heut noch. Pavelić hat dafür seinen Lohn erhalten. Er ist Präsident eines Ustascha-Kroatiens. Die Ustascha sind, politisch gesprochen, die Busenfreunde der Nazis und hassen die meisten ihrer Landsleute, besonders die Serben und die Mohammedaner. So töteten sie zum Beispiel 1941 in Zagreb 300 000 Serben – eine ungeheuerliche Zahl, von welcher Seite man es auch betrachtet."

Aus Höflichkeit gab Pelham ihm zu, daß dies eine schockierende Zahl sei. Er selbst sah darin nichts weiter als eine statistische Angabe einer Nachrichtensendung.

„Als erstes also die Ustascha. Dann gab es in der Königlich Jugoslawischen Armee Elemente, die dem Feind Widerstand leisteten. Geführt werden sie von einem General mit Namen Mihajlović. Ein wunderbarer Mann, ich bin oft mit ihm zusammengewesen." (Hier strich sich Rankin, ihm selbst kaum bewußt, über das künstliche Bein). „Mihajlović' Leute nennen sich Tschetniks. Der Jammer war bloß, daß der arme alte Draža – Mihajlović, meine ich – auf passive Weise mit dem Feind zusammenzuarbeiten begann. Immer wenn deutsche Soldaten überfallen wurden, führten die Deutschen eine große Menge von Leuten als Geiseln ab und rächten sich blutig. So erschossen sie in der Stadt Kragujevac alle Jungen und Männer, die über fünfzehn Jahre alt waren. Siebentausend im ganzen. Also wandte sich Draža an die Deutschen und schlug ihnen, einfach weil auf diese Weise zu viele Zivilpersonen ums Leben kamen, Koexistenz vor. Draža hat zweifellos vor, diesen Banditen bei Gelegenheit in den Rücken zu fallen. Aber ‚bei Gelegenheit' ist nicht genug. Damit fielen also die Tschetniks aus. Schade."

Tatsächlich schien Rankin ihnen einen Moment nachzutrauern, als wären diese Leute mehr nach seinem Geschmack.

„Die dritte Gruppe", fuhr er fort, „besteht aus denen, die aktiv kämpfen und den Feind um jeden Preis zu vernichten suchen. Im Gegensatz zu den Tschetniks finden sie erst seit kurzem Unterstützung durch uns. Sie, mein Lieber, sind ein Teil dieser Hilfe. Diese Gruppe ist ausgerüstet mit Waffen und Uniformen, die sie den Gefallenen des Feindes abnimmt. Ihr Führer ist ein ehemaliger Gefreiter – Gott steh uns bei! – der österreich-ungarischen Armee. Sein Spitzname ist Tito, sein Hauptquartier befindet sich augenblicklich in Bosnien. Seine Streitkräfte nennen sich Partisanen. Dieser Tito hat nicht nur einen Guerillakrieg entfesselt, sondern auch einen politischen und zivilen Aufstand organisiert. Sie werden in

Kürze mit ihm zusammenkommen. Mit ihm und der lieben Moja Javić."

„Moja ...?"

„Sie wird Ihnen mit Rat und Tat zur Seite stehen. Sie tut das bei allen, das ist einfach ihre Art. Eine charmante Frau. Kosmopolitin. Spricht Englisch, Deutsch, Französisch, Russisch ... diese Art von Typ ist sie. Und jetzt kommen Sie und lernen Sie die Mädchen kennen."

„Die Mädchen?"

„Ja. Sie wissen, diese entzückenden Dinger, von denen Sie in Ihrer Jugend umgeben waren."

Draußen wartete ein Wagen mit dem Fahrer am Steuer. An der Stoßstange eine rote Plakette, darauf eine goldene Krone und drei goldene Sterne.

Rankin sagte: „Irgendso ein Brigadier bestand darauf, daß man Ihnen das da zur Verfügung stellt. Weiß der Himmel, womit Sie das verdient haben."

Das Mädchen aus Littlehampton, dachte Pelham, muß nach dem Geschmack des Brigadiers gewesen sein.

Sie fuhren in südlicher Richtung. Das Licht war grell, das Meer sanft und von adriatischem Blau. Verführerisch wie der Jahresbericht einer betrügerischen Aktiengesellschaft. Denn dort drüben vollbrachten die Kroaten und Serben und auch die Deutschen ihre bestürzenden Greueltaten. Da er bald mitten darin sein würde, dachte er: Wohin fließt all das Blut ab?

Als ob der seltsame Major Rankin Ähnliches gedacht hätte, zeigte er mit dem Daumen zum Kalkplateau der Murge jenseits der Küstenebene.

„Da liegt Cannae. Sie wissen, wo Hannibal an einem Nachmittag 70 000 Männer tötete. Selbst den Experten von heute dürfte das schwerfallen, was?"

Er brachte sein Kunstbein auf der Matte im Wagen des Brigadiers in eine andere Stellung.

„Nebenbei gesagt, David. Sie sollten wissen, daß ein britischer Soldat, wenn man ihn beim ... na ja ... beim Verkehr mit einer Partisanin überrascht, schlicht erschossen wird. Sie sind mit dem Schießeisen schnell bei der Hand, wenn's um die Keuschheit geht."

„Ich werde vorsichtig sein."

„Sei'n Sie das. Sehr. Und nie ohne Verhütungsmittel, verstehn Sie? Denken Sie dran. Weil eine Partisanin, wenn herauskommt, daß sie schwanger ist ... na ja! Meine Freunde nennen mich übrigens Twinkum."

Pelham ließ den Spitznamen langsam in sich einsickern. Er hatte etwas vom Geruch des leichtfertigen Mayfair der dreißiger Jahre an sich, den verrückten Ritualen der „Saison", den obligatorischen Erdbeeren in Wimbledon, dem unumgänglichen Champagner in Ascot. Nichts davon hatte verhindern können, daß auf der ganzen Welt, in einer Region nach der anderen, Geschwüre wucherten. Twinkum – in dem Wort selbst drückte sich eine Zwischenräumlichkeit des Lebens aus, in die Pelhams Familie halbwegs gehörte. Pelham selbst hatte es bezaubert und zugleich krank gemacht. Die Herkunft aus Wales von Mutterseite und das Medizinstudium hatten verhindert, daß er selbst ein ausgewachsener Twinkum wurde.

„Was sind ihre Gründe?" fragte er nach einer Weile.

„Dafür, daß sie Liebesaffären nicht dulden? Ich weiß nicht genau. Denken Sie an die Puritaner bei uns, die Roundheads. Revolutionäre sind meistens ein bißchen prüde, und Kommunisten ..."

„Sind diese Partisanen Kommunisten?"

„In ihrer Weise schon. Tito ist einer. Sehn Sie, David, ihre Politik interessiert uns nicht, entscheidend sind ihre Aktionen gegen das Dritte Reich, verstehn Sie? Nun – Moja, sie ist keine Kommunistin."

„Mir ist Politik ziemlich gleichgültig. Gefragt habe ich nur zu meiner eigenen Information, Twinkum."

Aber es blieb nicht aus, daß ihm die Lage wegen des Marxismus seiner neuen Kameraden jenseits der Adria zusätzlich gefährdet schien.

Die Villa des Kommandos 147 in Mola stand auf einer Anhöhe an der See. Sie war von einer hohen weißen Mauer umgeben, im Garten standen Palmen, und es gab dort Springbrunnen, von denen einige sogar Wasser versprühten. Pelham bemerkte, halb versteckt hinter einer Vogeltränke, einen Soldaten in voller Ausrüstung und mit automatischer Waffe.

Im Haus selbst befanden sich keine Ordonnanzen, Schreiber, Sergeanten oder anderes Dienstpersonal, wie man es im Hauptquartier einer Kommandostelle erwartet. Twinkum Rankin stieß in der holzgetäfelten Eingangshalle eine unbeschilderte Tür auf. In Sesseln und an Kaminsimsen saß ein halbes Dutzend ausgesprochen individuell wirkender Offiziere vom Typ Twinkum. Dieser Anblick überraschte ihn nicht weiter.

Was ihn überraschte, waren die Mädchen. Alle sieben waren sie langbeinige, auffallend hübsche Geschöpfe. Sommerkleider. Durchsichtige Strümpfe. Lässig gedehnte Art zu sprechen. Volles Haar. Pelham fragte sich, was für ein Veranstalter es gewesen sein mochte, der sie in all ihrer Kühle und Gepflegtheit wenige Wochen nach Abzug des Feindes hierherbekommen hatte.

Ein schlankes Mädchen, dunkles Haar und dunkle Augen, trat zu Major Rankin.

„Twinkum", sagte sie, „jemand vom Außenministerium hat angerufen."

„Oh?"

„Irgend etwas über diesen Jat-see Mann. Ich hab's irgendwo notiert. Vergiß nicht, dich darum zu kümmern."

Sie sah Pelham von der Seite an. Obwohl sie nur zwei- oder dreiundzwanzig sein konnte, hatte sie, wie viele Mädchen dieses Typs, eine Überlegenheit an sich, die einen Menschen einschüchtern konnte.

Ihr Name war Caroline Sestwick. Wer war sie? Rankin sagte: „Das hier ist der Jat-see Mann."

„Meine Güte. Ich dachte, er wäre mindestens fünfunddreißig."

Pelham sagte: „Ich bin alt genug, um Ihr älterer Bruder sein zu können."

„Bruder! Komische Idee!"

Lachend und innig umarmte Twinkum sie. Pelham spürte einen Stich und auch sexuelle Feindseligkeit.

„Wann, mein Schatz, wirst du aufhören, die Nofretete

und zugleich der Frechdachs zu sein, der du bist?" sagte Twinkum zu dem Mädchen.

„Ich hole Ihnen etwas zu trinken", sagte das Mädchen in Twinkums Armen zu Pelham. „Was?"

„Scotch und etwas Wasser. Und bitte, nennen Sie mich David."

Weiß Gott, dachte er, die ist keine Littlehamptoner Ophelia. Deren Daddy hinter seinen Teppichwänden eingeht, weil ihn sonnabends die Herren in Flanell fertigmachen.

Die anderen Mädchen und die Offiziere fuhren fort, cliquenhaft zu plauschen und an ihrem Gin zu nippen. Ihre Gleichgültigkeit ihm gegenüber war das zur Schau getragene Zeichen ihrer Exklusivität. Ebenso das lässig-exzentrische Gebaren der Offiziere und das spitze, unterdrückte Lachen der sanfthäutigen Mädchen.

„Dies", brachte Twinkum zu ihrer aller Kenntnisnahme vor, „ist David Pelham. Der Erste-Hilfe-Mann für Josip."

„Großer Gott", äußerte irgend jemand.

„Julia", stellte Twinkum vor. „Sarah. Elspeth. Caroline kennen Sie. Margaret. Antonia. Hester."

So wußte er also, wie die Sterne in Twinkums reizendem Sonnensystem hießen.

„Und dort: Jimmy, Jumbo, Tibby, Jason, Ginger und Tim."

Es hätten auch die Namen eines Dackelwurfs sein können.

Das Mädchen Caroline kam mit seinem Drink zurück.

„Sie sagten irgend etwas wie Jat-see", erkundigte sich

Pelham bei Twinkum, während sich das Mädchen zu ihnen setzte.

„Wir sagen Jat-see. Geschrieben wird es Jajce. Es ist eine Stadt in Bosnien. Sie werden sie möglicherweise bald kennenlernen."

„Meinen Sie?"

Caroline sagte: „Es ist Titos Hauptquartier."

„Ah so. Es scheint, als ..."

„Was scheint?" fragte Twinkum.

„Als wäre es ein bißchen gefährlich, den ..."

„Den richtigen Namen des Ortes zu nennen?" ergänzte Twinkum.

„Ja."

„Das, mein Lieber", sagte Twinkum, „ist der Grund, warum wir hier nur absolut zuverlässige Leute haben."

Ein kleiner rotblonder Mann, der eine ähnliche Bauernweste trug wie Major Rankin, tauchte neben Pelham auf. „Ich könnte Ihnen einen Posten Rasierklingen, ausreichend für ein Bataillon, verkaufen, wenn Sie Wert drauf legen. Zu einem Spottpreis. Mit Rasierklingen können Sie in Jugoslawien praktisch alles kaufen. Eine bessere Währung gibt es nicht. Leicht zu tragen."

Twinkum widersprach. „Zigaretten", sagte er. „Wir geben ihm davon die Ration für eine Kompanie mit. Mehr kann er nicht tragen."

Ginger blieb dabei. „In keinem Land der Erde sind Rasierklingen so knapp wie in Jugoslawien. Außerdem haben da fünfzig Prozent der Frauen Bärte."

Alle lachten.

„Wenn ich etwas mitnehme, dann bis zum letzten Gramm bestimmt nur Medikamente."

Twinkum schreckte zurück. „Das ist das Problem, David. Für den üblichen Nachschub können wir sorgen, aber Lager mit medizinischen Vorräten haben wir drüben noch nicht eingerichtet."

„Das macht nichts. Ich lasse mir eine Bescheinigung von der Brigade geben und gehe dann rum und bestelle, was ich brauche. Wenn Sie mir nur sagen wollen, wieviel Pfund ich höchstens mitnehmen kann ..."

„Aber sie werden Ihnen nichts geben, David. Sehn Sie, Sie können den Leuten im Lager nicht sagen, wohin Sie gehen. Aller medizinische Nachschub muß auf eine bestimmte Einheit ausgestellt sein, weil den Herren da oben nichts so auf dem Magen liegt wie der schwarze Markt in Drogen."

Pelham, an seinen Brigadier denkend, machte vielleicht ein zu selbstsicheres Gesicht. So daß Twinkum einen etwas schärferen Ton anschlug.

„Glauben Sie mir, David, wir haben uns eingehend mit der Sache beschäftigt. Mithaben werden Sie an Sulfonamiden, Morphium und so weiter nur das, was Sie persönlich im Hospital organisieren können. Die Partisanen haben Vorräte an Äther, Mullbinden, Verbandsmaterial. Sie beschaffen sich das beim Feind. Wie alles andere auch. Sie sehn, wie gesagt, am Nachschub unsererseits hapert es noch ..."

Pelham glaubte zu bemerken, daß dem Major die Hände zitterten, und er hatte Schweiß auf der Stirn. Gleichzeitig stellte er fest, daß auch die anderen alle die Augen auf Twinkum gerichtet hatten.

„Gipsverbände", sagte Twinkum. „Sie sind sehr scharf auf Gipsverbände. Es ist ihr Allheilmittel."

„Oder ihr All-Todesmittel", sagte Ginger sanft.

Irgendwo in der Villa ertönte ein Gong.

„Lunch", sagte mit singender Stimme ein Mädchen.

Sie aßen Hummer, der während der Nacht in der Adria gefangen worden war. Keiner sprach Twinkum an, damit er, am Kopfende der Tafel sitzend, sich erholen konnte. Er aß rasch und trank geistesabwesend seinen Wein. Nach dem zweiten Gang stand er auf.

„Verzeiht, meine Lieben", sagte er. „Ich muß mich, wißt ihr, um die Eingangspost kümmern."

Für Caroline und Pelham, die rechts und links von ihm saßen, fügte er etwas hinzu, das nur sie hören konnten: „Ich brauche dich heute nachmittag nicht, mein Schätzchen. Sei so lieb und führ' David herum."

Und dann nur zu Pelham: „Ich weiß, David, Sie werden's nicht mißverstehn ... Dies ist kein Harem. Die Mädchen sind schön anzusehen, zugleich aber enorm nützlich und hilfsbereit. Außerdem sind sie aus sehr guten Familien ..."

Twinkum strich mit der Hand sanft über Pelhams Schulter. Diese kleine Vertraulichkeit stieß ihn aus irgendwelchen Gründen ab. Vielleicht, weil ich sein Mädchen will, dachte Pelham.

„Ich werd' mir schon nichts herausnehmen, Twinkum."
„Darum geht's nicht so sehr, lieber Freund. Eher um die Einstellung, mit der man an solche Dinge herangeht. Meinen Sie nicht?"

Sie gingen durch den Garten und zum Strand und tranken am Nachmittag Tee auf der Terrasse am Fuß des stillen Hauses. Die Sonne schien hell. Wäre der Tee nicht von einem Soldaten der Kommandostelle serviert worden, dann hätte sie nichts an den eisenharten, tödlichen Winter erinnert, der bald über den Schlachtfeldern im Norden und dem märchenhaften Hügelland Bosniens hereinbrechen sollte.

„Ein ungewöhnlicher Mann, dieser Twinkum", wagte sich David versuchsweise vor.

„Oh, ja."

Er betrachtete ihre feinporige Haut.

„Es ging ihm nicht so gut beim Essen?" Seine Frage behagte ihm nicht recht – als suchte er sich das schlechte Befinden des Majors zunutze zu machen. Carolines Gesicht war nach wie vor durchscheinend bis unter die Haut. „Er schien ein wenig zu fiebern", bemerkte er, ohne vom Thema abzugehen.

„Es stünde besser um ihn, wenn er noch drüben wäre. Wenn man Männer wie ihn zurückholt und sie mit all diesen Bequemlichkeiten umgibt, dann werden sie anfällig."

„Er war dort bei diesem – Tschetnik?"

„Ja. Draža. Mihajlović. Für Twinkum, wissen Sie, war das eine große Enttäuschung. Weil die Sache mit Draža danebenging. Draža gab klein bei. Es ist eine echte Tragödie. Twinkum haßt den Kommunismus, muß aber mit Tito auskommen."

„Dort drüben hat er sein Bein verloren?"

„Einen Teil zuerst, bis unters Knie. Er kämpfte auf seiten der Tschetniks. Alle Jugoslawen, mit denen Twinkum zusammen war, haben inzwischen Draža verlassen und sind zu Tito übergegangen. Für Twinkum ist es ein bißchen so, als hätte er seine Familie verloren."

„Die Operation wurde von einem Jugoslawen durchgeführt?"

„Twinkums? Die Amputation des Unterschenkels, ja. Dann legten sie einen Gipsverband an – ohne Watte darunter. Die Wunde vereiterte natürlich. Schwoll an und hatte unter dem Gipsverband keinen Raum. Können Sie sich sowas vorstellen? Sie schnitten den Verband weg – ohne Betäubung, wie er mir erzählte. Aber dann war es aus mit ihm. Sie schafften ihn zur Küste und von dort im U-Boot nach Ägypten. Als Armeeärzte ihn untersucht hatten, nahmen sie das Bein bis zur Hüfte ab."

„Sie scheinen gut mit ihm befreundet?" sagte Pelham und reichte ihr den Teller mit dem Gebäck.

„Na ja, er ist mein Vetter."

„Oh." Er betrachtete ihre Hände, das zart durchkommende Rosa der Adern. „Ich verstehe. Ich dachte, sie wären vielleicht verlobt."

„Großer Gott, nein. Twinkum ist einer von diesen netten Schwulen." Sie lachte so träge und erotisch, wie er es sich nur gewünscht haben könnte, aber es schwang auch

Spott mit. „Ich meine, Sie hätten sich das eigentlich denken können. Das bringt doch nur ein menschenfreundlicher Schwuler fertig, so eine Kaserne wie diese aufzuziehen, eine brüderliche Stätte und kein verrufenes Haus. Sie, David, hätten das nie geschafft."

„Vielleicht fehlt es mir an Phantasie ..."

„Außerdem", sagte sie, „würden Sie dem Personal ewig etwas am Zeuge flicken."

„Das möcht' ich jetzt – dem Personal etwas am Zeuge flicken", sagte er und gab sich so hoffnungsvoll rechtschaffen, wie er's beim Brigadier probiert hatte.

Sie schlug ihn auf die Hand. „Na, aber – wer wird sich so gehenlassen. Am Teetisch nimmt man sich zusammen."

Sie nahm die Hand zurück und zog die Augenbrauen hoch. „Sie sollten vielleicht wissen, was Twinkum außerdem gesagt hat. Und zwar gestern. Er sagte, der Junge wird mit furchtbaren Verwundungen zu tun haben, mit Wunden, wie man's einfach nicht für möglich halten würde."

„Hören Sie, Caroline, auch nicht ein ganz klein wenig interessieren Sie sich für mich?"

„Wir haben im Moment Befehl, uns hier umzuschauen. Tun wir das. Impulsen zu gehorchen, ist nicht gut."

Während sie den ganzen Nachmittag umherschlenderten, hatte er die Hand leicht an ihrem weißen Ellbogen. Er mußte sich eingestehen, unübereiltes Besitzen und die Aussicht auf eine gemeinsame Nacht waren besser als hektisches Gefummel am Teetisch.

Am Morgen regnete es, aber Pelham fühlte sich voller

Tatendrang. Die Mädchen saßen beim Frühstück oder waren an der Arbeit. Caroline hatte ihn in der Morgendämmerung verlassen, um zu duschen, sich anzuziehen und (so sagte sie) sich um die Post zu kümmern. David faßte den Entschluß, seinen Brigadier aufzusuchen. Er konnte sich nicht vorstellen, daß keinerlei Medikamente zu haben sein sollten. Er gab Nachricht durch, daß der Wagen des Brigadiers ihn um halb zehn abholen möchte. Während er angesichts des regentropfenden Gartens wartete, gesellte sich der Offizier mit Namen Ginger zu ihm.

„Sie wollen zum Imperiale?"

„Nein. Mit einem Brigadier, den ich kenne, will ich sprechen. Über Medikamente."

„Hoffnungslos, mein Junge. Aber ich komme gern mit, wenn Sie wollen."

Im Wagen blätterte Pelham in einem serbokroatischen Sprachführer, den ihm Twinkum am Abend zuvor gegeben hatte. Ginger, der sich eine Zigarette angezündet hatte, erklärte ihm: „Es ist alles ganz einfach. *Engleski* – Englisch; *Slivovica* – Slibowitz; *Ushi* – Läuse. Hospital – wie war das noch? *Bolnica!* Bolnica – Hospital. *Avioni* – Flugzeug. *Pokret* – Feind. Und *Hemendeks* – ham-and-eggs..."

„Das ist nicht Ihr Ernst!"

„Doch: *Hemendeks*. Aber natürlich ist nicht alles so einfach. Ja ist *da*; nein – *nov*. Und Schmerz ist *boli*."

Der Brigadier war nicht sehr glücklich über ihren Besuch. Er schien anzunehmen, seine unerwähnte Schuld durch Stellung von Wagen und Fahrer abgegolten zu haben. Er sagte: „Begreifen Sie doch, wir sind lediglich befugt, einen Arzt zu schicken. Das haben wir getan und dafür gesorgt, daß einer dem Kommando 147 zugeteilt wurde."

„Aber Moment mal", drang Ginger auf ihn ein. „Moment mal. Das ist da drüben kein Kursanatorium. Mit einer Flugzeugladung Watte oder so ist es nicht getan."

„Schwerverwundete haben wir alle schon gesehn, Captain."

„Nur gesehn, wie?"

„Ich glaube, das hat wenig Sinn", sagte Pelham. Aber es war zwecklos. Der Brigadier und Ginger waren Gefangene ihrer beiderseitigen Aggressivität.

„Ich weiß nicht, was Sie damit sagen wollen", entgegnete der Brigadier. „Im übrigen darf ich Sie daran erinnern, Captain, daß es nicht üblich ist, sich einem dienstälteren Offizier gegenüber derart im Ton zu vergreifen."

„Lawrence von Arabien war auch nur Captain, aber er kannte seine Araber besser als irgendein General. Wir beim Kommando 147 kennen ebenfalls unsre Araber; dafür sind wir da, und außer vorm Außenministerium brauchen wir vor niemandem Kotau zu machen. Ich könnte Sie Stinkeichel, Madensack, Arsch mit Ohren nennen, ohne daß mir einer an den Wagen fährt. Sei'n Sie froh, daß ich's nicht tue."

Der Brigadier verzog das Gesicht angewidert und

wandte sich an Pelham. „Wir wissen, daß dort Improvisation erforderlich sein wird, David, deswegen haben wir uns für einen Mann wie Sie entschieden."

„Kann ich damit rechnen, daß man mir eine Sanitätsordonnanz zur Verfügung stellt, Sir?"

„Ich werde darauf bestehen, daß Sie einen geeigneten Mann bekommen."

„Sergeant Fielding, Sir. Er ist Junggeselle, ist zuverlässig und hat eine Fallschirmausbildung. Dürfte vielleicht nicht so einfach sein, ihn aus dem Hospital freizubekommen."

„Das machen wir schon, David. Ich werde dafür sorgen. Hier ist eine Bescheinigung von mir für den Quartiermeister, Sanitätsdepot. Aber ich fürchte, das wird nicht viel nützen. Vielleicht sollten Sie Ihren aggressiven Freund auf ihn hetzen."

„Ich warte draußen auf Sie, David", sagte Ginger, rülpste leicht abgewandt und ging.

Der Brigadier schüttelte David die Hand und murmelte Abschiedsartiges. Für ihn steht es halbwegs fest, daß ich dabei draufgehe, fuhr es Pelham durch den Kopf. Aber an diesem Morgen konnte er sich nicht vorstellen, daß es keine Caroline Sestwicks mehr geben sollte, zu denen man sich hingezogen fühlte, und keinen David Pelham, der zu ihnen hingezogen wäre.

Den halben Nachmittag brachten sie verhandelnd im Depot zu. Gegen drei Uhr händigte man ihnen schließlich einen wackeligen, tragbaren Operationstisch aus. Pelham hielt es nicht der Mühe wert, das Ding mit auf die Reise zu nehmen. Er erhielt außerdem einen Arztkorb mit Äther, Pentothal, Morphium, Gaze, Päckchen mit Fäden und einigen Instrumenten. Als es drei war, regte sich in ihm der Wunsch nach Tee und Caroline. Bin ich überhaupt robust genug, diesen Auftrag zu übernehmen? fragte er sich. Die Atmosphäre beim Kommando 147 – dazu die angedeutete Aussicht, in Jugoslawien mit den schlimmstmöglichen Verwundungen und unvorstellbaren Greueltaten konfrontiert zu werden – waren ihm ins Blut gegangen, hatten ihn geschwächt.

Ginger lieh sich irgendwoher ein Motorrad, um nach Mola zurückzufahren und seinen Dienst aufzunehmen. Bevor er sich verabschiedete, sagte er: „Moja Javić wird schon herbeischaffen, was nötig ist. Sie ist ganz groß im Improvisieren. Twinkum schwört auf sie. Sie steht natürlich, was Twinkum angeht, auf der falschen Seite. Eine Partisanin. Sie fand ihn, im Fieberwahn tobend, in einem Landkrankenhaus – das Bein hatten sie ihm gerade abgenommen. Er war von einem Tschetnik verwundet worden – was er keinem gegenüber je erwähnte. Natürlich war Twinkum eine gewisse Belastung für sie, als sie mit den Deutschen paktierten. Es brauchte jemanden wie Moja, um ihn da herauszubekommen. Er sagte, wenn sie in irgendein kleines Dorf ging, kam sie wieder und hatte alles, was nötig war, einen Lastwagen oder Medikamente. Ich glaube, Twinkum war ziemlich eingenommen von Mrs. Javić." Aber der Name sagte Pelham nichts. Jetzt verliere ich, dachte er nur, Caroline an irgendeinen breitschultrigen, gewitzten Bauern.

Er ging ohne Begleitung zum Hospital. Dort überredete er eine Reihe von Sanitätsoffizieren, Rezepte mit doppelt so großen Mengen an Tabletten und Ampullen auszuschreiben, wie sie für die Patienten benötigt wurden. Der Überschuß kam nicht den Patienten zugute, sondern wanderte in den Kofferraum vom Wagen des Brigadiers. Benzedrine, Sulfonamide, Morphium, Jod und so fort. Aber kein Penicillin. Das durfte nur nach bestimmten Vorschriften ausgegeben werden. Keine Wunderdrogen also für die Partisanen.

Im Korridor des Hospitals traf er mit Sergeant Fielding zusammen und fragte ihn, wie er zu einer Versetzung nach Jugoslawien stünde. Fieldings Gesicht, als er Näheres hörte, hellte sich auf – wie bei einem Mann, der, scheu wie er war, in seinem Leben nicht recht vorankam, dem sich aber jetzt die Aussicht auf ein rascheres Fortkommen bot.

Am Abend, als sie im Messeraum der Villa Kaffee tranken und Pelham wieder die zarte Haut Carolines bewunderte, kam ein Anruf für ihn.

„Pelham?"

„Am Telefon."

„Colonel Ash, Feldlazarett. Ich habe hier einen vom Divisionskommandeur unterzeichneten Marschbefehl für einen F.N. Fielding, Sergeant, RAMC*."

„Ja, Sir."

„Sie nehmen ihn mit zum Balkan."

„Er geht mit mir, Sir."

---

* Royal Army Medical Corps

„Ein toller Witz, den Sie sich da ausgedacht haben."

„Kein Witz, Sir. Ich brauche eine tüchtige Sanitätsordonnanz."

„Glauben Sie nicht, daß ich nach dieser Sache jemals wieder Zeit für Sie habe, Pelham."

„Na gut."

„Ich bin beratender Orthopäde am St. Bartholomew's Hospital und Mitglied des Prüfungsausschusses im Ärztekolleg."

„Ja, ich weiß, Sir."

„Ich rate Ihnen, wenn wir beide den Krieg überleben, sich niemals in St. Bartholomew oder vorm Prüfungsausschuß sehen zu lassen."

Wenn Pelham etwas nicht ausstehen konnte, dann waren es solche beruflichen Racheintrigen. Von der Verstimmtheit dieses Tages kam einiges hoch. „Sir, wenn wir beide überleben, dann gehe ich, verdammt noch eines, wohin es mir paßt."

„Ich werde gegen diese Versetzung Einspruch erheben."

„Sir, ich stelle Ihnen frei, mit dem kommandierenden Offizier des Kommandos 147 zu sprechen." Warum den armen Twinkum damit belästigen, dachte er, und deckte den Hörer ab.

„Ginger!" rief er. „Hier am Telefon ist wieder so ein Schwachkopf, der scharf ist auf ein Wort von Ihnen."

2

Drei Tage später sprang Pelham nachts aus einem Halifax-Bomber in die heulende Luft über einem von Freudenfeuern umringten bosnischen Feld. Mit ihm sprang, außer Fielding, ein Soldat der Kommandotruppe, ein wilder, mehrfach degradierter Ire namens Cleary, der ihm als Bursche und Leibwächter zugeteilt worden war.

Als er landete, wurde Pelham von ziemlich übelriechenden Männern und – er traute seinen Augen nicht ... ja – Frauen umarmt. Gekleidet waren sie alle in die schäbigen Reste von deutschen, italienischen und Ustascha-Uniformen. Sie begrüßten ihn leidenschaftlich und fast gewalttätig – er war nicht klein von Statur, sie aber wirbelten ihn um und um von Person zu Person. Ihr Überschwang übertraf alles, was Twinkum von ihnen gesagt hatte. Noch bevor Cleary den Boden berührte, hatten sie ihm einen Becher Raki hinuntergezwungen.

Später begriff Pelham die hemmungslose Leidenschaftlichkeit, mit der sie ihn empfingen. Er hatte noch nie eine Verwundung in den ersten Sekunden gesehen, in denen das Blut hervorschoß. Er hatte noch nie eine monatelang vernachlässigte, von Fäulnis befallene Wunde gesehen. Er kannte noch nicht die schändliche Stümperhaftigkeit der jugoslawischen Medizin. Deswegen verstand er nicht, warum sie ihn in offenem und womöglich gefährdetem Gelände so wild umhalsten und an sich drückten.

Ein Mann in mittlerem Alter, beherrschter als die

anderen, nahm Pelhams Hand und sagte schlicht: „Major Kallić. Willkommen in unserem Land." Der Arztkorb landete in der Nähe. Sie luden ihn auf einen Esel. Pelham sah Cleary in tiefen Zügen Alkohol trinken und hörte ihn sagen: „Es ist gut, einmal wieder unter Christen zu sein." Eine solche Begrüßung mußte in der Tat einem Mann wohltun, der zweimal degradiert worden war und sogar im Gefängnis gesessen hatte.

Der stille Fielding hatte sich den Knöchel beim Landen verstaucht, weigerte sich aber, einen der Packesel zu besteigen. Sie marschierten in der Nacht über die bewaldeten Hügel. Selbst in der Dunkelheit spürte Pelham die konzentrierte Angespanntheit der Männer um ihn herum, die die ganze Nacht hellwach waren. Im Morgengrauen kamen sie zu einem hochgelegenen, verlassenen Bauernhof.

Ein Offizier der Partisanen, sehr jung, achtzehn vielleicht, zeigte auf eine Leiter an der Mauer des Hofes. Sie kletterten auf den Dachboden und rollten ihre Decken aus.

„Ha", sagte Cleary mit einem Blick aus der Dachluke, „von hier sieht man den Weg durchs Tal und eine Brücke. Sie sind gar nicht so dumm, wie sie aussehn."

Mit der Hand an dem schmerzenden Knöchel sagte Fielding, der Lehrer gewesen war, pedantisch: „Ich versteh nicht – wie meinen Sie das?"

„Na ja, jede Bewegung auf der Straße können sie von hier aus sehn."

„Das scheint mir nichts weiter als normaler militärischer

Instinkt", sagte Fielding und zuckte vor Schmerz zurück. „Schon. Aber staunt man nicht doch jedesmal, wenn Frr-ämde ganz von allein auf sowas kommen?"

„Ich verbinde Ihnen jetzt den Knöchel", sagte Pelham.

„Nein, Sir. Das finde ich nicht gut – uns selbst zuerst zu behandeln."

„Wenn Sie den Rest des Weges auf einem Esel reiten, werde ich bei Ihnen eine Hämorrhoidektomie machen müssen. Cleary, sorgen Sie dafür, daß der Arztkorb hier raufkommt."

Auf diese Weise begann Pelham seine Mission bei den Partisanen mit der Behandlung seines eigenen Sanitätsgehilfen. Er benutzte dazu eine elastische Binde, da sie – im Gegensatz zu anderen Binden – wiederverwendet werden konnte.

Er hatte die ganze Nacht nicht geschlafen und den größten Teil der Nacht davor ebenfalls nicht. Nicht das, was mir hier als Arzt bevorsteht, macht mir Angst, dachte er, sondern meine eigene Unordentlichkeit. Ich bringe es ja nicht einmal fertig, einen Kleidersack ordentlich zu packen. Unordentlichkeit ist schlimmer als Mangel an Erfahrung. Fielding versteht sich auf Organisation. In ihm habe ich zum Glück so ein richtiges Mädchen für alles.

Pelham sagte: „Am besten, Sie behalten Ihren Stiefel beim Schlafen an. Wenn wir den Fuß reinbekommen."

Während er Fieldings Militärstiefel über den Fuß zu ziehen versuchte, hörte er draußen auf der derben, bäuerlichen Leiter Geräusche. Der Mann, der ihn in Jugoslawien willkommen geheißen hatte, war an der Tür und klopfte. „Meine Herren", sagte er, „sicher haben Sie Interesse an einem Frühstück." Er trug zwei Flaschen mit Alkohol. Er war kahl und hatte ein breites Gesicht. Hinter ihm kamen zwei Ordonnanzen, der eine mit Tellern und Schwarzbroten, der andere mit einer Suppenterrine.

„Major Ante Kallić", sagte der glatzköpfige Mann. „Ich war neunzehn Jahre im Lebensmittelhandel in Cleveland tätig. Tony nennt man mich hier. Alle prominenten Gäste nehme ich in Empfang, weil die andern alle ... na, Sie sollten mal deren Englisch hören! Selbst beim General ist das damit nicht viel."

Der Major trug eine deutsche Offiziersjacke. Auf den Ärmel war ein Edelweiß gestickt.

Sie setzten sich um eine Kiste und hielten mit bei Pelhams erstem Balkanfrühstück – scharfe Suppe, schweres Schwarzbrot und etwas mehr als ein halbes Dutzend Gläser Slibowitz.

„Das wär's dann mit der angelsächsischen Lebensart", sagte Fielding. „Es gilt als unpassend vor einer bestimmten Uhrzeit Schnaps zu trinken."

Pelham schlief auf dieser kühlen Anhöhe den ganzen Tag über einen gesunden Schlaf. Wachte er gelegentlich auf, so nur für Sekunden. Dann lauschte er dem Wind in den Kiefernwäldern und hörte die träge Unterhaltung der jugoslawischen Wachen. In ihren Stimmen lag die Sicherheit, mit der sie das Land ringsum unter Kontrolle hatten, und so halfen sie ihm zurück in den betäubenden Schlaf.

Als er schließlich ganz aufwachte, sah er Fielding an der

Mauer sitzen und ihn beobachten. „Nehmen Sie Aspirin, bevor wir aufbrechen."

Fielding sagte: „Auf der Straße war eine Artilleriekolonne. Zwanzig Geschütze."

„Wann?"

„Vor einer Stunde. Sowas erinnert einen daran, daß man in besetztem Gebiet ist, verstehn Sie?"

Cleary erschien erst, als es Zeit zum Abendessen war. Er kletterte hinter Kallić auf den Dachboden und setzte sich neben Pelham. Sein Schnellfeuergewehr glänzte, als hätte er es gerade eben erst voller Eifer gereinigt und geölt.

Er sagte: „Diese Kerle, das sind überhaupt richtige Rebellen! Die IRA ist gegen die ein wildgewordener Schützenverein."

Kallić sagte: „Wir werden vor Tagesanbruch da sein."

Sie aßen, redeten, tranken bis neun. Bis dahin hatte der Branntwein seine Wirkung getan und dem Gedanken, die ganze Nacht gehen zu müssen, die Schwere genommen.

Der Major erzählte ihnen allerlei Interessantes. Er war 1932 in sein Heimatdorf zurückgekehrt und hatte es dort durch das in Amerika verdiente Geld zu Ansehen gebracht. Als der Krieg ausbrach, war er Hauptmann in der örtlichen Miliz. 1941, als das Land besetzt wurde, wurde Montenegro vom deutschen Oberkommando den Italienern übergeben. Die Montenegriner hatten sich von Anfang an gegen die Invasion zur Wehr gesetzt, und sie kannten sich in ihren Bergen aus. Die Italiener ergriff Panik. „Sie sprangen mit meinem Jungen hart um", sagte Kallić. Kallić' Sohn war literarisch begabt gewesen, er schrieb nationalistische Gedichte und veröffentlichte sie anonym in einer Untergrundzeitung. Er war voller Stolz auf das, was er geschrieben hatte. Die Italiener verhafteten den Herausgeber, folterten ihn und bekamen so die Namen der Mitarbeiter heraus. Sie drangen in Kallić' Haus, während der Major abwesend war.

„Meinen Sohn erhängten sie im Wohnzimmer. Meine Frau versuchte sie mit einem Jagdgewehr davon abzubringen und wurde mit Bajonetten niedergestochen."

Keiner sagte ein Wort. Bis Kallić fortfuhr: „Jeder von uns Partisanen, müssen Sie wissen, könnte Ihnen eine solche Geschichte von sich erzählen. Das ist nichts Besonderes – nur eben für mich."

Die anderen blieben weiterhin sprachlos. Kallić fand sich gedrängt, die Unterhaltung aufrechtzuerhalten. „Na ja, Anfang dieses Monats haben die Italiener Frieden gemacht. Sei's drum. Ich habe mich sehr gewundert über sie, hier in Montenegro. In den USA habe ich sie immer nur freundlich erlebt."

Während des Marsches in der Nacht war es sehr kalt. Pelham stolperte in dem scharfen Wind benommen vor sich hin. Kurz nach Mitternacht ließ Kallić die Kolonne außerhalb einer Stadt halten, in der noch einige Lichter brannten. Ein Mann kam aus der Dunkelheit auf sie zu und sprach mit dem Major, der sich seinerseits an Pelham wandte.

„Am Westende der Stadt ist eine deutsche Funkeinheit bei einem Priester einquartiert. Dieser Mann führt uns auf einem Umweg dran vorbei."

„Wer ist der Mann?" Die Warnung hatte etwas von einer Judasgeschichte an sich – vielleicht weil sein Magen nicht in Ordnung war und der Alkohol ihm in den Knochen brannte.

„Es ist der Bürgermeister."

„Wenn Deutsche hier sind, haben sie vielleicht seine Familie als Geiseln genommen."

„Familie, Doktor? Ihm geht's, was die betrifft, kann ich Ihnen sagen, genauso wie mir."

Pelham bereute seine Verdächtigung und folgte mit den anderen dem schwergeprüften Bürgermeister. Es begann zu regnen. Sie kamen durch, ohne daß ein Überfall erfolgte.

Gegen vier Uhr lichteten sich die Wolken, und sie marschierten bei Mondschein. Als es dämmerte, kamen sie an einen schnellströmenden Fluß, an dessen Ufern dicht beieinander grob zusammengebaute Wassermühlen standen. Die Berghänge waren steil, und durch eine abwärts führende Schlucht zwischen ihnen sahen sie eine terrassenförmig angelegte Stadt, eine Wehrmauer, eine Burg.

Der Major sagte, Cleary und Fielding würden im Lazarett Frühstück bekommen, während Pelham mit dem General frühstücken sollte.

„Lazarett?" fragte Pelham. „Ich dachte, Sie hätten keins."

„Hatten wir auch nicht. Bis vor kurzem."

„Ich bin hierher geschickt worden, um ein Lazarett einzurichten."

„Hm. Das ging alles ein bißchen durcheinander."

„Was wollen Sie damit sagen?"
„Ach wissen Sie, das kommt schon alles zurecht."
„Es ist also schon ein Lazarett da. Mit Betten und einem Operationsraum?"
„Und einem in Wien ausgebildeten Doktor. Keiner von diesen jugoslawischen Feld-, Wald- und Wiesen-Quacksalbern. Kommen Sie jetzt mit zum General."
„Ja. Mit dem möchte ich allerdings gerne sprechen!"
Er sah sich selbst schon Anästhetika spritzen und Arzthilfe leisten. Da hätte ich auch in Bari bleiben können, bei Caroline und den Annehmlichkeiten, die sie ihm zu bieten hatte.

Die nassen Straßen führten steil zu Titos Burg hinauf. Unterwegs trafen sie auf einige frühmorgendlich streunende Hunde, die das Bein an grauen Hausmauern hoben, und sahen sehr alte Frauen und Kinder mit weißen Gesichtern, die schweigend bergan stiegen.

„Wohin gehen die?" fragte Pelham.
„Zur Messe."
„Ich denke, ihr seid alle Kommunisten."
„Wir können darin nicht zu extrem sein. Zu Titos Stab gehört ein Franziskaner als Priester. Sie regt das ziemlich auf, was? Sie wollen nicht zusammen mit Dr. Grubich arbeiten?"

„Deswegen bin ich nicht hergekommen."
Der Major verlor hörbar die Geduld.
„Hör'n Sie zu, mein Lieber. Sie arbeiten jetzt für uns. Und denken Sie nicht, daß Sie der einzige, ach, so überlegene Brite sind, der hier den Berg raufgetanzt kommt."

„Ach, kommen Sie mir doch nicht so."

Die Wachen an der Brücke zur Burg Jajce hoben lässig die Hand, als sie Kallić sahen. Unter dem Torbogen hindurch kamen sie in einen Tunnel. Der senkte sich, meinte Pelham beim Gehen zu spüren; führte vielleicht zu einer Kommandostelle unter der Erde. Aber sie kamen in einen tiefgelegenen Garten. Zwischen den regennassen Zypressen wuchs das Unkraut schulterhoch. Auch hier stand ein Wachtposten.

Wüßte keinen Ort, der trostloser wäre als dieser, dachte Pelham. Das war ein Anblick, der einen davon überzeugte, daß das Mittelalter eine düstere Zeit gewesen sein muß, selbst für die Adelsherren von Bosnien.

Kallić klopfte an die Balkontür, rief seinen Namen und trat ein. An einem Tisch saßen drei Männer. Vor ihnen standen zum Frühstück zwei Flaschen Alkohol, ein Topf mit dickem Haferbrei, dazu dieses unvermeidliche Schwarzbrot. Ein Mann in mittlerem Alter stand auf, faßte schweigend Pelhams Hand und legte die Linke auf seine Schulter. Er hatte ein kräftiges, slawisches Gesicht.

Kallić sagte: „Das ist General Tito."

Auch die beiden anderen erhoben sich. Der eine war, wie es Pelham am Ende klar wurde, Titos Stabschef, der andere der Vorsitzende des Jajce Ogbor, des Jajce-Rates. Der Ratsvorsitzende reichte Pelham ein Glas Alkohol. Tito, der Stabschef und Kallić, alle lächelten sie. Tito murmelte: „Mon confrère!", faßte nach seinem Glas und erhob es auf Pelham. Alle grunzten sie beifällig. Einiges von dem Raki wurde gemeinsam getrunken.

„Willkommen!" sagte Tito im Befehlston. Er zeigte auf Stühle, die Pelham und Kallić an den Tisch stellen sollten. Dann setzte sich David mit den anderen, und es wurde ein Teller mit Suppe vor ihn hingestellt. Bedienungspersonal war nicht anwesend, und der General trug einen grauen Rock ohne Rangabzeichen. Pelham stellte sich den geschniegelten Twinkum vor, dem gewiß in dieser Umgebung nicht wohl gewesen wäre.

Tito sprach serbokroatisch, und Kallić übersetzte.

Tito: Sie sind jetzt ein Partisane.

Und sie tranken.

Pelham: Ich bin sehr glücklich, hier zu sein; nur hat man mir gesagt, ich würde hier gebraucht und sollte ein Lazarett einrichten. Doch ich erfahre jetzt von Kamerad Kallić, daß es hier bereits ein gut ausgestattetes Lazarett gibt, geleitet von einem Arzt, der älter und qualifizierter ist als ich. Das ist sehr enttäuschend.

Der General erwiderte mit angenehmer, sonorer Stimme. Kallić dolmetschte Satz für Satz.

„Ich habe Ihre Regierung seit Anfang dieses Jahres um Hilfe gebeten. Nachdem wir von einer von Major Fitzroy Maclean geleiteten Delegation besucht worden waren, begann man immerhin, uns mit Material zu versorgen. Sie kommen als Antwort auf meine Anforderung eines Arztes. Da die Alliierten sich bereiterklärten, einen Doktor zu schicken, ist Professor Grubich zu uns gekommen. Hätte ich den Alliierten über Funk gesagt: Nein, ich brauche keinen Doktor in Jajce, ich werde einen anderen Ort für ihn ausfindig machen, dann wäre eine

Verzögerung eingetreten, und aller Anschein der Dringlichkeit wäre hin gewesen. Also ließ ich es bei diesem Arrangement ..."

Pelham sagte: „Der General hat vielleicht eine andere Stelle, an der ich eingesetzt werden könnte?"

Der General, Suppe löffelnd und Raki trinkend, sprach wieder. Die Art, wie er aß und redete, hatte etwas Bäuerisches an sich.

„Eine Stelle, die sogar noch wichtiger ist als diese hier."

„Darf ich fragen, wo?"

„Eine Insel vor der Küste. Noch vor Ende des Jahres, vielleicht noch vor Ende dieses Monats werden wir unsere Häfen an der Küste verlieren und hier eingekreist werden. So war das jedesmal. Eine Zeitlang besetzten wir Nordserbien, eine Zeitlang Westserbien und eine Zeitlang Montenegro, aber immer fiel es uns schwer, Territorien auf die Dauer zu halten. Das wird erst gelingen, wenn die Alliierten andere Fronten aufbauen oder die Russen von Ungarn und Rumänien aus einmarschieren. Da beides schließlich geschehen wird, machen wir uns keine großen Sorgen, wir halten unsere Rennschuhe bereit ..."

Aus Prinzip runzelte Pelham weiterhin die Stirn. Aber er dachte an die Villa in Mola, an Twinkum und Ginger, die ihn unterrichtet hatten, was für ein hervorragender Mann Tito war, wie anpassungsfähig, zugleich von seiner Unsterblichkeit überzeugt und von Natur aus tapfer inmitten tapferer, aber in ihrem Fanatismus wahnwitziger Männer. Was sie gesagt hatten, stimmte, man erkannte es sogar an der Art, wie er das Schwarzbrot brach. Wenn

Twinkum zu zittern begann, erkannte man, daß er sich in seiner Tapferkeit hier in Jugoslawien bis an seine äußerste Grenze gezwungen hatte. Betrachtete man Tito, dann sah man, daß er unermeßliche Reserven an Tapferkeit hatte, genug für einen dreißig Jahre dauernden Krieg.

Tito fuhr fort. „Einige wenige Inseln vor der Küste – die können wir lange Zeit halten ... vielleicht. Sie können unsere Hintertür sein, unsere einzige Tür. Sie können eine Zuflucht für unsere Verwundeten sein. Dort können Sie Ihr Lazarett einrichten. Dort können Sie Vorsitzender des Rates sein."

Pelham vergaß nie den leichten Spott, der sich in Titos Lächeln ausdrückte, während Kallić diese Bemerkung übersetzte.

Pelham fragte: „Kann der General mir sagen, wann das so weit sein wird?"

„In einer Woche, allerhöchstens in vierzehn Tagen. Um keinen Ärger zu haben, reisen Sie nachts. Major Maclean hat es noch vor ein paar Wochen genauso gemacht. Sie müssen mit Dr. Grubich sprechen, um zu lernen, wie man mit einer großen Zahl Verwundeten umgeht. Als Assistentin werden Sie die beste Person haben, die ich Ihnen zur Verfügung stellen kann. Moja Javić ist ihr Name." Der Stabschef und der Vorsitzende lachten warmherzig, als der Name fiel. Es war darin kein Spott und auch nichts Anzügliches. Jedenfalls nicht jene Art von eindeutigem Gelächter, in das Männer einstimmen, wenn von erotisch anziehenden Frauen die Rede ist.

„Noch eines – damit Sie sich keine falschen Vorstellungen machen", sagten Tito und Kallić. „Erwarten Sie keine große Insel. Keine wie Brač. Keine wie Hvar."

Alle lachten gesellig. Tito sagte: „Und nun essen Sie mit uns."

Pelham gehorchte und fühlte sich durch den Raki von Euphorie überkommen. Das war nicht vergeblich, und hier sitze ich nun und esse mit homerischen Männern.

Das Lazarett war sichtlich ein an Betten gewöhntes Gebäude, hatte nie etwas mit Erziehung zu tun gehabt wie das zum Lazarett umgewandelte Haus in Bari. Es hatte etwas Bußfertiges, ein wenig wie eine Freistatt oder ein Arbeitshaus. Die Mauern waren dick und glatt, die Decken hoch.

Der Professor, ein etwa Fünfzigjähriger mit kräftigem Gesicht, trank in seinem Arbeitszimmer Kaffee. Er hatte gerade die Morgenbesuche hinter sich. „Kommen Sie", sagte er, „machen wir eine Runde durch das Gebäude. Es ist überall aufgeräumt." Er sprach amerikanisches Englisch. Er führte Pelham an der Hand auf den Korridor. Er klopfte an ein Dienstzimmer.

Eine Frau mit hellem Haar öffnete. Hätte man dieses Gesicht auf der Straße in London gesehen, man hätte sie für eine Skandinavierin gehalten. Der Körper unter dem braunen Arbeitskleid war klein und fest, und man hätte darüber ein schnippisches Gesicht mit grünen Augen und gebogener Nase erwartet. Das Gesicht aber war breit, die Nase klassisch, die Lippen waren lang. In den blauen

Augen schimmerte mütterliche Ironie, die selbst Grubich zu meinen schien. Pelham bemerkte das und ließ sich dadurch verleiten, in ihr eher eine Matrone zu sehen und nicht eine junge Frau. Es waren die Augen, die vierzig sagten, auch wenn alles andere sich jünger gab.

„Moja. Der englische Doktor. Bitte erklären Sie ihm hier alles, während wir herumgehen. Na, was sagen Sie?"

Die Frau suchte Pelhams Hand. „Ich bin Moja Javić. Wir werden miteinander arbeiten", sagte sie.

„Ich habe viel von Ihnen gehört, in Italien", sagte Pelham. Aber er war durch das, was sie ihm erzählt hatten, nicht darauf vorbereitet, einer so zartgliedrigen Frau zu begegnen.

„Twinkum und die anderen", sagte sie verächtlich. „Was die einem erzählen, ist doch alles gesponnen."

„Sie sprechen so gut englisch", sagte Pelham zu ihr.

Sie sah ihn spöttisch an, wie es auch Tito getan hatte.

„Schau mal, Mami, die sprechen ja richtig wie Menschen."

„So habe ich es nicht gemeint", verwahrte sich Pelham. Sie würde, das sah er ihr an, versuchen, ihn hänselnd von seinen angelsächsischen Absonderlichkeiten herunterzubekommen.

„Zeigen wir Ihnen das Lazarett." So erledigte sich die Sache, und gemeinsam mit Moja und dem Professor besuchte er die einzelnen Stationen. Er spürte hier, penetranter als in irgendwelchen zivilen oder Militärkrankenhäusern, die er kannte, den Wolfsgeruch des Todes.

„Erklären Sie ihm diesen Fall, bitte", forderte Professor Grubich Moja auf, als sie vor einem der Betten standen.

„Diesem Jungen", erläuterte ihm Moja, „wurden beide Kiefer mit Bajonetten durchstochen. Das ist als besonders raffinierte Methode auf beiden Seiten üblich. Er war drei Wochen auf der Flucht. Da hat es Komplikationen gegeben ..."

„Osteomyelitis", fügte Grubich hinzu.

„Ja", sagte Moja. „Die Maden, die in die Wunde eindrangen, verhinderten Septikämie. Einer großen Zahl von Verwundeten, die hierherkamen, wurde das Leben durch Madenbefall gerettet. Sie gelangten in diesem Fall aber auch in die linke Nebenhöhle. Wir haben sie abgesaugt und der Junge wird mit Sulfonamiden behandelt. Der Professor vermutet einen Gehirnschaden."

„Wie alt ist er?" fragte Pelham.

„Vierzehn."

Der Junge schlief. Pelham betrachtete die geschwollene Gesichtshälfte über dem Verband. Na ja, die Stars unter den Patienten zuerst, dachte er einfältig genug. Als nächstes bekommen wir Kommissare zu sehen, die sich ihre Warzen an den Fußsohlen entfernen lassen. Gewiß, es gab einige einfache Fälle von Lungenentzündung, ein Kind mit einer Blinddarmoperation, ein halbes Dutzend gebrochene Knöchel. Viele Patienten waren amputiert worden, und es gab einige weniger schwere Verwundungen durch Granatsplitter. Ein Mädchen mit dem verkniffen-angstvollen Blick der Sterbenden. Um sie herum ihre Leidensgefährtinnen, mindestens ein Dutzend, alle mit eingefallenen Gesichtern um Mund und Nase. Die Bezeichnung dafür war *Facies Hippocratica*. Es war der sinnlose Aufstand der lebenden Zellen in den befallenen Organen, die sich schon für den Tod entschieden hatten.

An einem Bett fühlte eine magere junge Frau den Puls eines Patienten und beobachtete ein Gefäß mit Blut, das sich in ihn entleerte.

„Der Professor möchte, daß ich Ihnen auch diesen Fall erläutere", sagte Moja. „Er ist stolz darauf. Durchschuß des Brustkorbs mit einem Maschinengewehr. Eine saubere Wunde. Getroffen wurde der linke, untere Lungenlappen, der aber mit Erfolg vernäht wurde. Der Professor dränierte die Stelle mit Silberröhren, damit sich kein Lungenödem bildet. Dieser Patient, sagt er, wird überleben."

Pelham sagte: „Diese Leute wurden alle erst vor kurzem verwundet." Es war der medizinische Schluß, zu dem er gekommen war.

„Das ist richtig. Sie sind gestern nachmittag eingeliefert worden. In einem Dorf, vierzig Kilometer von Jajce, stießen sie auf eine vollbewaffnete, feindliche Vorhut."

„Mit solchen Verwundungen wurden sie vierzig Kilometer weit transportiert?"

„In Hängematten aus Decken. Sie haben dort keine Grubichs, verstehn Sie."

Grubich lächelte leicht, er wandte sein väterlich fragendes Gesicht dem Mann mit der Überlebenschance zu. Moja berührte mit ihrer schmalen, gepflegten Hand den Ärmel von Pelhams Kampfanzug. „Legen Sie hier keine englischen Maßstäbe an, mein Lieber. Dann verlieren Sie den Verstand."

Die Schultern zuckend, schüttelte David diese kleine, halb mütterliche, halb kokette Vertraulichkeit ab. „Wo bekommen Sie Ihre Medikamente her?"

Beiseitetretend verdolmetschte sie diese Frage für Grubich, und beide lachten sie über den Fremden.

„Wir versorgen uns einzig und allein durch Überfälle auf Truppenquartiere. Plünderung von Krankenstationen, Doktor. Daneben werden wir reichlich durch sympathisierende Nutten versorgt."

„Sie meinen ... die fordern Arzneimittel als Bezahlung von deutschen Soldaten?"

„Genau."

„Ist das nicht gefährlich, von deutschen Soldaten so etwas zu verlangen?"

„Natürlich. Die Mädchen müssen sich schon die Richtigen herauspicken. Es ist immer gefährlich. Der Verkehr mit fremden Soldaten."

Sie hob die Augenbrauen in einer betont auffälligen Pose. Als wollte sie davor warnen, in ihrer Weiblichkeit jemals anders als die Dame eingeschätzt zu werden, die sie war.

Hinten in der Station stand ein von den anderen abgesondertes Bett. Hier wurden Moja und Grubich nachdenklich. Grubich fühlte den Puls des Patienten. Sein Gesicht war verbunden und aus der Mitte ragte ein alter Metalltrichter heraus. Es war eine Art Katheter, um das Atmen zu ermöglichen. Das ganze schien nicht sterilisiert zu sein.

„Das ist ein deutscher Offizier", sagte Moja. „Er hat

kaum eine Chance. Er ist an der Brust verwundet; von seinem Gesicht sprechen wir am besten nicht."

Er ist noch ein Kind, wollte Pelham sagen. An seinen Ohren sah man es, obwohl sie violett waren.

Moja fuhr fort. „Er wurde mit neun anderen zum Verhör nach Jajce gebracht. Als das Verhör beendet war, führten sie die Gefangenen um den Berg herum, zwangen sie, ein Grab auszuheben und exekutierten sie. So geht das hier in Jugoslawien."

Pelham spürte im Schlund die Galle, die ihm hochkam. „Dieser Junge ...?"

„Dieser Junge wurde exekutiert und begraben, vielleicht etwas zu flach. Er kroch gestern nacht aus dem Grab. Eine Wache fand ihn und brachte ihn zu uns. Was sollten wir machen? Er hat sich das Recht darauf verdient, im Bett zu sterben."

Der Professor hielt das Ohr an den Trichter, um den Atem zu prüfen. Er sagte dabei: „Im Ogbor heißt es, daß er eben erst im Juli die Offiziersschule hinter sich hatte. Pech, was?"

Moja sagte: „Er war erst eine Woche oder so in Jugoslawien."

„Sie sollten wirklich nicht solche Babys an die Front schicken, was?" sagte Grubich. „Nicht für diesen Anstreicher, diesen Schurken."

„Werden Sie nicht politisch, Professor. Der Doktor ist jetzt sicher müde."

Sie führte ihn zu einem Raum außerhalb der Stationen, wo an einem vorhanglosen Fenster ein Feldbett stand. Ihre

Gesellschaft fehlte ihm, als sie ging. In keinem anderen Krankenhaus, in dem er je geschlafen hatte, hatte er so heftig das Gefühl gehabt, daß er mit den Sterbenden schlafen ging. Ich muß mir, dachte er, Fieldings Knöchel ansehen, ob alles in Ordnung ist. Es ist meine Pflicht als Arzt ... Aber Fielding und Cleary hinter ihrer Trennwand schliefen. Der nüchterne und unterernährte Schullehrer und das große irische Rauhbein.

Am Abend aßen sie gemeinsam mit dem Professor und Mrs. Javić große Portionen Sarma. Auch Wein war genug da. Wein gab es in Jugoslawien immer reichlich; Wein und Blut, hatte sich David gesagt, waren die Nationalprodukte.

Der Professor redete viel, sein Englisch wurde mit fortschreitendem Weinkonsum besser. Er hob die Stimme: Er wolle Pelham jetzt was sagen, und Pelham würde es nicht übelnehmen, wenn er es sagte, denn Pelham und Fielding seien beide prächtige Kerle. Stehen oder fallen würden sie, sagte er, mit ihrer Fähigkeit zum Einschätzen, zum Aussortieren der Fälle.

Wenn die Verwundeten kamen, kamen sie immer in großen Mengen. Alle Wunden schrien nach Behandlung, aber einige in dem Durcheinander von Blut und Knochenfetzen sind schlimmer als andere, und manche sind so, daß sie die Zeit nicht lohnen. Wenn man allein arbeitet, muß man die Fähigkeit haben, den Unterschied zu erkennen. Kann man das nicht, dann ist das Chaos bald da, man braucht zu lange, sich zu entscheiden, man läßt die Verwundeten erst zu einem Bett und dann zu einem anderen hinten in der Station tragen, bis es zum Blutsturz kommt. Man verliert zu viele, man wird gewahr, daß man zu viele verliert, man fängt an zu trinken ...

Kaum jemals hatte er jemanden erlebt, dachte Pelham, während er zuhörte, der so ausgiebig trank wie der Professor an diesem Abend. Als er sich das elfte oder zwölfte Glas einschenkte, berührte Mrs. Javić sein Handgelenk wie eine Einhalt gebietende Ehefrau. Sie sind also vielleicht ein Liebespaar, dachte Pelham.

Gesehn habe ich, fuhr der Professor fort, gesehen habe ich einige von diesen Apothekern, die in unserem Land Medizin praktizieren, zu Salzsäulen hab ich sie erstarren sehn, wenn's an das Sortieren ging. Die Verwundeten hier schreien nicht, aber die Doktor'n tun's manchmal.

Dr. Grubich zeigte mit spitzem Finger zur Decke. Geheimnisvoll verkündet er: „Sei'n Sie bereit und bekämpfen Sie solche Ereignungen in Ihrer Seele, Pelham!"

David sagte nicht, daß es beim Kommando 147 vorausgesetzt wurde, daß sich derjenige, der die Kette Eton-Harrow-Rugby-Marlborough-Winchester absolviert hatte, im Sortieren auskannte. Obwohl umnebelt vom Wein, hatte er jetzt flüchtig eine Vision, in der er Fielding und sich hoffnungslos in einem Raum so voller Blutstürze herumirren sah, daß sie nicht wußten, wo die Behandlung beginnen sollte.

Cleary fing unterdes an, mit der Javić zu flirten. Er warf sich in Pose als Frauenheld der Gemeinde. Für Pelham steckte hinter dem süßen Geplauder etwas wie Skrupellosigkeit. Warum war dieser Mann schließlich zweimal degradiert worden? Statt das ausfindig zu machen, hatte er sich in Mola zu intensiv mit Caroline abgegeben ... Mrs. Javić verfolgte Clearys Avancen gelangweilt. Sie hatte vor Erschöpfung dunkle Ränder unter den Augen und lächelte aus bloßer Duldsamkeit. Pelham fiel der Kontrast zwischen ihrem guten Aussehen und den lumpigen Uniformteilen auf, die sie trug. Sie hat eine schöne Haut, dachte er. Aber diese Feststellung war rein ästhetisch, nicht sexuell.

Fielding wurde, wie zu erwarten, vom Wein immer stiller. Ihm, der zurückgelehnt dasaß, verlangte die Beschwingtheit um ihn herum ein ebenso mildes wie höfliches Lächeln ab. Als Lehrer war er der Typ, der in den Klassen seine eigenen, zurückhaltenden Riten zelebrierte und ein Klima der Ruhe und Geborgenheit um sich verbreitete. Kinder genossen eine solche Atmosphäre. Ich wäre glücklich, wenn er das gleiche in meinem Lazarett fertigbrächte.

Kurz nach neun begann Moja Javić unverblümt zu gähnen. In Clearys honigsüßen Reden war ein Unterton von Verzweiflung nicht zu überhören. „Und ich möchte, daß Sie immer wissen", brachte er vor, „Mrs. Javić, Liebe, daß Sie, wenn Einsamkeit Sie überkommt, immer einen Freund, einen Bewunderer, einen bewundernden Freund in Charlie Cleary haben."

Es schien ihn nicht zu stören, daß Pelham diese leidenschaftliche Rede mitanhörte. Den ganzen Abend hatte er sich schon benommen, als wäre er außer Reichweite jeglicher militärischer Autorität. Das kann leicht dazu führen, daß er sich am Ende noch mit mir schlagen will, dachte David.

„Wird Zeit, daß ich gehe", sagte Mrs. Javić.

„Wohin, Liebste, wohin? Wo gehn Sie hin?"

Mrs. Javić lachte ihr kristallklares Lachen. „Wollen Sie eine Liste von mir, Soldat Cleary?"

„Ich würde sie an meinem Herzen verwahren", schwärmte Cleary. Und er sang:

„Unter mein Kissen tu' ich jede Nacht
Das liebliche Pfand, das sie mir vermacht ..."

„Poseur, wie alle Iren!" sagte Fielding ohne Bosheit.

„Ja, Madame Javić. Ein Ire auf Posten."

Aber sie gab Cleary nur einen flüchtigen Klaps und verschwand.

Der Professor sagte: „Sie jumpt jeden Abend in die Badewanne, wiss'n Sie. Wie'n Filmstar." Obwohl er Mediziner war, hatte er eine bäuerliche Abneigung gegen zuviel Waschen.

„Warum fällt ihr Name überall, wo man hinkommt?" fragte Pelham. „Ist sie Kommissarin oder so?"

„Kommissarin, nein. Sie hat keine Zeit für Kommissarin. *Moja, Moja!* sagen alle, weil Moja all'n besondere Gefallen tut."

Cleary hob die Nüstern. Der Professor fuhr fort.

„Außerdem, sie hat überall Kontakte. In Jugoslawien. Selbst bei Tschetniken. Selbst, so vermutet man, mit deutscher Armee. Wie, sie findet Lastwagenkolonne –

deutsche – letztes Jahr. Der General braucht sie für dies und das – er besetzt Teil von Montenegro, braucht Lastwagen. Moja sagt Partisanen, wo sie finden Lastwagen. Sie gehn. Sie finden. Ebenso mit Lazarett. Sie beschafft alles, was dafür gebraucht wird. Es kommt von deutschem Hospital, von Staatshospital hier und dort." Er senkte die Stimme zu heißerem Bar-Geflüster. „Die Partisanka, gewöhnlicher Partisan, er tut alles für Moja. Er Achtung vor Moja. Warum. Weil sie große Dame ist. Gewöhnliche Partisanka – sehr gemischter Sozialist."

„Wenn sie so wichtig ist, warum schickt man sie dann an die Küste? Mit mir?"

„Eifersüchtiger Kommissar. Sie pißt in Kommissars Auge. Sie nicht politisch, Moja, nein, nicht politisch, wiss'n Sie. Kommissar macht Krach um sie. Sie lacht die alle aus, manchmal. Kommissar stellt Ultimatum. General sagt, tut mir leid, Moja. Gehn mußt du. So kommt das."

Cleary war aufgestanden und streckte sich, sein Gewicht, Entspannung vortäuschend, auf die Fußballen verlagert.

„Wo wollen Sie hin, Soldat Cleary?" fragte Pelham in der Befürchtung, daß es zwischen ihm und Offizieren sehr schnell zu Handgreiflichkeiten kommen könnte.

„Mich erleichtern, Doktor. All der Wein ..."

„Kommen Sie, wenn Sie fertig sind, sofort zurück."

„Upp", rülpste Cleary. „Trotz meiner vollen Blase?"

„Trotz allem sonst noch."

Cleary setzte jenes angeekelte Lächeln auf, hinter dem sich großer Ärger verbirgt.

„Ihnen macht das überhaupt nichts aus, mich vor Fremden herunterzuputzen."

„Ich erwarte Sie schnellstens zurück."

Als Cleary aus der Tür war, entschuldigte sich auch Fielding taktvoll. Und nach ihm Professor Grubich. David, als er allein war, betrachtete seine Hände, deren Adern vor Wut geschwollen waren. Wenn dieser irische Rüpel nicht zurückkam ...! Zwei Minuten vergingen. Mein Gott. Er will, daß ich gehe und ihn suche. Hat es höchstwahrscheinlich auf eine Schlägerei abgesehen, selbst zu dieser unmöglichen Stunde. Na ja, eins muß man Eton lassen. Eine gute Vorbereitung auf üble Schlägereien im Dunkeln ist es allemal. Und doch zitterten ihm die Hände.

Er sah auf, Cleary stand in der Tür. „Setzen Sie sich, Cleary."

Cleary setzte sich seitwärts auf seinen Stuhl und grinste ironisch.

„Wenn wir jemals Freunde werden", sagte Pelham, „dann können Sie mich David nennen. Nur weil wir dann Freunde sind, nicht weil wir 1916 nochmal durchspielen wollen. Bis dahin beabsichtige ich, auf zwei Spuren zu fahren, einmal als britischer Offizier und dann als Doktor der Partisanen. Und wenn Sie mir Ärger machen, übergebe ich Sie den Partisanen. Bei ihnen gibt es keine Grade bei der Bestrafung, sie lösen alle Probleme, indem sie dem Delinquenten eine Kugel in den Leib jagen."

Cleary sagte: „Da wir gerade von Bestrafung reden. Es gibt Fälle, in denen Soldaten ihre Offiziere bestrafen. In der Hitze des Gefechts merkt das keiner."

Jetzt überkam Pelham der helle, primitive Zorn. „Legen Sie es darauf an, mich über den Haufen zu schießen, Cleary?"

„Na, und wenn? Was woll'n Sie machen? Es den Jugos erzähl'n?"

„Was vertun wir unsre Zeit mit Drohungen? Geh'n Sie in Ihr Quartier und holen Sie Ihren Karabiner. Ich hole inzwischen meinen. Und dann könn'n wir, verdammt nochmal, die ganze Nacht hier in der Stadt Jagd aufeinander machen."

Pelham war, koste es, was es wolle, zu diesem Unternehmen bereit.

Seltsamerweise schien diese Art zu reden Cleary zu besänftigen.

„Jesses", sagte er mit einem Lächeln, das frei war von jedem Sarkasmus. „Sie wissen nicht, was Sie da sagen, Sir. Sie vergessen – ich bin Soldat der Kommandotruppe. Ausgebildet in britischen Lagern."

In der Art, wie er das sagte, schwang, wenn auch leise, ein Kompliment für David mit.

„Warum sind Sie degradiert worden, Cleary?"

„Das hatte mit Frauen und Politik zu tun. Ich schäme mich nicht, das einzugestehen."

„Welche Art Politik?"

„Für mich und meine Landsleute gibt es nur eine."

„Ich verstehe. Was haben Sie vor dem Krieg gemacht?"

„Ich war Milchbauer, Sir. In Clare."

„Warum haben Sie sich dann zum Militär gemeldet? Ich meine, wenn Sie politisch ...?"

„Es war die einzige Möglichkeit, wegzukommen von meiner Frau und meiner Mutter."

„Machen Sie keine Scherze, Cleary."

„Das ist kein Scherz, Sir. Es ist mein voller Ernst."

„Sie wurden zweimal zum Sergeanten befördert. Beide Male mitten im Gefecht."

„Ja, Sir."

„Das Soldatsein macht Ihnen also Spaß?"

„Die deutschen Panzer sind verglichen mit meiner Mutter harmlos, Sir."

„Wovor fürchten Sie sich am meisten?"

„Nicht vor Minen, Sir, auch vor Sprengbomben nicht. Angst hab ich davor, durch Bauchschuß verwundet zu werden. Ein bißchen jedenfalls."

„Keine Sorge, Cleary. Da sind Sie bei mir in guten Händen."

„Die kleine Jagdpartie können wir wohl abblasen, Sir. Die Sie für heute nacht planten."

„Ist klar. Gehn Sie jetzt schlafen."

Cleary drehte sich beim Hinausgehn um. „Jesses, das imponiert mir direkt – sich mit mir auf 'ne Schießerei einlassen woll'n. Und das in der Nacht."

„Na, ich weiß nicht ..."

„Glauben Sie mir, Sir. Ich bin wirklich ein richtiger Killer."

Ja, das konnte man dem Blick unter seinen schwarzen, zottigen Augenbrauen hervor getrost glauben.

Pelham begann seine Arbeit in der Jajce-Klinik damit, daß er zwei Bäuerinnen entband. Die Kinder kamen gesund zur Welt. Was für eine gewalttätige Welt das war, in die sie geboren wurden, wußten sie nicht.

Am nächsten Tag wurde ein Partisane eingeliefert, dem in einem Minenfeld ein Fuß abgesprengt worden war. Grubich forderte Pelham auf, die Wunde zu behandeln. Pentothal injizierte er selbst. „Ihr hier vergeßt jetzt, daß Grubich dabeisteht, verstanden? Macht es, wie ihr's für richtig haltet." Das taten sie und brachten es auch fertig, zu vergessen, daß dies Grubichs Lazarett war und der Professor, den Patienten im Auge, am Kopfende stand und auf das Zucken der Augenlider, den Atem und auf Veränderungen der Gesichtsfarbe achtete.

David stand jetzt, zum zweitenmal in seinem Leben, vor der Aufgabe, eine Amputation vorzunehmen. Der zerfetzte Unterschenkel mußte abgenommen werden. Bei diesem ersten Test ihrer ärztlichen Zusammenarbeit benahm sich Fielding fachkundig wie eine Oberschwester. Er hatte die Zange herzureichen, die Klammern, die Knochenfeile, eine Knochensalbe deutscher Herkunft. Die den Knochen mit einem Knirschen durchtrennende Zange drückte sich in Davids Handfläche.

Nicht vergessen, einen Fleischlappen zur Heilung zurückzulassen. Sonst muß alles noch einmal gemacht werden.

Grubich sagte während der Operation kein Wort. Fielding hatte die Schnur zum Abbinden bereit. Es waren alles keine Probleme.

Am gleichen Tag hatte es Pelham mit einer vier Monate alten Beinwunde zu tun. Waden- und Schienbein, beide gebrochen, schimmerten totenblaß aus der Öffnung hervor. Der Verwundete war ein Serbe in mittleren Jahren. Die Zahl der Blutkörperchen war niedrig, nicht nur durch die Verwundung, sondern weil er von Westserbien zu Fuß gekommen war, in Scheunen übernachtet und nur hin und wieder dünne Suppe von freundlichen Landsleuten erhalten hatte.

Die Wunde hatte keine Chance zu heilen. Nachts, viele Nächte lang, schleppte er sich über Wege und Felder. Stürze in der Dunkelheit und das unvermeidliche Stolpern über Steine hatten Ohnmacht und Fieber zur Folge. Setzte er den Fuß falsch, dann durchzuckte ihn rasender Schmerz.

David befühlte die Wunde. Die Ränder waren hart wie Holz. Aber es gelang ihm, die Knochen zusammenzukrümmen. Er forderte Fielding auf, Schienen anzulegen. Eine Bluttransfusion war nötig.

David fragte den Professor, ob genügend Blut für den Mann vorhanden sei.

„Reichlich Blut. Ich nehme soviel ab, wie wir brauchen. Selbst von Partisanen auf der Straße."

Früh am nächsten Morgen wieder eine Geburt. So spulten sich die Tage ab – prosaische Geburten, unvorstellbare Verwundungen, barbarische Todesfälle.

Cleary schloß sich nach Rücksprache mit Kallić einem Spähtrupp an. Jetzt, wo er wußte, daß sich Pelham das irre

Spiel rebellierender Soldat kontra anmaßenden Offizier aus dem Kopf geschlagen hatte, war er glücklich, sich einen Tag absetzen und den Doktor von seiner Gegenwart erlösen zu können. David war aus dem gleichen Grunde froh, ihn gehen zu sehn.

Nachdem er Pelham das Rasierwasser gebracht hatte, klotzte der Ire hinaus auf die halbdunkle Straße und murmelte: „Ah, welche Freude, in die Fremde zu reisen." Er meinte es nicht ironisch. Er sah sich als Tourist.

Gegen Mittag wurden Moja und Pelham zur Burg bestellt. Der General war in einem Dienstzimmer im oberen Stock. Anwesend war außer ihm nur ein Adjutant. „Moja, Moja!" grunzte der General zärtlich. Heute war Moja in ihrem braunen Overall Dolmetscherin.

Der General sprach mit ihr. Sie hörte aufmerksam zu. An der Art, wie sie miteinander redeten, konnte David erkennen, daß sie alte Freunde waren, er hatte auch den Eindruck, daß sie sich hin und wieder gegenseitig verulkten. Am Ende wandte sich Moja ziemlich förmlich an David. Er bemerkte eine erstaunliche Sanftheit in ihren Augen, die aber, vermutete er, nicht ihn, sondern den General meinte. Dennoch ging es ihm zum erstenmal in seinem Leben durch den Kopf, daß eine Frau über vierzig wohl sexuell auf ihn anziehend wirken könnte.

„Kennen Sie die Insel Mus?" fragte sie.

Im Hintergrund murmelte der General: „Vis und Mus."

„Das sind Inseln vor der dalmatinischen Küste", sagte Moja zu Pelham. „Sie sind klein, aber für Dalmatien dienten sie immer als Hintertür. Die britische Marine benutzte sie während der Konflikte mit Napoleon. Heute tun es die Partisanen."

David suchte sich daran zu erinnern, was er in der Schule gelernt hatte. Bedeutete Mus nicht „Fliege" oder „Maus"? Jedenfalls mußte er bei der Nennung dieses Namens an Schimmel und Schmutz, eklige Verletzungen und gefräßige Insekten denken. So ganz falsch war diese Vorstellung, wie sich später herausstellte, nicht.

Der General fuhr fort. Moja wandte sich ab und zu an Pelham und sagte Sätze wie: „Er sagt, ich soll mich um Sie kümmern." „Er sagt, es ist meine Aufgabe, für die Ausrüstung zu sorgen." „Er sagt, die Partisanen wissen, daß ihnen, wenn sie verwundet werden, der Tod oder eine lange, qualvolle Zeit bevorsteht. Es ist unsere Aufgabe, diese Ängste in Grenzen zu halten. Wir werden die große Hilfsstelle für die gesamte Küste sein."

Der General nahm einen Straßenatlas vom Tisch und schlug ihn auf. Er hielt ihn David hin und zeigte mit Daumen und Zeigefinger auf zwei kleine Inseln in der Adria. „Vis. Mus", sagte er.

Ob er alle seine Kampagnen nach so einem Touristenatlas durchführt? dachte Pelham.

Moja, Pelham und die Partisanenkompanie würden von Jajce südwestlich zur Küste marschieren und die Überlandstraße bei Split nachts überqueren. Fischerboote würden sie nach Mus bringen.

David wurden zwei Packesel für seine Ausrüstung zugestanden. Es war ihm klar, daß der General, wenn er zwei Esel sagte, für diesen Zweck nicht mehr Tiere zur Verfügung hatte, und daß es sinnlos gewesen wäre, mit ihm darüber zu streiten. Also ließ er es.

„Wann geht es los?" fragte er.

„Heute nacht", sagte Moja. „Die deutsche Armee stößt rasch vor, um die durch die italienische Kapitulation entstandenen Lücken zu füllen. Split ist bereits gefallen ..." (Tito veranschaulichte diese Tatsache mit dem Daumen und dem Atlas) „... und zwei Divisionen marschieren aus Richtung Montenegro über die Berge. Wir müssen also sofort los."

Tito strahlte David an, als könnte es für den kaum bessere Nachrichten geben.

„Und Cleary?" fragte Pelham Moja.

„Wir brechen erst um Mitternacht auf. Bis dahin ist er sicher zurück."

Am Abend gab Grubich ein Essen für Moja, Pelham und Fielding. Draußen im Hof des Lazaretts wurden Esel mit gegensätzlichen Dingen beladen: Munitionskästen, Sprengstoffzündern, dem Arztkorb, Äther in Korbflaschen, Behälter mit Gaze, Mull, Gipsverbänden.

Das Verladen des medizinischen Zubehörs war Sache zweier Ordonnanzen, beide Partisanen, die Grubich Pelham zugeteilt hatte. Der eine, Jovan, war ein kleiner, ruhiger Mann mit Stoppelhaar; der andere, der Krankenwärter Peko, war groß und lahmte. Ihn hatte David oft Verwundete auf seinen Armen aus dem Operationssaal tragen sehen.

Am Tisch in Professor Grubichs Zimmer war man

inzwischen zum Branntwein übergegangen. Neben Moja saß ein stilles, zwanzigjähriges Mädchen namens Suza. Sie trug eine fremdartige Uniformhose und sehr große Stiefel. Sie hatte den Blick von Kindern aus Elendsquartieren, die in eine Unfallstation gebracht werden, ohne daß die Eltern sich gewillt zeigen, die erlittene Verletzung zu erklären. Sie sollte als Schwester mit ihnen nach Mus gehen.

Gegen zehn stürmte Cleary herein: nachdem er höflich angeklopft hatte, wie Pelham registrierte. Seine Mutter hatte ihm ein merkwürdiges Nebeneinander von Manieren beigebracht. Er lehnte seine Maschinenpistole an einen Stuhl und nahm dankbar ein Glas Raki in Empfang.

„Die Burschen können marschieren! Und alles zwecklos. Wir haben nichts gesehn. Viel essen kann ich nicht", sagte er.

Man riet ihm, doch lieber was zu essen. Er hätte heute Nacht noch einen Marsch von zwanzig Meilen vor sich. Er lehnte sich im Stuhl zurück und hob stumm sein verschwitztes Gesicht zur Decke.

Um Mitternacht allgemeines Händeschütteln mit Grubich. Moja umarmte ihn kurz. Wenn sie etwas miteinander hatten, dann auf eine ziemlich klösterliche Art. Und da Mrs. Javić sichtlich nichts von einer Nonne an sich hatte, lag der Schluß nahe, daß es zwischen ihnen kaum mehr als eine warmherzige Freundschaft gab.

Das war ebenso gut. Grubich würden sie nie wiedersehen.

3

Auf die Partisaneninfanterie, die mitmarschieren sollte, trafen sie an der Brücke über die Pliva. Sie folgten zunächst der aufgeweichten Landstraße nach Travnik. Hier war man offenbar noch sicher, denn die Jugoslawen schwatzten munter und gaben sich entspannt.

„Von Jajce haben Sie kaum etwas gesehen", sagte Moja zu David. „Weder die unterirdische Kapelle noch die Hinrichtungsstätte des letzten Königs von Bosnien. Auch das Wichtigste nicht, den Mithra-Tempel."

„Ich muß also später nochmal dorthin", erwiderte Pelham. „Als Tourist."

„Der Mithra-Tempel, der ist wirklich sehenswert. Der Kult ist im Geiste so typisch jugoslawisch. Die römischen Legionäre haben ihn mitgebracht, verstehn Sie. Verehrung des Stiers. Wurde einer eingeweiht, dann schlachtete man auf einem Rost über seinem Kopf einen Stier, so daß er von Blut überströmt wurde. Die Knochen wurden zerschlagen und der Novize mit dem Knochenmark bedeckt. Aus dem Blut und dem Knochenmark, glaubte man, wuchsen Trauben und Korn. Aus seinem Samen stammten alle Tiere. Leben gab es nur, wenn Blut floß."

„Wird dieser Kult denn heute noch praktiziert?"

„Natürlich nicht. Es ging mit ihm zu Ende, als das Christentum kam. Aber auf eine Weise ist er in uns noch lebendig."

Nach einer Weile lösten Landwege die Straße ab, und

dann ging es auf Bergpfaden weiter. Sie passierten schlafende Dörfer und überquerten hohe Berge. David erinnerte sich später nur noch vage an diesen Viertagemarsch. Es war kalt, regnerisch und dunstig. Tagsüber tiefer Schlaf in den Kiefernwäldern. Selbst bei geschlossenen Augen sah er noch die Gestalten der wachsamen, flott marschierenden Partisanen vor sich. In der zweiten Nacht stießen die Späher auf die Patrouille einer örtlichen Partisanentruppe. Von ihr erfuhren sie, daß der Feind an der Überlandstraße Stellung bezogen hatte, um einen Ausbruch der Partisanen aus den bosnischen Bergen zu verhindern. Alle hundert Meter östlich und westlich befanden sich Posten der deutschen Infanterie, hinter denen in Rufweite Einheiten in Kompaniestärke lagen.

Pelham stand bei seinen beladenen Eseln und sah, wie Georgi, der die Truppe befehligte, die Kolonne abschritt und leise mit dem einen oder anderen Mann sprach.

„Was hat er vor?" fragte Pelham Moja.

„Er sucht zwei Dutzend Männer aus, die als erste die Landstraße überqueren und den Feind von uns ablenken sollen. Wir kreuzen dann an einer anderen Stelle die Straße."

„Mein Gott."

Die ausgewählten Männer zogen los. David saß etwa eine halbe Stunde mit den anderen in einem Graben. Sie hörten nicht weit von sich Militärstiefel auf dem Pflaster und die Stimmen von Deutschen.

Dann brach ein furchtbares Getöse aus. Georgi winkte seine Leute, Männer und Frauen, und die Packesel über den Weg hinüber in die Felder und zu den Abhängen auf der anderen Seite. Noch lange hörten sie hinter sich das Gewehrfeuer. Die Vierundzwanzig, die das Ablenkungsmanöver durchgeführt hatten, liegen jetzt auf der Straße nach Split im Sterben, dachte David. Doch am nächsten Tag erschienen sie vollzählig auf dem Bergbauernhof, in dem die Truppe Rast machte. Keiner von ihnen war verwundet. Pelham nahm das dankbar zur Kenntnis, denn schon hatten ihm die großen Dosen Morphium Sorge gemacht, die er würde spritzen müssen, um den Verwundeten den Weitermarsch zur Küste etwas erträglicher zu machen.

In der dritten Nacht marschierten sie bei Mondschein über ein graues felsiges Plateau. Es war kalt in dieser Einöde, in der Ferne aber sahen sie die Minaretts der schönen Stadt Mostar.

Moja sagte: „Die Deutschen sind wahrscheinlich schon da, wenn wir auch noch nichts Näheres wissen. Die ersten Trupps, die eintreffen, werden oft noch von den Einheimischen niedergemacht. Aber dann kommen mehr, immer mehr."

Der vierte Tag brach an. In einem Dorf sahen sie italienische Soldaten auf Bänken vor einem Wirtshaus sitzen und trinken. Die neuen Verbündeten waren sie, hatten nichts zu tun, und so tranken sie und grölten der vorbeimarschierenden Kolonne „Smrt Fascismu!" zu, „Nieder mit dem Faschismus". Am Rande der Stadt hielt eine alte Frau ein Bild von Pavelić, dem Ustascha-Führer, in den Händen. Sie spuckte nach ihnen und fluchte. Georgi lachte. Den Partisanen schien der Mut, mit dem sie ihre Parteinahme demonstrierte, zu imponieren.

Gegen Mittag kamen sie aus den Bergen zu dem kleinen Seehafen Podgora. Die grünen und bläulichen Berge der Inseln vor der Küste waren in dem dunstigen Sonnenlicht wunderbar klar zu sehen. Die windüberwehten Buchten um sie herum schimmerten golden. Hier gab es Olivenhaine und Feigenbäume. Es war schöner als selbst die Riviera. Hier ließ es sich kurze Zeit vergessen, daß das Land hinter ihnen vom Feind besetzt war. In einem Haus in der Stadt schlief Pelham den ganzen Nachmittag.

Der Neretvanski-Kanal war tagsüber die Domäne der Torpedo- und Schnellboote der deutschen Kriegsmarine. Erst nach dem Abendessen, bei Anbruch der Nacht, konnten sie an Bord der Fischerboote gehen, die sie südlich um Hvar und Korčula, dem Geburtsort Marco Polos, herum nach Grevisa, dem Hafen von Mus, brachten.

Pelham träumte später oft von dieser Ankunft in Grevisa und sah dann die schwarz aufragende Bergmasse vor sich, die sich zu ihnen vorschob und die Sterne abdeckte. Mit einer Taschenlampe blinkte Georgi von Bord zur Küste hinüber. Pelham sah in dem flüchtigen Lichtschein nichts von der Hafenanlage Grevisas, sah nur die Gesichter von drei Partisaninnen, die vorn auf der Deckladung saßen. Durch den kurzen Lichtschein und die Schatten in ihren Gesichtszügen sahen sie schön und zugleich traurig aus. Die Esel achtern, denen die Dünung wohl kaum behagt hatte, hörte er schnauben. Die Futtersäcke, die ihnen um die Mäuler gehängt worden waren, hielten sie nicht vom Klagen ab. Georgi knipste die Taschenlampe aus.

Das Boot trieb träge in den Hafen. Neunzig Sekunden lang herrschte Stille. Dann schrie jemand von der Pier: „*Stoi!*" Für David klang das wie der eine Ton, mit dem der Bariton im zweiten Akt seinen Auftritt ankündigt.

Moja stand neben Pelham am Vormast. Bei dem „Stoi!" legte sie die Hand auf seinen Arm. „Legen Sie sich an Deck, David." Sie zog ihn mit sich zu Boden. Ihre Hand war kalt.

Gleich darauf zerriß Maschinengewehrfeuer die Takelage über ihnen. Georgi fluchte laut vom Schanzdeck. Seine Stimme überschlug sich fast, und das Feuer wurde eingestellt.

David glaubte, sein Gehör wäre durch all den Krach gestört. Denn es war ihm, als riefe jemand in dem dunklen Grevisa auf Englisch. „Stop", hörte er und: „...bastard!" Offenbar war der Schütze gemeint.

Plötzlich hatte Pelham die Pier in Augenhöhe vor sich. Das Fischerboot machte vorn und achtern an den Pollern fest. An der Küste rief noch immer die Stimme.

„Welcher Idiot hat da Licht gemacht?" Niemand antwortete.

„Wer ist der Engländer?" fragte David Moja.

„Ich weiß nicht. Vielleicht haben die Briten ein paar Mann hier stationiert."

Gegen eine an Bord drängende Gruppe von Partisanen stürmten Georgis Partisanen an Land. Sie gingen wie zwei Rugbymannschaften aufeinander los und schienen darüber zu streiten, wer für diesen bedrohlichen Zwischenfall verantwortlich war.

Der Engländer kam an Bord. David hörte, wie er sich fluchend einen Weg bahnte und dabei offenbar auf die Esel stieß. „Diese verdammten Esel! Womit sind die beladen? Mit Wein, was? Auf der Insel gibt's genug von dem Zeugs!"

Pelham machte sich an den Mann heran. Er konnte in der Dunkelheit nur vage die Silhouette seines Baretts erkennen.

„Nein, das ist Äther. Und auch etwas Jod."

„Herrgott, wer schickt denn Sie her?"

In seiner Stimme klang Ungehaltenheit über die unerwarteten Ankömmlinge mit.

Sie stellten sich einander vor. Der Name des Engländers war Southey, Major Southey. Er war Kommandeur einer Kommandotruppe hier auf Mus.

„Wie viele Kommandosoldaten in einer Einheit?" fragte Pelham.

„Fünfzig."

„Mein Gott!"

Der Major rief nach hinten ins Dunkle. „Dewhurst, Brown. Helfen Sie dem Captain beim Entladen."

Bald darauf standen sie alle auf der Pier von Grevisa. Cleary, neben Pelham, flüsterte ihm zu: „Lassen Sie mich nicht von dem Major vereinnahmen, Sir. Sie brauchen einen wie mich in dieser Situation. Ich bin im Organisieren ganz groß."

Ein Lastwagen kam wild die Straße heraufgefahren.

Southey sagte: „Herrgott, da kommt wieder dieser besoffene Hund." Der Wagen, von den Flüchen der beiseitespringenden Partisanen begleitet, kurvte wie verrückt über die Pier und stoppte bockend erst unmittelbar vorm Gangway. Der Fahrer sprang ab und rannte zu Southey und Pelham.

„Aus Italien?" fragte er mit fester Stimme.

„Vom Festland", sagte Southey. „Sie sind wieder besoffen, Lawrence."

„Ja, Sir."

Southey sagte zu Pelham: „Das ist Sergeant Lawrence. Er fährt eine Art abgetakelter Feldambulanz für uns. Ich laß ihn trinken, weil Abstinenz ihn untüchtig macht. Er hätte nie hierher geschickt werden sollen."

Lawrence stank nach Schnaps. Trotz kam in ihm hoch. Er sprach mit dem Akzent der Bauern des englischen Südwestens. „Wir sind eine unabhängige Gruppe, ich und meine fünf Mann", erklärte er Pelham oder auch Southey.

Pelham stellte Moja und Fielding vor, ließ aber Cleary aus, weil das vermutlich sein Wunsch war. Southey sagte: „Unser Lager ist zwischen den Weingärten oben am Berg. Sie müssen mal kommen und uns besuchen, wenn Sie Zeit haben." Aber es klang ziemlich desinteressiert.

Aus irgendeiner verqueren Einstellung, vielleicht aus verrückter Ritterlichkeit, fühlte Southey sich bedroht durch die Anwesenheit eines Chirurgen-Teams. Indem er Pelham zu einem Besuch einlud, warnte er Moja und ihn gleichzeitig davor, sich in seiner Nähe anzusiedeln. Er fordert Lawrence auf, eine Unterkunft für Pelham und seine Mannschaft zu suchen. „Hier unten irgendwo. Nicht weit vom Hafen", sagte er bestimmt.

Sie stiegen in den Laster von Lawrence; David und Moja vorn zu Lawrence, die anderen setzten sich nach hinten. Lawrence stieß zurück, drehte und preschte dann, den einen oder anderen Poller streifend, die Pier entlang. David sah, wie Moja bei dem Geräusch zusammenfuhr.

„Fahr'n Sie vorsichtig, Sergeant", sagte er zu Lawrence.

„Keine Bange, Sir. Das ist unser Laster, korrekt eingetragen und gestempelt."

„Ihr Laster, aber unsre Knochen. Fahr'n Sie langsam."

„Soll mir recht sein", murmelte Lawrence kameradschaftlich und gehorchte.

Irgendwo im Dunkeln parkte er, stieg aus und forderte sie auf, ihm zu folgen. Es war vielleicht nur die Erschöpfung, aber David fühlte die Blicke von Beobachtern auf sie gerichtet, und tatsächlich wurden sie in der Dunkelheit von zwei Stimmen angerufen. „Stoi. Stoi!" Aber Lawrence sagte: „Alles in Ordnung, Trotsky. Engelski."

Als sie in einen Hauseingang stolperten, hörte Pelham, wie Moja hart mit dem Kopf gegen irgend etwas stieß. Er hörte sie stöhnen. „Haben hier irgendwo so eine blöde Kanone oder was", sagte Lawrence. Sie hörten jemand jugoslawisch sprechen. Es stellte sich heraus, daß im vorderen Raum des Hauses ein Geschütz stand – Tankabwehrkanone, Haubitze? Pelham konnte es nicht erkennen. Das Rohr war durch das offene Vorderfenster auf den Hafen gerichtet.

Lawrence nahm sie nach oben, schloß die Fensterläden und knipste Licht an. Er war, wie sich jetzt erkennen ließ, vierschrötig und dunkel, für seine schweren Knochen ziemlich klein. Er faßte den Tisch angewidert ins Auge. Halb ausgegessene Dosen mit Rindfleisch lagen da herum. Schon in Fäulnis übergegangen, wie es schien, als wären sie vor mindestens einer Woche bei einem plötzlichen Aufbruch zurückgelassen worden.

„Einige meiner Männer", sagte Lawrence, „Dreckskerle aus den Midlands." Trotzdem setzte er sich an den Tisch wie die anderen auch. Er reichte seine Flasche herum. Der brennende Raki tat David gut. Er beobachtete Lawrence, wie dieser Moja beim Trinken beobachtet. Die Augen des Sergeanten weiteten sich ein wenig vor Begehrlichkeit.

David war noch jung genug, um sich dadurch zu einer Neueinschätzung von Moja gezwungen zu sehen. Was er hier vor sich hatte, wäre, hatte er gemeint, nichts weiter als eine gut aussehende Dame mit Anzeichen tiefer Erschöpfung im Gesicht.

Das Schlafzimmer, das Lawrence ihnen zeigte, roch sauber, wie ein Raum, in den von morgens bis abends die Sonne scheint. Aber die Dunkelheit war jetzt so dicht, die Luft war wie Luft aus einem Kompressor. Er spürte wie einen beklemmenden Druck in der Brust die Anwesenheit des Feindes im nahen Split.

4

Ein scharfer Lichtstrahl fiel durch den sackleinernen Vorhang auf Davids Gesicht und weckte ihn. Fielding, in seiner Nähe, lag auf dem Rücken und schlief, Cleary, in Decken gewickelt, hinter Fielding. Moja hatte ihr Lager verlassen.

Er ging zum Fenster und hob den Vorhang etwas an. Jenseits der Straße dehnte sich theatralisch blau und von keinem einzigen Fischerboot befahren die von Bergen umgebene Bucht. Die blaue Kruppe von Korčula schien sehr nahe, ein kleiner Vogel kam von dorther unnatürlich schnell auf Mus zugeflogen. Als er nur noch 1500 m entfernt war, nahm er die Gestalt einer Messerschmitt an, die im Tiefflug Bucht und Stadt überflog. Das Motorengeräusch hörte David erst, als sie auf und davon war. Im Binnenland, wo Kommandotruppe und Partisanen stationiert waren, dröhnte es von Geschützfeuer. Gleich darauf, sah Pelham, setzte sich die Maschine über den Bergen am Nordende der Bucht aufheulend ab, um auch die anderen Inseln zu wecken.

Pelham bemerkte Moja, die am Hafen entlangschlenderte. „Ein leichtfertiger junger Ritter des Hakenkreuzes", rief sie zu ihm herauf. „Ich habe genau die Unterkunft gefunden, die wir brauchen."

Das Frühstück bei Lawrence in der Messe war unverfälscht englisch. Eine alte Frau in einem schwarzen Trauerkleid hatte die Konserven abgeräumt und ein

Frühstück mit Schinken und Eiern vor sie hingestellt. Nur der Branntwein und das Schwarzbrot waren die landesüblichen Zutaten.

Während sie aßen, fragten Moja und Pelham Lawrence über Mus und darüber aus, was sie hier künftig erwartete. Er war, wie sich zeigte, eine mehr oder weniger exakte Informationsquelle. Die Deutschen hatten, sagte er, achtundzwanzig Divisionen in Jugoslawien, von denen ein Großteil eigentlich anderswo benötigt würde. Jetzt, nach der Kapitulation Italiens, war es die Absicht des deutschen Oberkommandos, die Bedrohung durch die Partisanen ein für allemal durch eine Zangenbewegung in Dalmatien auszuschalten und dann die Inseln eine nach der anderen zu besetzen. Der Angriff auf die Inseln würde vom Festland aus über die Halbinsel Pelješac vorgetragen werden, die bereits weitgehend in Händen des Feindes war. Die Spitze der Angriffskräfte auf Korčula, Hvar, Vis und Mus war die 118. Jägerdivision. Angehörige dieser Truppe waren bereits gefangengenommen, verhört und von den Partisanen bei Podgora erschossen worden.

Das Kommando der Partisanen und das alliierte Hauptquartier hatten entschieden, daß man sich von Vis und Mus nicht zurückziehen würde. Die dort stationierten Truppen waren unter diesem Gesichtspunkt ausgesucht worden.

„Nehmen Sie zum Beispiel Major Southey", sagte er. „Ich persönlich sehe für uns hier keine große Chance, Captain. Aber Southey ist ein Verrückter. Der zieht mit Pfeil und Bogen in die Schlacht. Angeblich auch mit einem

Schwert, einem Zweihänder. Nicht totzukriegen, aber irrenhausreif. Und auf der anderen Seite der Insel ist es ebenso. Da ist der Hafen von Mus. Als Hafenkommandant haben sie einen von der Royal Navy und im Hafen eine Flottille von britischen Schnellbooten. Alle von Axtschwingern und Halbirren kommandiert. Da drüben ist übrigens auch ein jugoslawisches Lazarett. Geleitet von einem Dr. Bersak."

„Ein Arzt? Tito sagte mir, auf Mus wäre kein Arzt."

„Ist auch mehr ein Pferdedoktor. Soviel ich weiß, hat er da gerade drei Seeleute, die vorgestern nacht verwundet wurden. Vielleicht gehn Sie mal hin, um die zu retten. Ich bin sicher, die werden Ihnen ihr Leben lang dankbar sein. Ich könnte Sie heute nachmittag um vier rüberfahren."

Nach dem Frühstück führte Moja Pelham, Fielding und Cleary zu der Festung am Nordende des Hafens von Grevisa. Fielding und Cleary gingen hinter ihnen, so daß Moja und Pelham Gelegenheit hatten, sich ein wenig privat zu unterhalten.

„Dieses Fort hier. Ich erinnere mich gut daran, obwohl es etwa zehn Jahre her ist, daß ich mit meinem Mann hier Ferien machte. Es ist ein typisch georgianischer Bau. Robust. Trocken, die Innenräume. Genau das, was wir brauchen."

„Ihr Mann? Ist er auf dem Festland?"

„Nein. Er ist tot, natürlich." Ihr Blick schweifte über den Hafen, als wollte sie betonen, was für eine alltägliche Sache der Tod sei. „Fragen Sie mich nicht danach. Es ist eine Geschichte, wie sie fast jeder Jugoslawe von sich erzählen könnte, und Sie würden sie bald mit den Geschichten anderer Leute verwechseln. Und das möchte ich nicht, daß der Tod Marko Javićs mit dem Tod anderer verwechselt wird." David bemerkte, daß es ihr zum erstenmal schwerfiel, Englisch korrekt zu sprechen. Aber Tränen hatte sie nicht in den Augen.

Das Fort mit seinen gelbgrauen Mauern war ein eindrucksvoller Bau. Über dem Haupttor waren die Initialen GIIIR kunstvoll in den Stein gemeißelt. Die Partisanen im Hof grüßten Mrs. Javić mit Beflissenheit. „Zuerst wollten sie mich überhaupt nicht reinlassen."

Von dem Kasernenplatz im Fort kamen sie durch ein zweites Tor in einen Hof. Hier sahen sie, was Moja im Auge gehabt hatte. Eine aus Stein gebaute Kasernenbarakke, solide und gegen Feuchtigkeit geschützt. Sie traten durch die Tür. Drei oder vier Partisanen saßen auf Decken auf dem Steinfußboden; die Decken vieler anderer aber waren zerwühlt, schlammverkrustet und rochen faulig. Die Männer sahen nicht auf. Sie schwatzten und lachten laut, um den Anschein zu erwecken, als erzählten sie sich nur für ihresgleichen bestimmte Witze.

„Hier ist alles vorhanden", sagte Moja. „Hinten sind drei Lagerräume, die wir vielleicht als sterilisierte Verbandsräume und so weiter benutzen könnten. Drüben auf der anderen Seite ... aber kommen Sie, sehn Sie selbst."

Sie führte sie in einen Anbau. Es war darin ein wenig düster, aber durch ein hohes Glasfenster fiel Licht herin. In der Mitte des Raumes auf Sockeln eine sauber geschrubbte Tischplatte.

„Das war während der napoleonischen Kriege ein Militärhospiz", sagte Moja. „Als die Briten zuletzt hier waren ..."

„Wunderbar."

„Die Treppe dort führt in einen Keller. Da muß allerdings saubergemacht werden. Das können die Partisanen tun. Dann ließe er sich zur Lagerung der Blutkonserven benutzen."

„Ein Keller." Pelham ging auf die Treppe zu.

„Lassen Sie, David, die Partisanen müssen dort erst Ordnung gemacht haben!"

Aber er ging die dunklen Stufen hinunter, und Todesgeruch schlug ihm entgegen. Er raffte sich auf und zündete ein Streichholz an. Der Keller schien voller Weinregale, und auf ihnen lagen die Körper von Männern. Einer von ihnen starrte ihn an; das Gesicht war vom Tode gezeichnet und in ihm drückte sich aus, wie furchtbar es um seine inneren Organe bestellt sein mußte. Selbst für ihn, der professionell mit dem Tod zu tun hatte, war das ein grauenvoller Augenblick.

Er stieg die Stufen hinauf. Moja empfing ihn mit vorwurfsvollem Blick.

„Ein Boot, vollbeladen mit Verwundeten, kam vor zwei Tagen vom Festland. Einige starben gestern und während der Nacht. Sie werden heute begraben."

Pelham wandte sich an Cleary.

„Sie werden den ganzen Keller ausräuchern müssen, wenn die Leichen herausgeschafft sind. Fragen Sie Fielding, wenn Sie nicht wissen, wie man das macht."

Fielding sagte: „Sie gehen davon aus, Sir, daß die sich überreden lassen, uns das hier abzutreten."

„Das müssen sie einfach."

„Hier, durch diese Tür", sagte Moja. Durch die hintere Tür des Operationsraumes kamen sie zu einer kleinen Kapelle und ungefähr dreißig stark verwitterten Grabsteinen. Die Namen waren noch lesbar. Burrows, stand da, Smith, Jamieson, Golder, Baxter, Myles, Whiting, Colman. Diese Seeleute lagen hier seit 1810. „Dort drüben", sagte Moja, „jenseits des hinteren Tores ist ein großes graues Haus. Ich habe es mir angesehen. Es scheint als Messe und zum Wohnen geeignet."

„Wohnt dort eine Familie?"

„Nein, es war ganz von Partisanen belegt. Alle Familien sind per Schiff nach Italien gebracht worden. Viele alte Leute sind als Dienstboten hiergeblieben. Viele jüngere waren natürlich klug genug, sich den Partisanen anzuschließen. Keine Frage, Leute, die noch hier sind, setzen wir hinaus."

„Sind jetzt noch Partisanen dort?" David bedrückte immer noch der schreckliche Anblick der entstellten Leichen im Keller.

„Nein, sie sind verlegt worden. Sie, meine Herren, sehen sich jetzt bitte das Haus an. Entschuldigen Sie mich."

Sie wandte sich zum Gehen und verschwand im Eingang des ehemaligen Hospitals. Statt das Haus zu betreten, blieben sie und hörten sich die lautstarke Debatte an, die drinnen losbrach. Mitten in dem wilden Hin und

Her hörte Pelham Mojas sich vor Giftigkeit fast überschlagende Stimme, wie er es bei dieser kühlen, zurückhaltenden Frau nicht für möglich gehalten hätte.

„Vielleicht sollte ich da mal reingehn?" fragte Cleary.

„Ich denke, das schafft sie allein."

Fünf Minuten später kam Moja zu dem kleinen Friedhof zurück.

„Na also. Sie gehn. Jetzt muß hier als erstes saubergemacht werden. Ich sage Jovan und Peko Bescheid."

Fielding hatte beim Putzen die Aufsicht zu führen. Er nahm Cleary mit.

„Wie, um Himmels willen, haben Sie das bloß geschafft?" fragte David Moja, während die verdrossenen Partisanen einer nach dem anderen mit ihren eingerollten Decken und Gewehren abzogen.

„Die Kunst der Überredung."

„Kommen Sie, Moja. Ich bin nicht in der Stimmung, von Ihnen bewitzelt zu werden."

„Der Keller hat Ihnen den Rest gegeben."

Sie legte die Hand auf seinen Arm. Mütterlich und zugleich verführerisch war diese Berührung, wie immer bei ihr.

„Wie haben Sie die hier rausbekommen?"

„Erzählen Sie es keinem, denn vielleicht muß ich diese Methode nochmal anwenden."

„Gut."

„Ich erzählte ihnen, daß nächste Woche ein hoher Kommissar nach Mus kommt, um hier eine zivile und eine militärische Verwaltung einzurichten. Was übrigens stimmt. Ich sagte ihnen, daß der Kommissar ein Freund von Tito und ich meinerseits mit Tito befreundet sei. Ich sagte ihnen, ich würde dem Kommissar erzählen, daß sie alle mich in der Gruppe vergewaltigen wollten. Der Kommissar, versicherte ich ihnen, würde mir glauben, weil ich eine große und gebildete Dame sei. Als Preis dafür, daß ich schwiege, verlangte ich die Räumung des Hospitals. Sie sehen, es sind interessante Methoden, die große und gebildete Damen zur Verfügung haben."

„Sie sollten sich schämen", sagte Pelham. „Ich kann gar nicht sagen, wie dankbar ich Ihnen bin."

Die Toten, die Weinschläuche, die an den Gestellen hingen, und die Decken wurden von Jovan und Peko hinausgetragen. Die Decken gab man den Eigentümern auf dem Kasernenhof zurück. Den ganzen Tag über wurden die Lagerräume und der Hauptraum geschrubbt und desinfiziert. Die Desinfektionsmittel waren ein unerwartetes Geschenk von Sergeant Lawrence, der am späten Vormittag mit seiner Feldambulanz auftauchte. Der Schwefelgestank aus dem Keller stach allen in die Nase. In dem grauen Haus hinter dem Fort fand Fielding auf einem Ankleidetisch einen Spiegel, der an Drähten von der Decke herunter im Operationsraum aufgehängt wurde.

Gegen Mittag kam ein einheimischer Kommissar mit einigen bewaffneten Begleitern. Handgranaten hingen wie ein wunderlicher Volksschmuck vor ihren Bäuchen. David dachte, er käme, um das Gebäude wiederum für seine Männer zu vereinnahmen.

Statt dessen jedoch hielt der Kommissar mit vom Leibe

gestreckten Armen eine lange Willkommensrede. Als er geendet hatte, nickte er einem Leutnant zu, der die unvermeidliche Flasche mit jugoslawischem Branntwein hervorzauberte.

Ein Toast wurde ausgebracht, und Pelham trank einen kräftigen Schluck. Stark war das Zeugs und verursachte ihm Brechreiz. Lächelnd und sich verbeugend nahm er die Flasche von dem Kommissar entgegen.

„Holen Sie die Spirituskocher, Fielding."

Fielding brachte die Spirituskocher, die ein Geschenk von Grubich waren. Von einem drehte er die Kappe ab und füllte den Behälter mit Branntwein. In die Kappe goß er ebenfalls etwas und zündete es an. Der Spirituskocher brannte mit einer dünnen blauen Flamme. Fielding grinste. Pelham sah lächelnd auf, in der Erwartung, der Kommissar würde sich mitfreuen über diese ingeniöse Gewinnung von Brennstoff. Er bemerkte, daß Moja die Stirn runzelte. Der Kommissar machte eine knappe Verbeugung und empfahl sich mit seinen Begleitern.

Moja sagte: „Ich wußte, daß er sich beleidigt fühlen würde. Sie sind so borniert, diese Leute."

Um drei Uhr nachmittags war das Lazarett ausgeräumt und sauber; die Einrichtung bestand aus dem Operationstisch, einer Tilley-Lampe, einem Reflexspiegel, zwei Tragbahren, einem Kasten mit Verbandszeug und Pflaster, einem kleinen Vorrat an Medikamenten, zwei Spirituskochern und einem gestohlenen Kochtopf, den sie zum Sterilisieren benutzten.

Fielding in seiner stillen Art schien voller Stolz. Er und

Cleary bekamen die Aufgabe, die Stadt nach Betten und Decken zu durchkämmen.

Im purpurgoldenen Licht des Spätnachmittags fuhr Pelham mit Lawrence ins Binnenland. Hinter Grevisa stieg die Straße zwischen dicht herankommenden Hügeln an. Es war ziemlich eng, und Lawrence fuhr nüchtern kaum besser als wenn er betrunken war. Auf einer Strecke, die am Berghang entlangführte, hielt Lawrence an.

„Sehen Sie, da", sagte er.

Pelham sah durchs Wagenfenster nicht nur Korčula und die Halbinsel, sondern auch die Schneekuppen der Dinarischen Alpen, die Insel Hvar und die weißen Häuser der Städte Hvar und Korčula. „Nicht schlecht, was?" Lawrence schien sich an der Vorstellung zu weiden, daß aus einer solchen Landschaft unmöglich irgendwelche Gefahr drohen könnte.

Als der Wagen um eine Biegung fuhr, kam ihnen ein seltsames Geräusch entgegen. Auf sie zu marschierten Hunderte von bewaffneten Partisanen. Sie sangen ein in seinen unablässigen Wiederholungen hypnotisch wirkendes Lied, bei dem einem das Blut in den Adern stockte, es war ein Singen, wie man es sich bei Zulus vorstellen konnte, wenn sie in den Kampf zogen. Was immer im Menschen an Wahn, momentanem Aufbegehren und Irresein steckte, wurde in diesem Lied gefeiert.

Die Berghänge fingen den Gesang auf und warfen ihn als Echo auf sie zurück. Eine Sekunde lang überkam David das Verlangen, Karriere, Uniform und alles aufzugeben und sich mit ihnen in ihrer rituellen, sangesseligen Trunkenheit zu vereinen. Lawrence bremste, und die Partisanen zogen in Gruppen an ihnen vorbei. „Eher vom Teufel besessene Halbwilde sind das, finden Sie nicht?" Aber obwohl Davids Impuls, Anschluß bei ihnen zu suchen, sich gelegt hatte, fühlte er sich doch in der Geborgenheit seines Britentums heftig irritiert.

In ihren Reihen sah er nebeneinander marschierend einige Männer einer Kommandotruppe. Ein junger, finster dreinblickender Leutnant, dessen dichter schwarzer Schnurrbart gegen seine Jungenhaftigkeit anstritt, führte sie. Der Ausdruck in dem Gesicht des Jungen stimmte Pelham nachdenklich. Es waren nicht Furcht oder irgendwelche Gehemmtheit, die sich da ausdrückten. Es war eher, als störten ihn all diese Fremden mit ihrem geräuschvollen Singen in seinem Spaß an der Sache. Instinktiv kam David zu dem Schluß: Der Junge ist ein eisenharter Professioneller, äußerst gefährlich vorm Feind und für uns vielleicht auch. Denn man sah ihm an, daß er auf dem Wege war, Gewalttätigkeiten auf dem Festland zu begehen und so künftige Gewalttätigkeiten gegen die Insel Mus zu provozieren.

„Ihre Aufgabe ist es, Überfälle auf dem Festland zu inszenieren. Ohne daß es notwendig wäre. Die Deutschen sind noch nicht mal auf Hvar. Aber sie haben hier oben einen sehr aktiven Militärkommissar, der sie auf Trab hält. Ihnen selbst macht das nichts aus, wie Sie hören. Das sind keine normalen Menschen."

„Und der Leutnant, den wir eben gesehen haben ...?"
„Einer von Southeys Jungens. Die haben auch alle einen Sparren. Eine ausgesuchte Truppe von Wahnsinnigen."
Als die Kolonne vorüber war, befanden sie sich allein auf der windigen Hochebene. Vor ihnen waren Weingärten und darüber die Gipfel des Muštar, des höchsten Berges der Insel.
Lawrence ließ den Motor an. Er fuhr zur anderen Seite der weiten Senke, in der sich der Weinbau von Mus konzentrierte. So kamen sie, nachdem sie noch einige Anhöhen hinter sich gebracht hatten, hinunter zum Hafen. Er ähnelte sehr dem von Grevisa. Die Bucht war vielleicht etwas schmaler, aber ebenso weitläufig. Am Nordende erhob sich eine Festung.
„Das dort ist die Sardinenfabrik", sagte Lawrence und zeigte auf ein langgezogenes Dach. „In Grevisa gibt es genauso eine."
„Und das Hospital?"
„Dort bring ich Sie jetzt hin."
Sie hielten vor einem Gebäude, das Pelham an Grubichs Hospital in Jajce erinnerte. Sie gingen durch die offene Tür hinein. Vor sich hatten sie einen Operationsraum. Sie näherten sich zögernd, wie es jemand tut, der etwas kaum Glaubliches vor sich sieht. Die Tischplatte war mit Roßhaar gepolstert. Das erkannte man durch die Risse in dem Bezug aus Saffianleder. Darüber hing eine nackte Glühbirne, die man an einer rostigen Kette rauf- und runterziehen konnte. Neben dem Tisch standen zwei Sanitätseimer, als sollten sie von der Decke fallende

Tropfen auffangen. Außerdem befanden sich dort ein verstaubter Schreibtisch mit Akten, ein Klavier und einige kleine Schränke mit Medikamenten.

Lawrence sagte: „Bersak ist schon immer Arzt hier auf Mus gewesen. Die Einheimischen fluchten über ihn, aber die meisten von ihnen sind tot oder nicht mehr hier. Nur die er umgebracht hat sind noch hier, unterm Rasen. Na, die anderen werden Sie ja noch zu sehen bekommen."

Jemand hinter ihnen sagte „Hello". Es war ein Marineoffizier, einigermaßen abenteuerlich bekleidet mit Rollkragenpullover, gewebtem Stoffgürtel mit Revolver, Seestiefeln.

Er stellte sich mit Lieutenant-Commander Hugo Peake vor. Als er erfuhr, wer sie waren, verhielt er sich höflich und feindselig wie Southey.

„Ich nehme an, Sie sind gekommen, meine Jungens vor Bersak zu retten."

„Mir anzusehn, was man machen kann."

„Nett von Ihnen, daß Sie als erstes zu mir kommen."

„Wir wollten Ihnen einen Besuch abstatten", sagte Lawrence.

„Aber bitte, stoßen Sie Bersak nicht vor den Kopf. Er ist der einzige Arzt hier. Er hat es nicht nötig, sich unserer Jungens anzunehmen, verstehn Sie."

Pelham sagte zu dem Marinemann: „Lawrence versichert mir, daß wir mehr für Ihre Männer tun könnten als Bersak."

„Vielleicht. Ich bezwifle es. Zweien scheint es ganz gut zu gehen. Ein bißchen Fieber. Bei dem dritten ist nichts zu machen. Er hat, nebenbei, eine Bauchwunde. Ist nicht transportfähig."

„Wie ist es dazu gekommen?"

„Ah, sie war'n auf einem der Torpedoboote. Das stieß auf ein Schnellboot jenseits von Hvar. Vorgestern nacht war das. Sie kamen ziemlich dicht heran, und ihr Feuer lag zu niedrig. Die Granate traf die eigene Reling, sprang ab aufs Deck und ging da natürlich hoch. Wie in 'ner komischen Oper."

Pelham enthielt sich eines Lächelns.

„Überlassen Sie die Entscheidung ... über den Transport, meine ich ... mir?"

„Wenn Sie darauf bestehen. Pferde kann man nicht am Laufen hindern. Aber, wie gesagt, gehn Sie vorsichtig um mit dem alten Jungen." Er wandte sich zum Gehen. An der Tür drehte er sich noch einmal um. „Hinterlassen Sie mir Nachricht, wenn Sie die drei mitnehmen. Und, natürlich, bei einem Begräbnis möchte ich dabeisein."

Als er gegangen war, betrat aus einer höhlenartigen Station zur Linken ein Mann in lockerem Arztkittel den Raum. Er trug Gummihandschuhe und rauchte, ein absonderlicher Brauch, der seine Ähnlichkeit mit dem Komiker Groucho Marx noch erhöhte. „Mes chers confrères!" röhrte er in schlechtem Französisch. Er streifte den rechten Handschuh ab und streckte David die Hand hin.

„Sie wünschen die britischen Seeleute zu sehen", mutmaßte Bersak. „Ici, ici!"

Mit dem ganzen Stolz eines Chefarztes, der Kollegen in

seinem Arbeitsbereich herumführt, schritt er ihnen voran in einen Raum mit besonders hoher Decke. Die drei Seeleute lagen in Betten nebeneinander auf einer Station, in der sich nur wenige andere Patienten befanden. David mußte an den Leichenkeller in Grevisa denken und fragte sich, ob es den Männern besser ergangen wäre, wenn man sie hierher gebracht hätte. Der im ersten Bett hatte einen Verband um den Arm. Er war groß, Mitte Zwanzig, und hatte ein rötliches Gesicht, das ganz mit Schweiß bedeckt war. David glaubte, er hätte einen gebrochenen Arm, aber Bersak belehrte ihn, daß er von einem Granatsplitter am Ellbogen getroffen worden war.

„Grand, grand!" sagte Bersak und zeigte mit den Händen, wie groß und zerfetzt die Wunde war. Es stellte sich heraus, daß unter dem Verband keine Watte war, daß er nach Entfernung des Granatsplitters die Wunde genäht und den festen Verband angelegt hatte, ohne abzuwarten, ob Infektionsgefahr bestand. Außerdem hatte er keinen Raum für das Anschwellen der Wunde gelassen. Daraus erklärte sich, warum das Gesicht des Seemanns von Schweiß bedeckt war.

Der nächste hatte eine ähnliche Wunde am Bein, die in der gleichen Weise behandelt worden war. Beide schienen froh, daß Pelham gekommen war, als ahnten sie, daß sie, von Bersak weiterhin behandelt, mit Wundbrand zu rechnen hätten.

Der dritte war jünger, neunzehn vielleicht. Mit ihm war nichts geschehen, er hatte nur etwas Plasma erhalten. Seine scharf hervortretenden Gesichtszüge ließen erkennen, daß sein Körper sich bereits für den Tod entschieden hatte.

„Ein schwerer, ein ganz schwerer Fall!" äußerte sich Bersak.

„Wie ist sein Name?"

„Sullivan heißt er."

Pelham beugte sich über den Jungen. „Hallo, Sullivan", sagte er.

Der Junge war im Unterleib verwundet. Über der Stelle, wo der Granatsplitter eingedrungen war, hatte Bersak einen Verband angelegt. Sullivan trug noch seinen Kampfanzug, aus dem, um den Zugang zur Wunde zu ermöglichen, ein Stück herausgeschnitten worden war.

„Da ist reichlich Verband nötig, um die Wunde stillzulegen", sagte Lawrence. Bersak nickte nachdenklich.

„Mein lieber Dr. Bersak", wandte sich Pelham an ihn, „wie ich sehe, sind diese Männer in den besten Händen. Dennoch ... ich fürchte, ich muß darauf bestehen, sie nach Grevisa mitzunehmen. Sehn Sie ... ich habe Befehl von Italien ... alle hier auf der Insel befindlichen Verwundeten der alliierten Streitkräfte in meine Obhut zu nehmen. Ich würde sie normalerweise selbstverständlich Ihnen überlassen ... aber so verhält sich das nun einmal."

Wieviel mochte Bersak verstanden haben, fragte er sich. Er war darauf gefaßt, daß er protestieren und etwa sagen würde: Aber Sie können doch einen Mann mit einer Bauchwunde nicht über die Berge transportieren. Aber es erfolgte kein Protest. Bersak, der immer noch den einen Gummihandschuh trug, schlug statt dessen die Hacken zusammen und verbeugte sich.

„Ich verstehe vollkommen, Doktor."

Seine Bereitwilligkeit hatte etwas Liebenswertes – so lange jedenfalls, wie man ihm nicht mit einer Bauchwunde ausgeliefert war.

Bis zu dem Moment, wo Bersak sein Einverständnis gab, war Pelham von dem Gedanken ausgegangen, daß Sullivan in diesem Hospital nicht überleben würde. Nicht bedacht hatte er dabei die Tatsache, daß die Behandlung durch ihn die einzige Alternative war. Und auch nicht, wie schlecht Lawrence auf den bergigen Straßen fuhr. Aus der geringen Erfahrung, die er in Italien gesammelt hatte, wußte er, daß Männer mit Bauchwunden, solange es irgend vermeidbar war, nicht vom Kampfplatz abtransportiert wurden. Statt dessen baute man in der Nähe der Stellen, wo die Männer verwundet worden waren, Zelte auf und überließ die Verwundeten dem dorthin kommandierten Sanitätspersonal. Er erwog, ob er Bersak um Überlassung seines Operationsraums bitten sollte. Aber die keineswegs keimfreie Luft und das Roßhaar würden den sicheren Tod Sullivans bedeuten. Auf Fielding konnte er sich, was die Sterilisation anging, verlassen.

„Können Sie langsam fahren, richtig langsam, meine ich? Sanft?" zischte David Lawrence zu.

„Natürlich. Es ist nicht meine Aufgabe, Fahrgäste in den Schlaf zu wiegen. Aber Verwundete natürlich ..."

Lawrences Laster war als Ambulanz eingerichtet, mit besonderer Federung, behauptete er, für Fälle wie Sullivan. Bersaks Sanitäter luden zwei der Seeleute auf den Laster, Sullivan aber wollten David und Lawrence selbst tragen, und das erst nach dem eine halbe Dosis Morphium in die Hand des Jungen gespritzt worden war. Lawrence fuhr in der Dunkelheit zum erstenmal vernünftig und, nachdem sie zweimal von Wachtposten der Partisanen angehalten worden waren, rollten sie in Grevisa ein, ohne daß es bei Sullivan zu einem Blutsturz kam.

Moja und Fielding empfingen den Lastwagen am hinteren Tor des Forts.

„Keine halben Dosen", sagte David zu ihnen. „Wir haben keine Möglichkeit, uns erst groß einzuarbeiten. Ein schlimmer Fall, wie er uns kaum je wieder unter die Hände kommen wird."

Jovan und Peko, die Sanitäter, die Pelham von Bosnien mitgebracht hatte, trugen den Jungen nach drinnen. Sie waren wahrhaftig verläßlicher als Bersaks Personal.

Es war tröstlich zu sehen, wie fachgerecht drinnen alles eingerichtet war. Irgend jemand – er hatte sich daran gewöhnt, Moja als Urheberin zu vermuten – hatte ein großes Kinderbett aufgetan und es in der Ecke aufgeschlagen. Es war geräumig genug und ideal für einen Fall wie den Sullivans. Der Hauptraum wurde durch einen ausladenden, mit langen Wachskerzen versehenen Kandelaber beleuchtet – auch Beutegut von irgendwoher.

Pelham war gespannt, ob auch im Operationsraum ähnliche Wunder zu bestaunen waren. Er ging mit der Taschenlampe hinein und sah dort, säuberlich angeordnet, Verbandsrollen und einen verchromten Drehtisch im skandinavischen Stil, vermutlich das Vorkriegseigentum eines reichen Inselbewohners. Er sah dort eine Frisierkommode, blankgeputzt, wie er selbst bei dem schwachen Licht erkennen konnte, einen Spirituskocher und darauf einen großen Kupferkessel zum Sterilisieren der Gummiauflage und der Instrumente.

Als er wieder nach draußen in die Helligkeit ging, traf er auf Moja. „Moja", sagte er, „wo haben Sie all diese wunderbaren Sachen her?"

„Woher? Das ist eine müßige Frage. Wollte ich Ihnen darauf antworten, dann hätte ich den ganzen Tag nichts weiter zu tun als zu reden."

„Hören Sie, ich muß etwas essen, bevor ich den Jungen behandle. Mir ist nicht nach essen, aber es darf nicht passieren, daß ich mitten in der Arbeit umkippe."

„Keine Sorge. Im Haus ist alles zum Essen bereit. Sehn Sie da, wer gekommen ist."

Sie zeigte in eine Ecke des Raumes, wo Suza, die ihnen als Krankenschwester zugeteilte Partisanin, mit verdrossener Miene saß.

„Weiß der Himmel, wo sie inzwischen gewesen ist. Bei einer Freundin wahrscheinlich."

In der momentanen Freude des Wiedersehens rief David ihr zu: „Willkommen bei uns, Suza." Tatsächlich hatte er gar nicht gemerkt, daß sie vermißt worden war.

Das Mädchen lächelte. Sie sah sehr slawisch aus. Hübsch, mit einer gewissen Schwere um Schultern und Brust, die eine Neigung zur Beleibtheit in ihren mittleren Jahren verriet.

„Man muß auf sie aufpassen", sagte Moja. „Alle Monat einmal geht sie ihrer Wege, wie in den letzten Tagen. Sie kann sehr eigensinnig sein. Aber sonst ist sie verläßlich. Natürlich hat auch sie ihr Schicksal, wie die meisten von uns. Kommen Sie jetzt zum Essen ins Haus."

In dem dürftig eingerichteten Eßzimmer stand eine alte Frau mit verschränkten Händen an dem weiß gedeckten Tisch. In der Mitte des Tisches stand eine Vase mit den letzten Blumen des Jahres. Die alte Frau verbeugte sich.

„Das ist Magda", sagte Moja.

Sie schritt auf die Blumen zu, zog sie aus der Vase und warf sie in den leeren Kamin. Sogleich begann zwischen ihr und Magda eine hitzige Auseinandersetzung auf Serbokroatisch. Lawrence blinzelte Pelham zu. David aber war ganz überrascht über Mojas unerklärlichen Blumenhaß.

Sie setzten sich, aßen Rindfleisch und tranken Wein. Man kam am Tisch überein, daß Moja das Pentothal spritzen sollte. Lawrence stellte David seinen gesamten Vorrat an Plasma zur Verfügung. Es war ein Fall äußerster Dringlichkeit, und Pelham spürte in jedem der Anwesenden den Wunsch, seinerseits etwas beizutragen, so wie Lawrence es getan hatte. Sein Magen streikte, dennoch zwang er etwas Fleisch hinunter. Wenn ich mich jetzt gehen lasse, dachte er, dann beginnen mir die Hände zu zittern.

„Er hat eine halbe Dosis Morphium bekommen, Mrs. Javić."

„Ich verstehe."

„Sie wissen, daß Sie das einberechnen müssen, wenn Sie ihm Pentothal geben?"

„Nur damit Sie beruhigt sind, Doktor, erzähle ich Ihnen

folgendes. Mein Mann war Arzt der sogenannten höheren Gesellschaft. Als er der Königin von Bulgarien die Gallenblase herausoperierte, injizierte ich die Betäubungsmittel. Sie wollte sich das von niemandem sonst machen lassen. Sie kam durch."

Magda erschien während des Essens gelegentlich an der Küchentür und sah Moja mit verkniffenen Augen an. Wenn es so zwischen den beiden steht, dachte Pelham, dann gnade uns Gott, wenn wir den Jungen nicht durchbringen. Wir verlieren dann das Vertrauen ineinander. Kleinere Konflikte wachsen sich zu großen aus.

Fielding und Suza gingen, um im Operationsraum alles vorzubereiten. Eine halbe Stunde danach injizierte Moja das Pentothal. Die von Raki gespeiste Tilley-Lampe flackerte. In dem Korb waren vier Ärztekittel gewesen. Sie waren aus grobem Stoff und hatten einen ziemlich altmodischen Schnitt. In ihnen näherten sich Pelham, Fielding, Suza und Moja dem sterbenden Patienten.

Fielding hatte Sullivan im Anzug gelassen, weil nicht genug Decken vorhanden waren. Er zog die Hose herunter und schob Hemd und Weste hoch. Der Körper des Jungen war weiß wie der einer jungen Frau. Fielding entfernte den alten Verband mit der Zange und ließ ihn in den sanitären Eimer fallen. Die zerfetzte Öffnung der Bauchwunde lag frei.

David fühlte sich abgestoßen. Einen Augenblick kam er sich vor wie einer jener das Arztgebaren nachäffenden Clowns in komischen Filmen. Aber gleich war Fielding mit einem in Alkohol getauchten Wattebausch zur Hand. Es blieb David nichts übrig, als ihn zu nehmen und die Wunde und das Fleisch ringsum damit zu reinigen. Dann ringsherum das ausgekochte Gummituch. Dann das Skalpell. Fielding und Suza verhielten sich wie Fachpersonal in einer großstädtischen chirurgischen Klinik. Fielding tupfte, reichte die Schnur zu, schnitt sogar, wenn David die Blutstellen abband. Im Handumdrehen war die Wunde abgeklammert, und David griff unter das Zwerchfell des Jungen, um die Muskeln auseinanderzuschieben. Als das geschehen war, sah er schwarzes Blut sich in der Wundhöhle sammeln.

Bei diesem flackernden Licht war schwer festzustellen, woher es kam. Aber weil Sullivan jung war und kein Fett hatte, konnte Pelham die Milz in die Wunde vorschieben. Sie lag vor ihm wie ein großer Pilz, und in ihr, hinter einer ausgerissenen Öffnung, war der Granatsplitter steckengeblieben.

Herauszufinden, ob der Splitter die Nieren oder die Bauchspeicheldrüse verletzt hatte, würde nicht möglich sein. David entschloß sich nervös, die Milz herauszuschneiden. Das würde nicht lange dauern. Das Problem war, daß das Organ selbst die Milzarterie verdeckte. So mußte er blind vorgehen.

Sich vortastend, brachte er eine Klammer an, band ab, tastete sich zur Arterie vor und durchschnitt sie. Er hörte die Milz in den Eimer fallen.

Er war darauf gefaßt, daß Blut aus der durchschnittenen Arterie vorsprudeln würde, gefaßt auf das Blut des toten Sullivan. Es kam nicht. Seine anglokatholische Frömmigkeit stieg in ihm auf. Jesus, dachte er, ich danke dir, daß du mir verläßliche Lehrer gegeben hast. Mit dem Herausnehmen der Klammer mußte er warten, da die Lampe ein oder zwei Sekunden lang fast völlig erlosch. Als sie sich erholte, löste er behutsam die Klammer. Auch jetzt keine Blutung. Erleichtert murmelte er hinter seiner Maske: „Wir schließen jetzt den Bauch."

Nach einer halben Stunde hatte Sullivan einen kräftigen Pulsschlag. Das mußte gefeiert werden, und so brachte Cleary Weißwein ins Lazarett.

Das Bett wurde so hergerichtet, daß Sullivan halb sitzend in der Fowlerschen Stellung hineingelegt werden konnte. So floß schlechtes Blut ins Becken ab. Alle waren davon überzeugt, daß er am Leben bleiben würde.

Pelham und seine Helfer nahmen sich als nächstes die beiden an Arm und Bein verwundeten Seeleute vor. Sie arbeiteten in gehobener Stimmung, welche die beiden Patienten nicht recht teilen konnten. David schnitt den Verband weg, zog die Fäden und bestreute die Wunden mit Sulfonamiden. Fielding und Suza verbanden sie wieder.

Am Spätabend klagte der Mann mit der Armwunde darüber, daß seine Hand gelähmt sei. Pelham mußte die Wunde am nächsten Tag noch einmal öffnen und entdeckte, daß der gute Bersak beim Abbinden von Blutgefäßen den Nerv des Musikantenknochens eingeklemmt hatte. Jetzt gab es keinen Zweifel mehr. Pelham war der einzige Arzt auf Mus.

Durch Betten, von Moja und Fielding in den Häusern von Grevisa erbeutet, und andere, die Cleary aus Holz und Sackleinen zusammengebaut hatte, war es jetzt möglich, Verwundete in dem Lazarett unterzubringen. Aber wie viele? war die Frage, die Pelham, Lawrence und Moja sich stellten.

Lawrence konnte, in Zelten und auf Tragbahren, zwanzig aufnehmen. Das Lazarett bestenfalls vierzig. Das würde nicht reichen, sagte Lawrence. Selbst bei begrenzten Vorstößen, sagte er, gibt es größere Verluste. Von Mus setzten zweimal wöchentlich Kampftrupps zum Festland über und kamen jeweils mit einer Anzahl von Schwerverwundeten zurück. Jeder von ihnen brauchte ein Bett und würde es oft wochenlang blockieren. Nacht für Nacht kamen mehr und mehr Partisanen vom Festland herüber. Zweimal in der Woche trafen Kommandotruppen von Italien ein. „Ich sehe Zeiten auf uns zukommen, in denen wir 150 Betten brauchen", sagte Lawrence. David sah Moja fragend an.

„Er hat recht", sagte Moja.

Schon die Nacht, in der Sullivan operiert wurde, schien zu bestätigen, was Lawrence voraussah. Vier verwundete Jugoslawen trafen ein. Drei Männer, eine Frau. Aus irgendwelchen Gründen hatten die Ustascha der Frau die Ohren abgeschnitten. Es war eine alte Verwundung, mindestens einige Wochen alt, verbunden mit Leinen, das seit Vollstreckung der Strafe nicht entfernt worden war. Zwei Männer, beide sehr jung, waren von den gleichen Leuten mit Bajonetten mißhandelt worden. Der vierte hatte eine Fleischwunde in der Hüfte, er war Anfang des Monats während eines Vorstoßes aufs Festland angeschossen worden. Auch er war tagelang marschiert, hatte sich versteckt, war wieder marschiert, wieder untergetaucht. Jetzt, am Tag nach seiner Gründung, hatte Pelhams Greviser Lazarett sieben Patienten und schon ein Flair von Dauerhaftigkeit. David gab Nachricht an Southey oben in seinem Lager und bat ihn, per Funk in der Quartiermeisterei Bari vierzig Tragen anzufordern. Die Antwort traf eine Woche später ein. *Tragen an bekannten Fronten erforderlich. Anfragen sinnlos. Nicht verfügbar für Sie.*

Aber Sullivan, dieser Gutes verheißende Patient, machte Fortschritte mit Hilfe von Plasma und Kochsalzlösung. Er hatte sehr helle Augen und für Suza ein kleines Lächeln.

Im Haus bestand Magda, die Köchin, auf Leinendecken und wetterfesten Herbstblumen. Ein Waffenstillstand kam zwischen Magda und Moja in der Art zustande, wie Waffenstillstände in normalen Familien ausgehandelt werden.

Am dritten Tag schleppten Lawrences Männer ein Klavier an, das Moja in der Stadt aufgetan hatte. Sie strich zärtlich über das Mahagoni.

„Immer noch auf Beutezügen?" fragte David sie.

„Dies soll ein offenes Haus für alle Briten auf der Insel werden. Die Jugoslawen kommen schon mit sich selbst zurecht. Die Briten aber verstehen sich nicht auf Entspannung."

„Ist das nicht ein bißchen laut? So nahe am Lazarett?"

„Die Gesunden sollen auch zu ihrem Recht kommen. Ich habe Southeys Kommandotruppe schon benachrichtigt."

„Und die Marineleute auf der anderen Seite der Insel ... die sollten wir auch einladen." Er rechnete damit, daß irgendwann einmal Patienten schnell nach Bari transportiert werden müßten. In solchen Fällen wären sie auf Peakes guten Willen angewiesen.

Beim Mittagessen sprachen sie über die Vorräte an Blutplasma. Lawrence hatte seine an David abgegeben. Bersak verfügte auch über einen kleinen Vorrat, aber für ihn fiel Plasma schon in den Bereich modischer und daher riskanter Medizin.

„Wir müssen eine Blutbank einrichten", sagte David. „Fielding, haben wir brauchbare Geräte zum Abnehmen von Blut?"

„Nein, haben wir nicht, Sir."

„Und keinen Kühlschrank ..."

„Wir haben den Keller", sagte Moja. „Der ist fast so gut wie ein Kühlraum. Und was das Absaugen anlangt, da weiß ich Rat."

„Na?"

„Binko!" rief Moja. Nach einer Weile ging die Küchentür auf, und ein alter bärtiger Mann kam hereingehumpelt und nahm seine Kappe ab.

„Das ist Magdas Mann."

„Aha."

„Er ist alter Serbe wie ich." Der alte Mann mußte das

verstanden haben, denn er lachte und sagte etwas auf Serbokroatisch. Moja schien das sehr komisch zu finden.

„Was hat er gesagt?"

„Ach, bitte, nein."

„Erzählen Sie schon, Mrs. Javić."

„Er sagt, Serben sind bekannt für die Größe ihres ... Dingsda. Und nur deswegen hätte Magda ihn geheiratet."

Alle lachten sie ein bißchen über Binkos nationalstolze Witzigkeit.

Moja sagte: „Was wir brauchen, sind Weinflaschen. Wir sterilisieren sie, und Binko saugt über Gummischlauch und Spritze das Blut des Spenders an, das dann in die Flasche fließt. Wenn sie voll ist, wird sie in den Keller gebracht. Die Flaschen werden mit sterilen Kappen verschlossen, so daß der einzige nicht keimfreie Kontakt bei dem Verfahren durch Binkos Mund-Schlauch-Berührung zustande kommt. Unter den gegebenen Umständen ein geringes Risiko."

Alle lachten über diesen Plan weit herzhafter als über Binkos Witz. Er wich so frappant von den Bräuchen in den Zivilkrankenhäusern ab, in denen sie ausgebildet worden waren. Er kam ihnen nicht ganz geheuer vor. Auf der anderen Seite aber war er ein Meisterstück der Improvisation, und darauf waren sie hier angewiesen.

„Er muß seine Oberlippe schön glattrasieren", sagte Moja. „Das wird er auch tun, wenn ich ihn darum bitte."

Er tat es wirklich. Cleary war der erste Spender. Sein halber Liter würde zwar hochgehen, bevor man ihn benötigte, aber es war auch mehr eine symbolische Spende.

Am Nachmittag fuhr David mit Lawrence ins Binnenland zu dem Kommissar, den er vor zwei Tagen gekränkt hatte. Es schien, als hätten sich die Tore britischer Gabenfreudigkeit geöffnet, denn die bewaffneten Transportschiffe, die von Italien kamen, brachten Ausrüstungsgegenstände für die Partisanen. Die es damit sehr genau nahmen, sagte Lawrence, und einzelnes nur dann für die Briten auf Mus herausrückten, wenn es ausdrücklich an sie adressiert war. Unter den Lagergütern des Kommissars waren auch sechs große Zelte, die David ihm abhandeln wollte, um sie, wenn nach blutigen Kämpfen großer Andrang herrschte, auf dem Abhang hinter dem Haus aufzustellen.

Der Kommissar war freundlich: anscheinend war die Verunglimpfung von Raki keine Kränkung von langlebiger Art. Dennoch sagte er wieder und wieder: „Die Zelte wurden den Partisanen übergeben."

„Ich bin hier, um mich um die Partisanen zu kümmern", hielt ihm Pelham entgegen.

„Das ist sehr freundlich von Ihnen", ließ der Kommissar ihm durch seinen Dolmetscher sagen. „Aber diese Zelte gehören der Armee der Partisanen." Am Ende wurde David klar, daß in der Vorstellung dieses knauserigen Mannes Verwundete keine Partisanen mehr waren.

Nach diesem Gespräch sagte Lawrence zu David: „Sie hätten die Missus mitbringen sollen, Sir."

Vierzehn Tage später jedenfalls hatte Pelham die Zelte. Als eines Nachts der bewaffnete Transporter *Rake's Progress* im Hafen von Mus angelegt hatte, machten sich Cleary, Fielding und Lawrence in einem Handstreich über die Ladung her und kamen mit Hunderten von Militärstiefeln zurück nach Grevisa – ein unschätzbares Beutegut in dem lederarmen Jugoslawien. Cleary genoß den Triumph, die hellhörigen jugoslawischen Wachen ausgetrickst zu haben. Geringfügige Verbrechen unter großer Gefahr zu begehen, dachte David – das wäre für Cleary genau die richtige Karriere.

„Wie habt ihr das denn geschafft, ohne daß die etwas gehört haben?" fragte ihn Pelham.

„Wir sind auf Socken gegangen, Sir. War verdammt kalt."

So also fuhr Pelham am Ende noch einmal zum Kommissar und überbrachte ihm ein Drittel der Militärstiefel, wofür er die Zelte erhielt. Der Rest wurde für künftige Geschäfte mit den Autoritäten in Reserve gehalten.

In den Nächten ging es oft hoch her. Eines Nachts kamen die Partisanen von ihrem Einsatz auf dem Festland zurück, und mit ihnen die beiden von dem bärtigen Leutnant geführten Kommandotrupps. Um mit dem durch die zunehmende Zahl von Verwundeten immer hektischer werdenden Betrieb fertigzuwerden, wurden neue Arbeitspläne aufgestellt. Die Zeit der Improvisationen war vorbei.

In dieser Nacht hatte Pelham zum erstenmal in seiner Arztlaufbahn ein Auge zu extrahieren, in dem noch dazu ein Stahlsplitter steckte.

Fielding überbrückte alle Schwierigkeiten, vor denen

sich David sah. Zunächst half er beim Ansetzen des Augenspiegels und zwang die Lider so grauenhaft weit auseinander, daß der gesamte Augapfel mit dem tief in die Iris und in die weißen Muskeln eingedrungenen Stahlsplitter freilag. Eines nach dem anderen schob er David die jeweils notwendigen Instrumente in die Hand. Den Retraktor, die Zange, das Strabometer, den Löffel, den Nadelhalter.

Pelham reparierte die Augenhöhle so gut er konnte und füllte sie mit sterilisierter, in Borsäure getränkter Watte. So daß der Mann das Glasauge eines Tages zum Vergnügen seiner Kinder würde rollen können.

Die meisten Verwundungen rührten von Granatsplittern her. Bei der Arbeit stellte er fest, wie sehr ihm dieses unorthodoxe chirurgische Vorgehen lag, es gefiel ihm, wie Cleary das unorthodoxe Soldatsein gefiel. Man zögerte nicht so lange mit Entscheidungen, wie es in regulären Kliniken der Fall war. Man wußte, daß niemand, man selbst nicht und nicht einmal einer wie Bersak, dem Verwundeten soviel Schaden zufügen könnte, wie es die Wunde selbst tat.

Die Kommandotruppe hatte ihren Sergeant-Major an Land und ins Lazarett gebracht. Er hatte einen Brustschuß. Es war eine komplizierte Wunde. Sie blutete nicht und erforderte auch keine sofortige Untersuchung. Aber bald würde er in ein Lazarett verlegt werden müssen, das besser war als Pelhams.

Pelham wandte sich an den jungen Leutnant, der an der Tür lehnte und sich nachdenklich den Bart strich.

„Pelham ist mein Name."

„Ich weiß. Ich heiße Greenway."

„Ich frage mich, ob Major Southey Vorbereitungen getroffen hat, so daß ernsthafte Fälle nach Bari transportiert werden können."

„Ich denke doch", sagte Greenway mit ausdruckslosem Gesicht.

David unterdrückte die ihm auf der Zunge liegende Frage, wo Greenway in den letzten drei, vier Tagen gewesen sei, und ob er, vom Feind umgeben, ruhig habe schlafen können.

„Sie sehen erschöpft aus", sagte er statt dessen. „Was hatten Sie an Verlusten?"

„Den Sergeant-Major und die anderen hier bei Ihnen. Außerdem haben wir drei zurückgelassen. Zwei Vermißte und einen, den's schwer erwischt hat."

„Tot?"

„Er hatte ein Loch in der Brust. So groß, daß man eine Faust reinstecken konnte. Es wäre sinnlos gewesen, ihn mitzuschleppen."

„Der Sergeant-Major wird nach Bari müssen."

„Okay. Hoffentlich erwischt ihn nicht die Bora."

Die Bora war der örtliche Wind, von dem immer alle redeten. Pelham hatte ihn noch nicht gespürt.

„Hat das Unternehmen irgendwas gebracht?" fragte Pelham.

„Wir haben die Marschbefehle und Akten eines deutschen Bataillons erbeutet. Immerhin ein Erfolg, denke ich."

So wurde der Sergeant-Major zum Transport nach Bari zurechtgemacht.

Am Abend stellte David mit Verwunderung fest, daß er noch nicht einen Patienten verloren hatte.

In einer der Nächte darauf landete sogar der von Greenway zurückgelassene Mann im Hafen von Mus. Er war groß, hieß Blair und war ein Mann wie aus Leder. Als der Totgeglaubte aus seiner Ohnmacht erwachte, hatte er sich kriechend zum Sammelplatz an der Küste geschleppt. Dort lebte er in einer Grabensenke drei Tage von Regenwasser und seiner eisernen Ration. Schließlich fanden ihn die Männer der Partisanenfähre.

Pelham untersuchte Blairs Verwundung, band die blutenden Stellen ab und bestreute die Wunde mit Sulfonamiden; dann gab er Anweisung, auch ihn nach Bari zu transportieren.

Das Leben auf Mus ging seinen Gang. Morgens rasierte man sich und ließ mit Handwaffen eine Breitseite auf die Messerschmitt vom Dienst los. Selbst Pelham hatte zu diesem Zweck einen Revolver im Waschtisch. Tagsüber saugte Binko Blut ab; Cleary schaffte an und flirtete mit der schwerblütigen Suza; Moja schüchterte allenthalben Leute ein und requirierte Brauchbares; Lawrence parkte seinen Laster in der Sonne und trank; Pelham hielt morgens eine Stunde für ambulante Fälle frei, zu der aber außer einigen durchreisenden Flüchtlingsfrauen kaum jemand kam. Nachts operierte er.

In Mojas Messe sangen und zechten die Offiziere der Kommandotruppe, die von Woche zu Woche immer zahlreicher kamen. Nächte, in denen David frei war, verbrachte er unter ihnen und hörte sich verblüfft ihr Gerede an. Einige waren alles andere als der Filmtyp des britischen Frontoffiziers. „Manche von diesen Brüdern sind Schlappschwänze, wissen Sie", erzählte ihm einer. „Das Oberkommando weiß das. Und auch, daß die richtige Sorte von Schlappschwänzen in der Schlacht die Tapfersten sind." Andere, wie der verkniffene Greenway, hatten für sie was Schizoides an sich. Da sind Männer drunter, dachte Pelham, die kommen nie über diese Art von Gemeinheit hinaus. Aus denen rekrutieren sich Besatzungssoldaten wie die Black-and-Tans in Irland.

Wer von denen nicht homosexuell war, befand sich immer auf Ausschau nach hübschen Partisanenfrauen, mit denen sie's heimlich treiben konnten. Endlos wurde darüber palavert, wie man diese Frauen überredete, wohin man sie nahm und was man, falls erwischt, dem Kommissar vor Gericht erzählte.

Southey, von seiner Ecke beim Klavier aus, redete dröhnig auf sie ein: „Wenn ihr Brüder bei einer Partisanka geschnappt werdet, kann ich nichts für euch tun. Zwölf Zoll vorm *Mons Veneris* verlaßt ihr den segensreichen Bereich der vom König erlassenen Vorschriften und fallt unter Partisanengesetz. General Alexander selbst sagt das."

War Moja anwesend, dann bekam sie von den Beschwipsten charmante Dinge zu hören. Sie nahm das alles widerstandslos hin, sie schien selbst bei den fadesten, im Suff vorgebrachten Zärtlichkeiten aufzublühen. In solchen Momenten spürte Pelham stärker als sonst ihre Weiblichkeit. Er nahm es ihr übel, ohne zu wissen, warum. Nachts hörten sie manchmal Geschützfeuer von britischen und deutschen Schiffen. Über ihren Köpfen dröhnten alliierte Bomber ostwärts zu den rumänischen Ölfeldern und nach Mitteleuropa. Wenn er sie hörte, dachte Pelham manchmal: Wir werden es möglicherweise überleben. Vielleicht wird der Feind von den nächtlichen Geschwadern so hart getroffen, daß er von uns abläßt. Traurig war nur, daß Ploesti von Mus so weit entfernt und die vom Feind besetzte Küste so nahe war.

Draußen auf See blinkten die Lampen der Krabbenfischer von Lastovo und Korčula. Niemand tat ihnen was. Denn alle mochten sie Krabben.

Nach zwei Wochen Schnaps-Diät drohte die Tilley-Lampe gänzlich den Geist aufzugeben. Lawrence riß seinen ewigen Säuferwitz. „Wenn er das mit der Tilley-Lampe macht, stellt euch vor, was er mit mir erst macht!"

Cleary versprach, Methylalkohol auf der *Rake's Progress* zu organisieren, wenn sie das nächste Mal im Hafen anlegte. Wie wär's in der Zwischenzeit, sagte er, mit dem Generator des Kommissars? Keiner wußte etwas von einem Generator. Cleary klärte sie auf. Der unter der Außentreppe des Kommissarquartiers auf dem Zentralplateau. Der Kommissar benutzte ihn nicht. Er lebte und arbeitete bei Kerzenlicht.

„Vielleicht tut er das, weil der Generator nicht mehr zu reparieren ist", gab Pelham zu bedenken.

„Geben Sie ihm dafür einige Paar Stiefel", drängte Cleary ihn. „Sie sollten sich mal einige von den Generatoren ansehn, die ich auf Farmen in Irland in Gang gesetzt hab. Ich habe den Iren mehr Licht gebracht als Jesus selbst."

Am nächsten Tag wurden, nachdem man sich feierlich handelseinig geworden war, der Generator und ein halbes Dutzend Glühbirnen auf Lawrences Wagen gepackt und nach Grevisa gebracht. Cleary erbettelte oder stahl Kabel von den Funkern. Bevor er den rostigen Generator anrührte, verlegte er im Operationsraum und der Hauptstation Kabel. Dies keltische Das-Pferd-vom-Schwanz-her-Aufzäumen beunruhigte Lawrence, der praktischer dachte.

Während die Raki-Laterne Pause machte und höchstens mal schnalzte, reinigte und reparierte Cleary tagelang an dem Motor herum. Tagelang brütete er über der Spule. Die anderen befürchteten schon, er würde bis zum Ende des Krieges in gälischer Verzweiflung über dem Mechanismus verharren. Das würde ihn zumindest vor Schaden bewahren, denn Cleary war genau der Typ, bei dem man sich sagt: der muß vor Schaden bewahrt werden.

Dennoch gelang es ihm nicht, Lawrences Männer dazu zu bewegen, ihm beim Tragen des Generators in den Lagerraum zu helfen. Sie dachten nicht daran, sich an diesem Wahnsinn zu beteiligen. Nur Jovan und Peko, selbst Angehörige einer verrückten Rasse, gingen ihm zur Hand. Er nahm sich Benzin von Lawrence, um den Motor in Betrieb zu setzen.

„Machen Sie den Tank nicht ganz voll", sagte Pelham zu ihm. „Falls Sie mit dem Ding Pech haben, sozusagen." Tatsächlich fragte David sich, ob der Lagerraum wohl einer Explosion standhalten würde. Cleary sah ihm das an. Er verstummte in seinem Ärger, preßte die Hände emphatisch an das Gehäuse. Schließlich sagte er zu David:

„Hätte das irgendein andrer gemacht, dann wären Sie nicht so ängstlich, Sir. Nur weil das arme Schwein Cleary sich wochenlang damit rumgeschlagen hat, meinen Sie, alle gingen dabei drauf."

„Na gut. Machen Sie schon. Füllen Sie von mir aus den blöden Tank."

Überall in der Station waren Schalter und Steckdosen, die Cleary angefertigt hatte. Die Schalter waren Nägel in Schlitzen von Metallkappen. In der County Clare mußte es einige ziemlich gefährliche Farmen geben.

Als der Motor ansprang, kamen alle herein. Einige lachten, andere nahmen Cleary bei der Schulter und sagten, er sollte ihnen ihre Kleingläubigkeit nicht krummnehmen. Cleary drosselte den Motor, und wunderbar und eines nach dem anderen wie die Lichter im Theater gingen die sechs Lichter in Pelhams Lazarett an. David wischte heimlich eine Träne weg. Moja weinte ganz offen.

Sie standen zwischen den Verwundeten, die ebenfalls lachten oder es doch versuchten. Ein Toast wurde auf Cleary und die Lichtmaschine ausgebracht, und mit Wein taufte Cleary aus privaten Gründen das Ding auf den Namen Debora.

Moja sagte: „Es gibt keinen Grund, nicht auch das übrige Haus zu beleuchten."

„Die einfachste, einfachste Sache der Welt", sang Cleary.

Er war berauscht von den brüderlichen Gefühlen, die ihm entgegenkamen. Ganz plötzlich sind wir wie eine einzige Familie, dachte David. Wie gut. Er hob den Kopf und sah Suzas weit offene, grübelnde Augen auf sich gerichtet. In letzter Zeit, dachte er, hat sie öfters so dagestanden und mich angesehen. Sie hatte Schlimmes hinter sich ... der Vater verstümmelt, Brüder und Schwestern erschossen ... oder so ähnlich. Hier in Jugoslawien bekam man, wie Moja gesagt hatte, die Geschichten durcheinander.

Cleary gab sich unterdes freudig und laut. Selten hatte er so einen prächtigen Tag erlebt. Man sah es ihm an. Er hatte mehr als er zu hoffen gewagt hätte: ein Leben voll aufreizender Gefahren und Achtung, die ihm von allen entgegengebracht wurde. Er hatte Moja als Mutter und Schwester und irgendwo, dessen war sich David sicher, ein jugoslawisches Mädchen.

Mitten während des rauschenden Festes auf der Station erhob sich das Summen des Generators zu einem Röhren, die Lichter strahlten grell wie die Sonne und explodierten. Obwohl es Tag war, stolperte Cleary wie ein Blinder auf die Maschine zu. Die Drosselklappe war gebrochen. Von jetzt an mußte, wenn sie Licht haben wollten, jemand beim

Generator stehen und die Drosselklappe mit einem Schraubenschlüssel halten. „Oh Jesses, Jesses!" sagte Cleary immerfort. Aber dort, wo es darauf ankam, am Operationstisch nämlich, hatten sie Licht. Es stellte sich allerdings heraus, daß es auf der Insel keine intakten Glühbirnen mehr gab. Erst als die *Rake's Progress* wieder im Hafen anlegte, konnten sie Glühbirnen gegen eine Ziege eintauschen. Die Ziege war von Moja beschafft worden. David wußte, daß die Kommissare ihr das übel angekreidet hätten. Ziegen privat zu halten, war auf Mus untersagt. Alle Huftiere, Milch und alles Fleisch unterlagen der Verfügungsgewalt der Kommissare. Gegen diese doktrinäre Gewalt hatte sie den sinnvollen, aussterbenden Brauch der Aufzucht und Pflege gesetzt. Das war ohne Zweifel einer der Gründe, weswegen Männer wie Rankin mit Warmherzigkeit von ihr sprachen.

Hatte Cleary Urlaub, dann ging er mit Angelzeug und Camping-Ausrüstung zu den Buchten im Nordwesten der Insel. Nach einigen Tagen kam er mit den gefangenen Fischen zurück, seine bleiche Gesichtsfarbe aber ließ darauf schließen, daß er nicht nur geangelt, sondern auch heftig getrunken und sich mit Frauen herumgetrieben hatte.

Während seiner Abwesenheit zog Lawrence über ihn her und ließ erkennen, wie sehr ihm die Iren zuwider waren.

„Bei meinem Vater haben einige während der Wirtschaftskrise gearbeitet. Im Obstgarten. Billige Arbeitskräfte. Trotzdem hat er dabei kein bißchen Gewinn gemacht. Und genau so ist es mit Cleary."

„Ich weiß nicht. Wir haben jetzt schließlich den Generator ..."

„Das ist aber auch alles. Und das war eins von diesen irischen Mist-ährien."

„Und vergessen Sie nicht, was alles er für uns ranschafft."

„Das liegt ihm! Er ist der geborene Straßenräuber. Aber wenn Sie versuchen, ihn mal etwas Vernünftiges ..."

„Hat er nicht neulich nacht allerhand Verbandzeug organisiert?"

„Ja. Sie haben es in Peakes Büro versteckt."

„Wollten Sie das Zeug nicht gestern herbringen?"

„Ich mach das schon. Heut nachmittag. Oder vielleicht morgen..."

Lawrence blieb dabei, Cleary für die Untüchtigkeit von irischen Apfelpflückern während der Wirtschaftskrise verantwortlich zu machen. Während er selbst zuviel trank und es nicht schaffte, das Verbandzeug abzuholen.

David wußte, wie nahe der Mann am Zusammenbruch war. Wie notwendig er das ewige Trinken brauchte. Es war der Treibstoff für ihn, und so hielt es auch seinen Laster in Gang.

Eines Tages wurde ein Unfallverletzter eingeliefert, und Moja war krank. David ging daher in die Messe und suchte nach Suza.

„Sie ist heute nicht hier", erklärte ihm Lawrence.
„Aber es muß ein Betäubungsmittel gespritzt werden."
„Das kann ich machen."
Pelham zögerte, und Schweigen trat ein. „Sie bleiben bei Ihrem Wagen", sagte Pelham schließlich. Wie sehr das Lawrence kränkte, sah er an der Röte, die ihm ins Gesicht stieg, und an den zuckenden Mundwinkeln. „Trotzdem – vielen Dank, daß Sie einspringen wollten."
Er mußte also selbst beides tun, Pentothal injizieren und operieren. Aber das war besser als Lawrence die Spritze in die Hand zu geben.
Als Pelham die Messe verließ, rief Lawrence hinter ihm her. „Captain."
„Ja."
„Wenn sie landen ... und das Gemetzel geht los ... dann drehen Sie genauso durch wie ich."
Pelham wollte keinen weiteren Streit. „Da mögen Sie recht haben."

Obwohl der Winter vor der Tür stand, fand Magda immer noch Blumen für die Messe. Sie sahen wie eine Art Narzissen aus, konnten es aber nicht sein. Moja ließ sie lange Zeit unangetastet, eines Tages aber, als sie sich an den Tisch setzte, faßte sie die Vase fest ins Auge. Sie begann zu essen, aber die Blumen verdarben ihr den Appetit. Schließlich überkam es sie, sie stand auf, packte den Strauß an den Stengeln und warf ihn, wie sie es vorher getan hatte, ins Feuer.

„Blumen?" sagte sie. „Vorausabteilungen der 93. Division sind auf Brač gelandet."

„Ist das wahr?"

„Die Kommissare sind gerade benachrichtigt worden." Sie wandte sich wieder ihrer Suppe zu.

Pelham merkte ihr zum erstenmal an, daß sie Angst hatte. Ebenso sehr wie Lawrence oder er selbst. Und die Blumen erinnerten sie wenig freundlich an den Frühling, den sie vielleicht nicht erleben würde.

„Keine Bange", murmelte sie, während die Blumen verbrannten. „Vis wird gehalten. Und Mus auch."

Lawrence aber, weiter unten am Tisch, gab sich als Heimstratege. „Mrs. Javić, Sie wissen genau, daß das nicht stimmt."

Der Saft der letzten Blumen des Jahres verdickte sich im Feuer und erfüllte den Raum mit einer eigentümlichen, bedrohlichen Süße. In dieser Nacht wurde Pelham schweißüberströmt von einem Alptraum heimgesucht: Alles Leinenzeug im Lazarett war verschmutzt; die Verwundeten, hellwach trotz wiederholter Pentothal-Spritzen, schrien auf dem Operationstisch; der Boden des Operationsraumes war von blutigen Wattebäuschen und herausgeschnittenen Organen bedeckt und Rost fraß an den Instrumenten.

5

Eine Angehörige des Komitees der Kommissare besuchte des öfteren die ambulanten Patientinnen in Pelhams Lazarett. Sie war groß, sehr hager, und sie hatte eine messerscharf vorspringende Nase. Sie war Apothekerin.

„Propaganda wird sie genannt", flüsterte Moja Pelham zu. „Sie kontrolliert die Mädchen auf ihre Moral hin. Sie macht Jagd auf Hexen." Irgendwie hatte die Kommissarin Propaganda sich einen Vorrat an Vitamin D beschafft, und alle paar Tage kam sie ins Lazarett, um sich von Moja eine Vitaminspritze geben zu lassen. Sie schob Moja eine Ampulle zu und stöhnte: „So schwach fühl ich mich, so schwach." Mojas Absicht war es, die kostbare Flüssigkeit mit Wasser zu verdünnen, aber Propaganda hatte wie alle Hypochonder scharfe Augen.

Sie hatten als Patientin auch ein sehr dunkelhaariges Mädchen von fünfundzwanzig Jahren, das unter schrecklichen Magenschmerzen litt. Cleary wurde angewiesen, aus den von der *Rake's Progress* mitgebrachten, für Bersak vorgesehenen Beständen Wismut für sie zu stehlen. Sie hieß Anka. Sie war nicht danach gebaut, mit einem italienischen Gewehr im Kampf gegen die deutschen Jäger eingesetzt zu werden. Aber genau das war geschehen, und so hatte sie an den blutigen Gefechten teilnehmen müssen.

Pelham stellte fest, daß das Mädchen an Amenorrhöe litt, am Ausbleiben der Menstruation. Er sprach mit Moja über dieses merkwürdige Phänomen.

„Ich weiß", sagte Moja. „Damit kommen sie alle bei mir an. Es gibt, wissen Sie, auf der Insel Hunderte von diesen armen Mädchen. Hunderte von waffentragenden Partisaninnen. Sie alle leiden daran. Einige glauben, sie wären schwanger, andere, sie müßten Hexen sein. Sie haben weder mit dem einen noch mit dem anderen recht."

Er fragte sich, ob er nicht an das Sanitätskorps schreiben sollte: über die vielen waffentragenden Frauen auf Mus, deren Regel ausblieb. Brutal eingesetzt, statt Zärtlichkeiten zu empfangen; mordend, statt zu gebären.

Manchmal kam Propaganda ins Lazarett, wenn Anka, das nicht menstruierende Mädchen mit den Magenschmerzen, da war. Die Kommissarin belugte sie aus verkniffenen Augen. In Propagandas dürrer, vernachlässigter Weiblichkeit regte sich Eifersucht, vermutete Pelham. Vielleicht hatte sie Anka in Verdacht, in eine Liebesaffäre verwickelt zu sein. Vielleicht war es auch nur Ankas Schönheit, die Propaganda ihr verübelte.

Eines Morgens fuhren Lawrence und Cleary, nachdem sie in der Nacht einen Beutezug in einem Partisanendepot im Hafen von Mus gemacht hatten, in der Kälte zurück. Auf dem Plateau erwischte sie der allmorgendlich anfliegende Jäger. Sie gingen zwischen den Reifen des Lasters in Deckung. Maschinengewehrgarben durchschlugen die Windschutzscheibe, rissen das Polster auf, durchlöcherten das Verdeck und beschädigten die Karosserie.

Als die Maschine abflog, stand Lawrence geängstigt auf, gereizt auch, weil er die Gefahr mit dem Iren teilen mußte. Während sie den Motor überprüften, hörten sie in der Nähe eine Frau jammern. Eine Jugoslawin, die, meinten sie, bei dem Angriff verwundet worden sein mußte. Dann sahen sie zwischen den Weingärten eine Gruppe von Partisanen. Von dorther kam dieser seltsame, klagende Singsang.

Lawrence und Cleary stürzten vor und stießen auf ein Dutzend Partisanen, einige von ihnen Frauen, die mit finster entschlossenen Gesichtern zwei ihre eigenen Gräber grabenden Frauen umringten. Diese beiden waren es, denen sich die erschütternden Klagelaute entrangen. Sie standen bereits bis zur Hüfte in den ausgegrabenen Löchern. Ihre Sinne waren geschärft, so daß sie die Schritte der beiden wahrnahmen, bevor das Exekutionskommando sie hörte. Sie sahen keuchend aus dem Zwillingsgrab auf. Beim Anblick der Uniformen und der aus dem Lazarett bekannten Gesichter überkam sie ein irrer Hauch von Hoffnung. Cleary und Lawrence erkannten in einer der Frauen Anka, die zweimal wöchentlich wegen ihres unseligen Magens zur ambulanten Behandlung ins Lazarett kam. Ihr Gesicht war mit Lehm beschmiert. So glich sie einem Ritualopfer.

Cleary und Lawrence begriffen, daß sie einem der Schnellgerichte der Partisanen beiwohnten, von denen sie so viel gehört hatten.

Ein Mann, der offenbar den Befehl führte, forderte Anka und ihr Mitopfer auf, das Graben einzustellen. Er zwang sie mit Kolbenschlägen seines Karabiners aus ihren Gräbern. Ihre klagenden Stimmen überschlugen sich fast. Ihre Schuhe glitten auf dem Lehmkies aus. Die Gesichter der zwölf Exekutanten waren verschlossen.

„He!" schrie Cleary.

Keiner nahm davon Notiz. Er drängte sich in den Kreis. „He, hör'n Sie zu ..." Lawrence trat auch vor, aber nur, um Cleary wegzuziehen. „Du blöder Mick, du blöder Mick!" sagte er wieder und wieder.

Einige aus der Gruppe hoben die Gewehre und kamen drohend auf sie zu. Man sah ihnen an, daß sie genau so viel Grausamkeit in sich gestaut hatten, wie sie brauchten, um Anka und ihre Genossin umzulegen. Den Fall, daß sie von britischen Soldaten unterbrochen werden würden, hatten sie nicht einberechnet. Verzweifelt suchten sie daher, Cleary und Lawrence loszuwerden. Sie hätten sogar auf sie geschossen.

„Kommen Sie, wir holen Moja", sagte Lawrence. „Sie ist die einzige, die hier ..."

„Gottsverfluchte Barbaren!" brüllte Cleary die Gruppe an. Aber der Name Mojas brachte ihn zur Vernunft. Er und Lawrence rannten zu ihrem Wagen. Sie wollten so schnell wie möglich nach Grevisa, um Moja zu holen und so die Mädchen zu retten. Als Lawrence sich auf dem Sitz vorbeugte und nach dem Zündschlüssel griff, hörten sie eine Gewehrsalve, in der das Klagen erstickte. In der klaren Morgenluft sahen sie, wie die Männer den Opfern die Schuhe auszogen und ihnen die Kleider vom Leib rissen. Cleary lehnte sich aus dem Wagenfenster und erbrach sich. Lawrence fuhr langsam zurück, als wollte er das Überbringen dieser Nachricht hinauszögern.

Moja fragte in Grevisa herum, um herauszubekommen, weswegen die Mädchen erschossen worden waren. Aber selbst ihr gegenüber hüllte sich das Kommissarsgericht in Schweigen. Sie erzählte David, daß man bei dem anderen Mädchen angeblich Gonorrhöe festgestellt habe, eine Krankheit, auf die der Tod stand.

„Eine ziemlich radikale Kur gegen Tripper", sagte David, ohne daß ihm angesichts des Geschehenen frivol zumute war.

Anka, so ging das Gerücht, war aufgrund von Beweisen verurteilt worden, welche die Apothekerin Propaganda vorgebracht hatte. Es schien sich dabei um Beweisgründe zu handeln, die sowohl moralischer wie politischer Natur waren. Es hieß, Propaganda hätte Ankas Besuche bei Pelham als Beweis ihrer Schwangerschaft angeführt.

Als Propaganda am nächsten Tag wegen ihrer Vitaminspritze kam, stellte sich David in den Eingang und zog Moja zu sich heran. Gemeinsam blockierten sie die Tür.

„Sagen Sie dieser Frau", forderte Pelham Moja auf, „daß sie sich nie wieder in meinem Lazarett blicken lassen soll."

Moja übersetzte ihr das aber nicht. Sie warf ihm vor: „Eine solche Haltung kann ein Arzt nicht einnehmen."

„Sie meinen, man würde mich beim Sanitätskorps melden?"

„Die Frau hat große Macht."

„Ich dachte, *Sie* wären die große und gebildete Dame. Ich dachte, Sie hätten keine Angst vor Kommissaren."

Er sah Mojas Oberlippe blaß werden. „Ach, gehn Sie doch zum Teufel!" sagte sie.

„Bitte, sagen Sie dieser Frau, daß ich keinen Finger rühren werde, wenn der Feind hier landet und ihr das Gehirn aus dem Kopf oder das Gedärm aus dem Bauch heraushängt."

Moja sah ihn von der Seite an. Eine königliche Verachtung lag in ihrem Blick. „Denken Sie, ich werde nicht mit ihr sprechen? Und zwar auf *meine* Art? Und wesentlich wirkungsvoller, als es ein englischer Jüngling je könnte?"

„Hauptsache, sie läßt sich hier nicht noch einmal blicken." Er wandte sich so würdevoll, wie er es konnte, ab.

Später bemerkte er Moja und Propaganda auf dem Friedhof. Propaganda kauerte zusammengebrochen auf dem Grabstein eines der vor langem gestorbenen britischen Seeleute. Moja stand aufrecht vor ihr wie eine Medusa, während Propaganda unter ihr schluchzte und würgte.

Ab und zu stieß Moja ein gutturales Geräusch hervor, das wie aneinanderprallende Steine klang und Verachtung bedeutete. Propaganda gab das unheimliche, katzenhafte Zischen von sich, das jugoslawischen Frauen in der Erregung eigen war. Propaganda kam David zu seiner Überraschung in diesem Augenblick auch als eine Art

Opfer vor. Wenn jemand sie wirklich liebte, sollte er ihr eine Kugel in den Leib schießen und sie neben Anka an der Nordseite des Muštar begraben.

In der nebligen Morgenfrühe des Dezember konnte man manchmal die Schneegipfel auf dem Festland und weit davor die weißen Städte und Buchten der Inseln sehen. Selbst im Winter befaßten sich Reisebroschüren mit ihnen. Doch in diesem Monat fielen die Inseln. Die Luftwaffe war auf dem Flugplatz von Brač stationiert. In allen Städten auf Hvar lagen Wehrmachtseinheiten. Die Inselbewohner leisteten nur wenig offenen Widerstand, machten aber wieder (wie seit Jahrhunderten schon) die Erfahrung, daß feindliche Soldaten, durch irreguläre Angriffe, mörderische Aktionen aus dem Hinterhalt und findige Terrorakte bedroht, ihrerseits sehr unfreundlich sein können.

Als die Inseln gefallen waren, setzten Southey und die Partisanen Nacht für Nacht Überfallkommandos ein, die mittlerweile so routiniert waren, daß sie nur geringe Verluste erlitten. Einige Wochen lang waren die Patienten, mit denen Pelham zu tun hatte, hauptsächlich Opfer feindlicher Vergeltungsmaßnahmen.

So hatte er einen achtzehn Monate alten Jungen mit einem Hüftschuß zu behandeln. Das Schreien konnte er zwar mit gefährlichen Dosen an Narkotika unterbinden und das Geschoß entfernen, aber mit dem zersplitterten Knochen war nichts zu machen.

Moja schaute mit leerem Blick und ohne Überraschung

auf das Kind herab. Ohne die Verschmitztheit und den Humor, die sonst ihre Augen belebten, sah sie nichts weiter als hübsch und so reserviert aus, wie es wohl von einer erschöpften Frau von Vierzig zu erwarten war.

„Wer war bloß zu so etwas fähig?" fragte er Moja.

Moja starrte ihn flüchtig an. Wie war es möglich, daß er eine so naive Frage stellte? Sie sagte freundlich: „Jungen, denen die Angst im Nacken sitzt. Geführt von Offizieren, denen die Angst ebenso zusetzt."

„Diese Kommandotruppen oben in Southeys Lager – einige von denen haben auch Angst. Aber so etwas würden sie nie tun."

„Nur weil Sie das menschliche Gesicht dieser Leute kennen, glauben Sie, sie könnten nicht unmenschlich sein? Die Jungen, die dies taten, hatten auch Gesichter. Außerdem kann es auch ein Versehen gewesen sein."

„Sie meinen, sie hätten vielleicht auf die Mutter gezielt und sie verfehlt?"

„Seien Sie nicht ironisch." Sie lächelte und sah wieder jung, mädchenhaft und strahlend aus. „Ich zeige Ihnen jetzt etwas, das sie gezielt getan haben. Diese Jungens mit Gesichtern."

Sie führte ihn zum anderen Ende der Station, wo Fielding neu hinzugekommene Patienten mit Zetteln versah. Ein magerer Junge, nur mit einem Hemd bekleidet, lag auf einem Gummituch. Seine Geschlechtsteile waren ein von Wundbrand befallener Brei.

„Wie alt?" fragte Pelham.

„Dreizehn", sagte Moja. „Er kommt von Korčula. Sie

verhörten ihn, um etwas über seinen Vater und seine Verwandten herauszubekommen. Er wollte oder konnte ihnen nichts sagen. Da hängten sie ihn in einem Brunnen an den Genitalien auf."

David betastete den Magen des Jungen, aber konnte weder Schmerz noch Erstarrung feststellen, weil keine Reaktionen erfolgten. Der zusammengekrümmt daliegende, stumme Eunuch, wurde am Ende per Schiff nach Bari transportiert.

Als eines Abends, zehn Tage vor Weihnachten, Pelham, vom Lazarett kommend, die Messe betrat, wurde dort ein wildes Gelage gefeiert. Nur Lawrence saß schweigend vor seinem Glas. Alle anderen brüllten durcheinander und schienen das, was sie brüllten, sehr komisch zu finden.

„Fangen früh mit Weihnachten an, hm?" fragte Pelham Lawrence.

„Nein. Feiern nur Greenway."

David sah Greenway und mußte an den Abend denken, an dem der junge Mann mit verschlossenem Gesicht zwischen den singenden Partisanen vorübermarschiert war. Greenway saß auf dem besten Stuhl und lächelte sparsam, während die anderen ihm Fragen stellten und lachten.

„Greenway - warum?"

„Weil er ein gottsallmächtiger Killer ist. Was könnte sonst der Grund sein? Die Tapferen feiern ihn. Und die nicht so Tapferen auch."

Pelham ließ Lawrence allein und drängte sich in die Gruppe um Greenway.

„Ah, der Bauchaufschneider", sagte Greenway, als er ihn sah.

„Worum geht's denn?"

Ein Offizier der Kommandotruppe mischte sich ein.

„Es ist eher die Frage, worum es ging. Erzählen Sie, Greenway."

„Hab's nun schon oft genug erzählt."

„Na, einmal noch. Es ist so erfrischend ..."

Greenway seufzte. Er sah zu David hin, als spürte er Mißtrauen in dessen Blick.

„Na ja, es fing damit an, daß wir einen Deutschen gefangennahmen. Weiß nicht, was mit dem armen Teufel geschehen ist, aber während er bei uns war, erzählte er uns, ein Unterhaltungsorchester käme zu der Wehrmachtseinheit in Korčula. Freund Southey meinte, das Konzert würde diese Hunde ablenken, sie wären dann nicht auf dem Quivive. Und so ..."

Er erzählte, wie er nachts im Boot nach Korčula übersetzte, durch die Olivenwälder zur Anhöhe am Rande der Stadt hinaufstieg und sich von den dort versteckten Partisanen beraten ließ. Sie gaben ihm Bauernkleidung: eine Schaffellmütze, eine pelzbesetzte Jacke, eine ausgebeulte Hose.

An dem Abend, an dem das Konzert stattfinden sollte, packte er seine Maschinenpistole auf einen Esel, und zwei Partisanen begleiteten ihn bis zum Stadtrand von Korčula, wo sie auf ihn warten wollten. Die über Verstärker gehende Unterhaltungsmusik war in der ganzen Stadt zu hören. Die Besatzungstruppe war darauf aus zu beweisen, daß sie sich entspannt geben konnte. Die Wachen an den Mauern verhielten sich nicht höflich, aber schienen nicht weiter beunruhigt. Als könnte es für sie in Hörweite ihrer lustigen Heimatlieder keine Lebensgefahr geben.

Greenway wußte, wo der Regimentskommandeur sein Quartier hatte. Es war eine solide Villa im serbischen Stil. Er erdolchte die Wache, stieg die Hintertreppe hinauf, klopfte an die Tür, schlug den Hausmeister, der ihm öffnete, nieder, klopfte dann an eine Tür, hinter der er eine deutschsprachige Sendung von Radio Belgrad hörte. Die Tür wurde von dem Regimentskommandeur geöffnet, der, hieß es, ein Einzelgänger war. Auf einem Schreibtisch hinten im Zimmer sah Greenway Akten und sonstige Dienstpapiere. Der Kommandeur, statt das Konzert zu besuchen, war noch spät an der Arbeit. Greenway schoß ihn in den Kopf. Die laute Musik röhrte durch die Nacht. Keiner kam. Greenway packte alle Akten und Dokumente im Zimmer zusammen, verschnürte sie und trug sie nach unten zu seinem Esel. Er befestigte das Paket auf dem Rücken des Esels und legte eine Decke darüber. So machte er sich, während die Kapelle spielte, auf den Weg durch die Tore der alten Mauern hinauf in den dunklen Wald.

Stille trat ein, als Greenway zu Ende erzählt hatte. Alle Blicke richteten sich auf Pelham, der mitten unter den Leuten stand. Dann begannen die Zuhörer um ihn herum zu lachen, ein tiefes, wehtuendes, aus dem Bauch kommendes Lachen. Der gespenstische Tod des deutschen

Obersten, sah man ihnen an, gab ihnen das Gefühl, daß sie selbst nicht einen solchen Tod sterben würden. Als wäre die Quartalsliste an schrecklichen Verwundungen schon voll und für sie kein Platz mehr auf ihr. So war Greenways Geschichte bereits dabei, eine Legende zu werden, an der sie sich das ganze Weihnachtsfest über sattweiden würden.

Jemand sagte: „Und die Papiere, die er mitbrachte!"
„Wichtige Papiere?" fragte Pelham.
Greenway zuckte die Schultern.
„Kode-Listen, Marschbefehle", sagte einer der Offiziere. „Stimmt doch?"
Aber Greenway rührte sich nicht, sah ruhig zu Pelham. Sie wissen schon (drückte sein Blick aus), alle wissen wir es. Die Akten enthalten gewöhnliche Dienstpapiere. Aber sie wollen's natürlich anders haben.

Als David später die Messe verließ, hielt Lawrence ihn zurück.

Mit unterdrückter Stimme sagte er: „Wie viele von diesen armen Schweinen in Korčula, frage ich mich, werden jetzt als Geiseln genommen und erschossen? Und welche Foltermethoden wird man bei anderen anwenden, die dann in Fischerbooten hierhergebracht werden? Und was werden die gottsverdammten Jäger mit uns machen, wenn sie herkommen?"

David schwieg. Er spürte Kälte in den Händen und im Kreuz.

Lawrence sagte: „Ein Held! Ein dreckiger Mörder ist er, weiter nichts."

„Liebe Caroline", schrieb Pelham dem Mädchen in Mola, „herrlich ist es auf dieser adriatischen Insel, besonders am Morgen. Ich wünschte, ich wäre als Tourist hier. Dennoch – ein Morgen wie heute macht einen vergessen, daß *sie* je herkommen könnten. Sollten sie doch kommen, dann wird ihnen die hochqualifizierte Truppe, die wir hier haben, eine blutige Schlacht liefern ..."

Er sah von seinem Schreibtisch im Verbandsraum auf. Greenway, bleich im Gesicht, stand in der Tür.

„Kann ich was für Sie tun?"

„Ich kann nicht schlafen. Haben Sie etwas zum Einnehmen für mich?"

„Ich muß damit sehr sparsam sein. Für längere Zeit kann ich Ihnen nicht helfen."

„Nein, nur bis zum zweiten Weihnachtstag."

„Wieso?"

„Ja, dann kommt mein Alter. General Greenway. Der Mann, der mich seinerzeit gezeugt hat. Er kommt zur Inspektion auf einen Tag nach Mus. Am zweiten Weihnachtstag."

Greenways Unterkiefer sackte herab, er atmete schwer. Es war ein Anfall von Panik. Das kam öfters bei Leuten vor, wenn sie mit Eltern zusammentrafen, die sie haßten.

„Ich kann Ihnen vier Tabletten Phenobarbital geben. Nehmen Sie für heute nacht eine. Wenn's nicht reicht, nehmen Sie zwei. Mehr kann ich leider nicht entbehren. Die Verwundeten, müssen Sie einsehn ..."

„Ich verstehe."

„Das Gefühl, das Sie haben ... Das geht davon weg."
„Danke. Vielleicht säuft der Alte einen Tag vorher ab. So wie es Lord Kitchener passierte."

General Greenway kam in der Frühe des zweiten Weihnachtstages auf einem Torpedoboot nach Mus. Die Kommandotruppe, die er am Morgen inspizierte, wurde nach dem Frühstück losgeschickt, um seinen Sohn zu suchen, der über Nacht verschwunden war.

Am Vormittag holte ein Melder Pelham von Grevisa zu Southeys Hauptquartier auf dem Plateau. In Southeys Dienstzimmer wartete ein kleiner, kratzbürstiger General auf David.

„Dieser mein Sohn", sagte der General, ohne sich vorzustellen, „hat er mit Ihnen gesprochen, Captain?"

„Er bat mich um Schlaftabletten. Er schien ein bißchen überdreht."

„Sie haben ihm die Tabletten gegeben?" Der General sagte das mit ernstem Vorwurf in der Stimme.

„Ja, Sir."

„So viele, daß er damit irgendwelchen Unsinn machen kann?"

„Nur vier halbe Tabletten Phenobarbital."

„Ein Soldat sollte in solchen Fällen Rum trinken. An Rum herrscht doch kein Mangel, wie?"

„Ich glaube Phenobarbital war richtiger. In diesem Fall."

„Sie haben sich als Psychiater betätigt, wie?"

„Nicht direkt."

„Nichtsdestoweniger... Wenn Sie ihn sehen, fragen Sie ihn, warum er mich auf diese Weise in Verlegenheit bringt. Sagen Sie ihm, daß mir ein offen geführter Kampf mit Waffen lieber ist als diese Art von Attacke aus dem Hinterhalt."

„Das werde ich ihm sagen, Sir. Ich glaube nicht, daß es viel nützen wird."

„Sagen Sie's ihm. Ich kenne ihn und weiß, er ist ein Feigling. Southey will ihm jetzt die Verdienstmedaille geben. Weil er da so einen Oberst in Korčula umgelegt hat. Das ist, als stellte man einem Blinden ein Zeugnis über seine enorme Sehkraft aus. Vollkommen witzlos. Und fragen Sie ihn dies, fragen Sie ihn, was das für eine Sorte von Mensch ist, der seinem Vater nicht ins Auge sehen kann. Fragen Sie ihn das."

„Ich glaube, ein Arzt sollte eine solche Frage nicht stellen." Jetzt läßt er mir Arrest aufbrummen, dachte Pelham. Weil er meine Wut, meine Verachtung mitgekriegt haben muß.

Aber der General schnaubte nur. „Halten Sie es für die Aufgabe eines Militärarztes, Feiglingen Schlaftabletten zu verabreichen? Die Aufgabe eines Militärarztes ist es, Feiglinge auszumerzen."

„Ich bin kein regulärer Militärarzt, Sir. Ich unterstehe dem Außenministerium."

„Machen Sie, daß Sie rauskommen! Sie sind wie er!"

6

Mus war in der Topographie des Krieges vielleicht das, was für den menschlichen Körper der Blinddarm ist. Seltsame, schwer zu bändigende Elemente fanden ihren Weg nach Mus und blühten dort auf. Im Dezember wurde Southey Colonel, im Januar Brigadier. Ein schnelles Aufblühen!

Ein weiterer Sonderling war der Major, der eine Abteilung von US-Pionieren auf dem Plateau befehligte. Anfangs des Jahres bauten diese Männer einen Landestreifen am Fuß des Muštar. Jetzt hatten beschädigte Flugzeuge die Chance, auf der Insel zu landen.

Der Major war Berufstexaner und trug seinen Dienstrevolver in einem unten offenen Halfter, der mit einem Metallstern versehen war. Einige seiner Männer wurden mit Alkoholvergiftung zu Pelham gebracht. Der Texaner wartete teilnahmsvoll auf der Türschwelle des Lazaretts auf Nachricht über sie. Für ihn war Alkoholvergiftung eine ehrenhafte Erkrankung.

Ebenfalls im Januar landete mit der *Rake's Progress* ein siebzigjähriger, auf einen Heldentod versessener Einfaltspinsel. Er war Konteradmiral, ohne daß irgendwer an einem weniger verrückten Ort eine Verwendung für ihn gehabt hätte. Sein Name war Sir Martin Harris.

David begegnete ihm an einem kalten Morgen des neuen Jahres. Er hatte das Lazarett Fielding überlassen, denn Cleary wollte ihm eine Bucht zeigen, an der den

Mönchen im Mittelalter an Wunder grenzende Fischzüge gelungen waren. Cleary hatte dort weniger spektakulären Erfolg gehabt.

Auf dem Wege zum Angelplatz machte David am Hafen von Mus Halt, um mit dem Hafenkommandanten Hugo Peake zu sprechen. Sie setzten sich draußen vor Peakes Dienstzimmer in die winterliche Sonne. Weiter unten auf der Mole sah Pelham einen alten Mann in einer litzenbesetzten Marineuniform und mit Seestiefeln, der dort entlangschlenderte und sich ihnen näherte. Aber bevor Pelham fragen konnte, wer der Mann sei, hörte er plötzlich über sich in der Luft ein träge dröhnendes Geräusch. Er blickte hoch und sah über einem ins Meer vorspringenden Ausläufer des Muštar Sturzkampfflugzeuge, die vor ihrem Angriff auf die Stadt steil anstiegen.

Hugo Peake stand auf und schrie dem alten Mann auf der Mole zu: „Hinlegen, Admiral, hinlegen!" Es klang, als kommandierte er einen Hund herum.

Der Admiral, weit davon entfernt, sich niederzuwerfen, hob die Hand langsam an die Stirn. Wie ein Gutsbesitzer, der kreisende Wildenten betrachtet, beobachtete er die anfliegenden Bomber.

Pelham und die anderen ringsum warfen sich an der Mauer in volle Deckung; ihre Münder waren so nahe am Moos in den Ritzen zwischen Mauerwerk und Pflaster, als wollten sie selbst ihren Atem vorm Feind verbergen. Im zischenden Aufheulen der Bomber hörte Pelham den alten Mann den Angreifern Sinnloses entgegenschleudern – „Ihr Hunde!" und „Den Quatsch könnt ihr euch auch sparen!" und, nachdem die erste Bombe schrillend niedergegangen und auf dem Kai krepiert war: „Bei der RAF* würde man euch nicht mal mit dem Hintern ansehn."

„Er hat 'n Dachschaden", rief Hugo Peake David zu. Es folgte eine heftige Bodenerschütterung. David fühlte weiche Erdstücke, Grassoden vielleicht, auf Kopf und Körper heruntergehen. Gleich darauf spürte er, daß die Soden ölig waren, etwas Öl rann ihm in den Mundwinkel. „Sardinen", sagte er. „Sie haben die Sardinenfabrik zerdeppert."

Er begann zu lachen.

Beim zweiten Anflug trafen die Bomber den Vorraum von Bersaks Hospital und beschädigten die Außenmauer. Nicht lange, dann würde Bersak in seinem unvermeidlichen Mantel und mit Gummihandschuhen die Trümmer vorm Eingang zum Hospital wegräumen.

Nachdem die Bomber abgeflogen waren, kam der unverletzte Admiral die Pier hinunter zu Peakes Dienstraum getrottet. Aus der Art, wie er sich bewegte, ließ sich schließen, daß offenbar auch der Zwang zum Langstrekkenlauf zu seinen Verrücktheiten gehörte. Ohne das Wort an irgend jemanden zu richten, rannte er in das Dienstzimmer.

Hugo Peake sagte: „Wenn ich im Alter so bin wie der, erschießt mich hoffentlich jemand."

„Wo kommt er her?"

---

*Royal Air-Force

„Er kam eines Nachts per Schiff. Er ist zu alt für den Dienst bei der Marine. In Nordafrika fuhr er mit einem indischen Panzerregiment in der Wüste herum. Er wurde gefangengenommen, aber die Deutschen ließen ihn laufen. Ich kann sie verstehen."

„Ließen ihn laufen?"

„Ja. Und dann gaben sie über den Sender Berlin bekannt, daß sie an 78jährigen Admirälen nicht interessiert seien. Den albernen alten Knacker hat das gewurmt. Deswegen, nicht aus politischen Gründen, haßt er die Deutschen. Ich bin sicher, er und Hitler haben vieles gemein. Er haßt sie, weil sie ihn für kriegsuntauglich halten."

Sie sahen hinüber zum Rauch, der aus der Sardinenfabrik aufstieg. Über der Stadt lag der Geruch von Fisch.

„Sagen Sie, Pelham", fragte Hugo Peake ihn, „würden Sie in Betracht ziehen, den Mann für unzurechnungsfähig zu erklären?"

„Aufgrund wovon?"

„Na, Sie haben ihn doch eben gesehen."

„*Das* ist für Militärpsychiater kein Beweis für Geistesgestörtheit. Nur für normale Leute."

„Da ist noch so manches andre", sagte Peake. „Neulich nacht hat er mich bekniet, ihn auf einem der Patrouillenboote mitfahren zu lassen. Sie liefen einem kleinen Verband von Schnellbooten und Fährprämen fast vor den Bug. Sie stellten den Motor ab und warteten darauf, daß der Verband abzog. Augenblicks aber übernahm der Admiral das Kommando und griff sich ein Megaphon.

‚*Rammt die Hunde!*' schrie er. Glücklicherweise redete mein Bootsmann ihm das aus. Sie gaben ihm Tee mit einem Betäubungsmittel darin. Sie sehn, der Mann ist ein Irrer." Der Admiral rief aus dem Dienstzimmer: „Peake, kommen Sie jetzt? Papierkrieg, mein Junge! Papierkrieg!"

Peake flüsterte Pelham zu: „Er sagt, wenn er meinen Papierkram in Ordnung gebracht hat, dann geht er aufs Plateau und hilft Southey aus. Ich hoffe, Southey setzt ihn bei Kommandounternehmen ein."

Pelham verbrachte den größten Teil seines Angeltages damit, daß er Bersak beim Wegräumen der Trümmer vorm Eingang seines Hospitals half. Während sie sich bückten und gemeinsam Steine anhoben, stieg ihm von den Stationen her der Gestank von Wundfäule in die Nase. Sein eigenes Lazarett roch, wie es üblicherweise in Krankenhäusern riecht, Bersaks Hospital aber stank wie etwas aus einem anderen Jahrhundert. Kein Wunder, daß die Europäer, diesen Geruch in der Nase, eine religiöse Völkergruppe waren, dachte David. Dieser Gestank ist wie eine Kanzelpredigt auf die Zufälligkeit und Vergänglichkeit des menschlichen Daseins.

Plötzlich spürte er den Impuls, Bersak zu belehren. So taktvoll wie möglich.

„Ich habe kürzlich gelesen", sagte er, auf eine Brechstange gelehnt, „wie falsch Körperwunden ursprünglich behandelt wurden. Noch bis 1918, meine ich, war die Behandlung recht primitiv. Es hieß in dem Aufsatz, daß erst während des Spanischen Bürgerkrieges neue Methoden aufkamen."

„La Guerre Espagnole", murmelte Bersak ohne Betonung.

„Ja. Deswegen interessierte mich Ihr Umgang mit Gipsverbänden ..."

„Oh ja. La gypse ... toujours la gypse ..."

„Sie haben vielleicht von dem spanischen Militärchirurgen Trueta gehört. Er fand heraus, daß man aufgerissene Wunden am besten mit Verbänden und Wattebelägen versieht und dann erst den Gipsverband anlegt."

„Oh ja, Trueta. Mein großes Vorbild."

„Natürlich schwillt die Wunde an und riecht, aber dann heilt sie langsam."

„Ja. Wie ich es oft genug hier erlebe."

„Wichtig ist der Wattebelag, damit die Wunde Platz hat, sich auszudehnen."

„Watte, ja."

„Hm."

„Wir haben hier nicht übermäßig viel davon."

„Trueta, Ihr Vorbild, war der Ansicht, daß es nicht gut ist, nur mit dem Gipsverband zu arbeiten."

Pelham fragte sich, ob er nun wohl zu weit gegangen sei. Aber Bersak lächelte.

„Wir müssen es alle zu schaffen versuchen. Zu schaffen versuchen mit dem, was wir haben."

„Das ist wahr. Bei Handwunden ist es nicht das Richtige, glaube ich. Man soll die Hand nicht im Gipsverband stillegen. Die Hand, heißt es, soll sich so schnell wie möglich wieder bewegen können. Natürlich, ich kenne das alles großenteils nur theoretisch. Ich habe mich oft gefragt, ob für erfahrene Chirurgen – wie Sie es sind – die Theorie von Nutzen ist ..."

„Kann sein. Aber hier gibt es immer Raum für Experimente."

„Es ist immer nützlich, mit einem Veteranen zu sprechen", sagte David. In Bersaks Augen drückte sich kristallhell die unauslöschliche Ignoranz aus. David ließ es dabei bewenden und setzte sein Gewicht beim Wegräumen von Steinen vor Bersaks Tür ein.

Die Liebe zwischen Pelham und Moja Javić begann mit der Auseinandersetzung um einen deutschen Flieger.

Eines Nachts, in der Mitte des Winters, landeten Southeys Männer und die Partisanen zu einem Einsatz gegen den kleinen Hafen Jelsa auf der Insel Hvar. Aus irgendwelchen Gründen brachten sie eine Reihe von Gefangenen mit, darunter sogar einige verwundete deutsche Offiziere.

Diese Männer wurden in Pelhams Lazarett abseits an die Wände und in die Nähe der Tür gelegt, weil ihre Behandlung nicht vorrangig war. Das Personal stieg über sie hinweg und kümmerte sich um Soldaten der Kommandotruppe und Partisanen, die Vorrang hatten.

Pelham entsann sich, daß er sich in dieser Nacht gefragt hatte, ob eine solche Vorzugsbehandlung moralisch zu verantworten sei. Möglicherweise waren alle, die am Krieg teilnahmen, ohne Unterschied Verdammte, denn ihre Taten waren barbarisch und unmenschlich.

Er hatte nicht viel Zeit, diese Frage zu besprechen. Es war ein junger Soldat der Kommandotruppe eingeliefert worden, der zu einer deutschen Stellung hinübergegangen war, um die Truppe zur Übergabe aufzufordern. Als er herankam, war er von Maschinengewehrfeuer durchsiebt worden. Lawrence hatte ihn als ersten zum Operationstisch bringen lassen, obwohl kaum Hoffnung bestand, ihn durchzubringen. Aber die zurückkehrende Kommandotruppe war von einer wilden Empörung erfaßt, die sich auf Pelhams Mannschaft übertrug. Sie zeigte sich also ohne weitere Überlegung bereit, den Jungen als ersten auf den Operationstisch zu legen.

Die hölzerne Tischplatte mußte schon die bestürzenden Schlächtereien von Marinechirurgen aus georgianischer Zeit erlebt haben. Und nun die Arbeit Pelhams, der sich der Blutungen annahm und über zwei Meter des durchlöcherten Darms herausschnitt. Dann vernähte er die nutzlos gewordenen Organe. Unterdessen starben deutsche Offiziere zu Füßen des Personals.

Als sie alle von der Kommandotruppe und die Partisanen versorgt hatten, waren die meisten feindlichen Verwundeten gestorben. Lawrences Männer rutschten auf den erschlafften Gliedern aus und fluchten. Ein junger Luftwaffenpilot, der lediglich am Bein verwundet war, lebte noch. Er hatte etwas von einem Dandy an sich; sein Haar war äußerst gepflegt und die Frisur trotz der Kampfhandlungen, der Verwundung und des Transports über See in Ordnung. Er war, unter Schock stehend, gesprächig, besonders Moja gegenüber. Noch als sie die

Pentothalspritze vorbereitete, hatte er ihr den Kopf zugewandt und lebhaft auf sie eingeredet.

„Was sagt er?" fragte Pelham.

Moja und die mürrische Suza, merkte er, waren von einer eisigen, gänzlich humorlosen Zurückhaltung. David spürte eine Veränderung, als wechselte die Zeit in ihre eigene, weit zurückliegende Vergangenheit hinüber. Nach dem Urteil dieser beiden Frauen war das Leben dieses jungen Mannes verwirkt.

Moja injizierte das Pentothal, und der Deutsche verlor das Bewußtsein. Pelham behandelte ihn, wie es der Spanier Trueta empfahl. Es lief alles automatisch; David fühlte sich leicht werden, schwebend hoch über dieser verdammten Hafenstadt Grevisa.

Es fehlte, als er noch nicht ganz fertig war, an vorbereitetem Gipsverband. Fielding war draußen, mit der Nachbehandlung beschäftigt. Suza, obwohl sie Jugoslawin war, machte keine guten Verbände. Er sah zu Moja.

„Ich muß noch Verband zurechtmachen. Rühren Sie den Jungen nicht an, während ich weg bin."

Suzas und Mojas Augen funkelten ihn bedrohlich über dem Rand ihrer Masken an. Mein Gott, dachte er flüchtig, sie werden ihn vierteilen in meiner Abwesenheit. Wie bei einem uralten, illyrischen Kultopfer.

Moja sprach durch ihre Maske. „Was wollen Sie damit sagen?" brachte sie vor. „Sie abscheulicher Mensch!"

Er zuckte die Schultern leicht, als wollte er sagen: Keine Diskussionen, bitte, nach solch einer Nacht.

„Dann will ich mit diesem Mann nichts mehr zu tun

haben." Moja fingerte hektisch an ihrer Operationsmaske herum, um die Knoten aufzukriegen.

„Um Gottes willen, Moja, bleiben Sie, bis ich zurück bin."

Er ging. Die Hauptstation war kreuz und quer mit improvisierten Betten vollgestellt. Weinflaschen mit tröpfelnder Kochsalzlösung und Blut, das Magdas zahnloser Ehemann tags zuvor abgesaugt hatte, hingen umgekehrt über fast jedem Bett. Wo keine Gestelle für sie vorhanden waren, hielten Soldaten oder Partisanen sie gähnend in schmierigen Händen.

All diese Improvisationen fand er an diesem Abend kein bißchen komisch. Wenn Lawrence starb oder desertierte, wenn Fielding wegging, dann brach das ganze Arbeitssystem zusammen. Wieder bohrte in ihm die Frage: Was würde in der Nacht passieren, in der die Deutschen auf Mus landeten?

Er ging den Gang hinunter, den Fielding wohlbedacht zwischen den Sterbenden freigehalten hatte. In der Tür zum Vorratsraum saß ein toter deutscher Offizier. Seine Augen waren offen. Sein Gesicht war verschmiert und zugleich durchscheinend. Er sah unsagbar müde aus, und vorn auf seiner Jacke sah David das verkrustete Blut von dem Blutsturz, der seinem Leben ein Ende gesetzt hatte. Am schlimmsten war, daß er dort in der Haltung des Eigentümers saß und David über ihn hinwegspringen mußte, um in den Medikamentenraum zu kommen.

„Wer hat diese gottverfluchte Leiche hier hingesetzt?" hörte David sich rufen.

Zwei von Lawrences Männer tauchten neben ihm auf.

„Sehn Sie zu, daß Sie einen vernünftigen Platz für ihn finden."

Als sie die obstinate Leiche forttrugen, wurde es Pelham klar, wie unfair es war, so mit Männern zu reden, die, wie er selbst auch, die ganze Nacht durch ihre Arbeit so gut wie möglich gemacht hatten.

Dies war während der Nacht das einzige Zeichen, mit dem er verriet, daß er Angst hatte und an seinen Reserven zweifelte. Er machte den Gipsverband zurecht und kehrte in den Operationsraum zurück. Die Arbeit wurde schweigend beendet.

„Danke", sagte er danach. Moja antwortete nicht. Auch Suza nicht, die sowieso nie viel sagte.

Er hatte drei Stunden Schlaf. Im Tageslicht machte das Lazarett einen sachgemäßeren Eindruck. Unter den Verwundeten hatten, wie er feststellte, viele einen stetigen Puls. Und der Junge mit der Bauchverwundung war in seinem letzten Koma jenseits von allem Schmerz.

Später am Tag merkte er, daß Suzas brütende Augen ihn von nirgendwoher verfolgten. „Wo ist Suza?" fragte er Fielding.

Fielding vermied es, ihn anzusehen. „Die Kommissare haben sie zu sich bestellt."

„Die Kommissare?" Er mußte an Anka denken.

„Ja, Sir, nehmen Sie's mir nicht übel. Das Mädchen ist in Sie vernarrt. Auf eine wenig gute Weise."

„Mein Gott. Sie meinen, daß Suza und ich ..."

„Ja, Sir. Während doch ..."

„Während, was?"
„Ah nichts, Sir."
Man sah Fielding an, daß er nichts für Klatsch übrig hatte. Er war einer dieser anständigen Burschen aus dem Norden ohne spektakuläres Bedürfnis nach Frauen, Alkohol und Geschwätz.
„Kommen Sie schon, Fielding. Wir sind hier nicht im Höhere-Töchter-Pensionat."
„Während sie es doch die ganze Zeit mit einem der Männer von Lawrence hat ..."
„Das ist ja hübsch. Einer von Lawrences Leuten schwängert sie, und sie und ich müssen dran glauben."
„Soll ich dem Mann sagen, daß Sie ihn sprechen wollen, Sir?"
„Ja. Und zwar noch heute abend."
Jetzt erst fiel ihm ein, daß er auch Fielding Dank schuldete. „Und ich möchte Ihnen auch noch danken, Sergeant."
„Danken?"
„Für Ihre Hilfe letzte Nacht."
„Das ist wirklich nicht nötig, Sir."
Mein Gott, er ist in manchem so altmodisch, dachte Pelham. Er hatte plötzlich, vielleicht etwas leichtfertig, das Verlangen, mehr über den Mann zu wissen. Er gab diesem Impuls nach.
„Wie sind Sie politisch eingestellt, Fielding?" fragte er.
„Ich ... ich weiß nicht recht, ob es Ihnen zukommt, mich danach zu fragen, Sir."
„Glauben Sie, ich würde das gegen Sie verwenden?"

„Ich bin Sozialist, Sir."

„Wie Tito einer ist?"

„Es gibt Zeiten, in denen nur extreme Mittel Erfolg haben. Tito hat Erfolg. Mihajlović hat keinen. Vielleicht ist Mihajlović in seiner Art vornehmer. Aber darum geht's nicht."

Fielding sah keinen Grund, sich für seinen kleinen politischen Vortrag zu entschuldigen.

„Ich möchte mit Suzas Freund sprechen."

„Ja, Sir."

Da David das Lazarett nicht verlassen konnte, beauftragte er den Krankenträger Jovan, sich nach Suza zu erkundigen. Er machte unterdes eine weitere Runde von Patient zu Patient. Zufällig kam er dabei gleichzeitig mit Moja an das Bett des deutschen Piloten. Sein Atem war flach, sein Schlaf tief. Das Pentothal hatte bei ihm stark gewirkt.

Moja starrte zu Pelham hin. In ihren Augen drückte sich aus, daß sie seine Anklage wollte.

„Sie brauchen manchmal vierundzwanzig Stunden, bis sie aufwachen", murmelte David.

„Ich weiß."

Am Nachmittag führte Jovan ihm Suza vor. „Die Kommissare", wisperte Jovan kopfschüttelnd.

Suza hatte geweint. Ihre Wangen waren davon gefleckt.

„Was haben sie zu Ihnen gesagt, Suza?"

Aber Suza konnte nur Deutsch und Serbokroatisch sprechen.

„Mrs. Javić, Mrs. Javić!" rief David. Moja stellte sich ein. Sie hatte ihre kleinen Hände wie eine richtige Matrone vor ihrer Schürze zusammengepreßt, als wollte sie ihn für das formelle *Mrs. Javić* rügen. „Würden Sie bitte Suza fragen, wo sie gewesen und was mit ihr geschehen ist?"

Moja nahm das Mädchen in einen der Vorratsräume. Als sie nach einer Weile herauskam, sagte sie: „Sie ist in dem am Berg gelegenen Haus der Kommissare gewesen. Man hat sie befragt."

„Worüber?"

„Über ihre Beziehung zu Ihnen. Ich würde an Ihrer Stelle sehr vorsichtig sein."

„Sie sagen das so ganz teilnahmslos."

„Es wäre traurig, wenn das Lazarett auf Sie verzichten müßte."

„Moja, ich habe keinen Augenblick gemeint, Sie hätten dem Mann eine gefährliche Dosis Pentothal gegeben."

„Das hoffe ich."

„Geht das wieder von Propaganda aus? Diese Beschwerden über Suza?"

„Diese Frage habe ich mir auch gestellt", sagte Moja weiterhin unbeteiligt, dienstlich. „Wenn es so ist, werde ich dafür sorgen, daß sie die Insel verläßt."

„Oh?"

„Ja – oh."

Draußen wartete ein Sanitäter mit bleichem Gesicht und krausem, braunem Haar auf ihn.

„Sergeant Fielding schickt mich, Sir."

Der Mann wurde auf eine eigentümliche Weise rot. Er liebt sie, stellte Pelham fest. Vielleicht sieht er in mir einen Nebenbuhler.

"Hören Sie, die Kommissare glauben, ich wäre es. Verstehn Sie, sie glauben, ich wäre es. Ich denke nicht daran, mich für Sie exekutieren zu lassen, Freundchen. Sie kommen in Brigadier Southeys Lager in Arrest. Der Brigadier wird die Güte haben, die entsprechenden Papiere auszustellen. Gehen Sie jetzt und warten Sie im Lagerraum auf mich."

Der Sanitäter wandte sich zum Gehen, blieb aber an der Tür stehen. Er war vielleicht acht Jahre jünger als Pelham. Er hatte einen wenig entwickelten Unterkiefer, wie es bei unterernährten Jugendlichen zu beobachten ist. Das ist mir so eine richtige Liebesgeschichte, dachte Pelham. Die arme, verlorene Suza und der Sanitäter mit dem verfilzten Haar.

"Sir", sagte der Sanitäter, "wenn es..." Er zuckte die Schultern. "Es soll nicht wieder vorkommen."

Moja meint, dachte Pelham, sie könnte Propaganda abschieben. Mal sehn – vielleicht schafft sie das ja.

Er behielt aber den barschen Ton bei.

"Wie soll ich Ihnen das glauben?"

"Das arme Kind hält nicht mehr durch, Sir. Manchmal spricht sie tagelang kein Wort."

"Hör'n Sie – nun haben Sie mich schon halbwegs ans Messer geliefert, kommen Sie mir nicht auch noch mit Belehrungen."

Der Sanitäter ließ mit offenem Mund den Kopf hängen.

"Ich wollte Ihnen nur die Wahrheit sagen, Sir. Ich bin in Ihrer Hand. Ich weiß das." Der Sanitäter gab sich unterwürfig, weil eine zwanzigjährige Erfahrung ihn gelehrt hatte, daß Unterwürfigkeit immer gut ist. Pelham fühlte sich plötzlich von sich selbst und der britischen Art, die Dinge zu sehen, angewidert.

„Na schön. Gehn Sie. Aber wenn Sie sich nochmal an sie ranmachen, laß ich Ihnen die Eier schleifen. Lawrence wird Sie nicht aus den Augen lassen, Fielding nicht und ich auch nicht."

„Danke, Sir." Der Sanitäter grüßte und ging zu den Zelten hinter der Messe. In ihnen lagen noch in Massen die in der letzten Nacht eingetroffenen Verwundeten.

Der deutsche Flieger in der Hauptstation war noch nicht aufgewacht. Moja ging, einer Klytämnestra gleich, durchs Lazarett. Mit Pelham sprach sie erst spät am Abend wieder, als er in Magdas Küche seine Suppe aß. Sie kam an den Tisch und legte neben Pelhams Teller einen jener Anhänger, wie man ihn Patienten ans Handgelenk bindet.

„Würden Sie das bitte unterzeichnen, Doktor?"

Tabes Dorsalis stand auf dem Anhänger.

„Syphilis dritten Grades?" übersetzte Pelham fragend.

„Ganz recht", sagte Moja.

„Wer hat Syphilis dritten Grades?"

„Die Kommissarin Propaganda kam heute abend, um sich Vitamin D spritzen zu lassen. Ich gab ihr Pentothal. Sie ist hinten im Wagen von Sergeant Lawrence. Wir beabsichtigen, sie nach Italien zu verschiffen."

„Aber sie hat doch nicht Syphilis."

„Das wird man erst feststellen, wenn sie in Italien ist."

„Das wird Ärger geben. Mit dem Komitee der Kommissare."

„Sie wissen nicht, was *Tabes Dorsalis* ist. Wüßten sie es, würde sie möglicherweise erschossen. Ich habe ihnen geschrieben, Propaganda müßte in Italien behandelt werden. Sie haben nicht allzu viele Fragen gestellt. Vielleicht sind auch sie froh, das elende Weibsstück loszuwerden."

Er unterzeichnete den Anhänger deutlich lesbar. „Das ist großartig, Moja."

Moja lächelte nicht. „Ich schlage vor, Sie schreiben an Hafenkommandant Peake, er soll sie auf das erste auslaufende Fischerboot verfrachten. Wäre keins verfügbar, dann sollte ein Torpedoboot zu einer Sonderfahrt klargemacht werden."

Er ließ sich Papier bringen und schrieb den Brief. Er bemerkte, daß er viele Wörter mit falschen Vorsilben begann und immer wieder Wörter streichen mußte. Die Haken der Hs und Ls mißlangen, und die Ns am Ende der Wörter zu schreiben, fehlte ihm fast die Kraft. Als er fertig war, gab er Moja das Blatt. „Der Deutsche ist noch immer nicht wach", unterrichtete sie ihn.

In der Nacht bekam er nur wenig Schlaf. Die Verwundeten hielten ihn in Atem – Fieberkurven stiegen an, Wundnähte platzten, Koma trat ein. Die schwereren Fälle erledigten sich selbst: Vier Mann starben an inneren Verblutungen.

Am Morgen erwachte der Luftwaffenpilot aus seiner Bewußtlosigkeit. Wieder redete er viel, quer durch die Station mit einem Landsmann, der einen Arm verloren hatte.

„Was sagt er?" fragte Pelham Moja.

„Bla-bla", antwortete sie wegwerfend.

„Bitte."

„Er sagt – als er dieses slawische Weibsbild mit der Nadel auf sich zukommen sah, hätte er gedacht, nun wäre es mit ihm aus. Er sagt auch, in Split wäre die Hölle losgewesen, als er seine Bomben reinwarf. Er sagt, es war ganz einfach, denn Flak war nicht da."

„Er ist noch ein unreifer Junge", sagte David.

Moja sah ihm voll in die Augen. Ihr Blick war voller Verachtung, für ihn und den jungen Piloten. Als gehörten sie als Zwillingspaar einer mißratenen Generation an.

Als er am Nachmittag in die Hauptstation kam, sah er um die Betten der beiden Deutschen eine Gruppe bewaffneter Partisanen. Sie zogen den Luftwaffenpilot aus seinem Bett. Sie gingen nicht grob mit ihm um, aber es war kein Zweifel, daß seine Exekution bevorstand. Seine Augen waren weit offen und wie die eines Kindes.

„Er ist mein Patient", sagte Pelham. „Sie können ihn nicht einfach hier rausholen."

Einer der Partisanen redete besänftigend auf ihn ein. „Nov, nov", sagte er. „Pokret. Smrt Fascismu." Er sprach freundlich, ein halbes Dutzend der Entführer aber hatte die Gewehre gehoben und hielt das Sanitätspersonal ab. So wurden die beiden Deutschen gekidnappt.

Unmittelbar nach Abzug der Partisanen rannte David zu Lawrences Laster. Mangel an Schlaf und wenig Fahrübung machten aus der Fahrt zu Brigadier Southeys Lager ein wildes Gejachter. Unterwegs fuhr er fast in die Partisanenkolonne hinein, die die beiden verwundeten Deutschen quer auf Esel gepackt hatten.

Southey hatte sein Quartier in einem Pfarrhaus auf dem Plateau. Die Wachen auf der Treppe drängte David beiseite und trat in das Dienstzimmer des Brigadiers. Die Halbinsel, das Festland und die Inseln, gegen die Southey seine Einsätze unternahm, waren auf einer buntfarbigen Karte über dem Schreibtisch des Brigadiers zu sehen. Southey selbst saß dort und schrieb einen Brief auf dienstlichem Luftpostpapier. Er hatte eine kleine Handschrift, mit der er das Blatt bis an den Rand beschrieb.

„Hello, Pelham. Wie steht's in der Schwemme?" Schwemme war sein Spitzname für Davids Partisanenlazarett.

Zu seiner eigenen Überraschung befand sich David auf einmal auf Southeys Seite des Schreibtisches, wo er sich über den kleinen, gepflegten Mann beugte. Er sagte: „Ich muß diesen Dreckskommissaren zeigen, daß sie mit ihrem ungeschlachten Marxismus auf meinen Stationen nichts zu suchen haben."

„Sie scheinen ziemlich aufgeregt, David."

„Das nebenbei, aber darum geht's nicht."

David erzählte ihm, was im Lazarett vorgefallen war.

„Sie wollen, daß ich die Herausgabe der Männer von den Partisanen fordere?"

„Natürlich."

„Und was mache ich dann mit den Burschen, David?"

„Sie nach Bari schicken. Nachts."

Der Brigadier bedeckte den Brief mit einem Stapel aus

der Eingangspost. Er schien mit diesem Akt den privaten Southey zu entlassen. „Nein", sagte er. „Und es ist sinnlos, darüber zu diskutieren."

„Wieso das?"

„Na gut. Aber dies bitte ganz unter uns. Erzähl'n Sie diesen Ochsen nichts davon." Er schien die jüngeren Offiziere zu meinen. „Ich habe inoffizielle Anweisung, aber von ganz oben, alle deutschen Gefangenen den Partisanen auszuliefern. Niemand in Italien erwartet, daß ich sie dorthin schicke. Sowas können sie natürlich nicht mit einem schriftlichen Befehl anordnen. Ließe ich Gefangene erschießen, dann würde ich es ihnen glatt zutrauen, daß sie mich nach Ende der Kampfhandlungen als Kriegsverbrecher vor Gericht stellen. Also überlasse ich sie ganz einfach den Partisanen. Ich weiß nicht, ob Sie je aus der Richtung Pegosa fernes Gewehrfeuer gehört haben?" (Pegosa war eine winzige Insel knapp einen Kilometer südwestlich von Grevisa). „Es ist schwer hörbar bei dem allgemeinen Krach. Da, jedenfalls, exekutieren die Partisanen ihre Gefangenen."

Er setzte sich wieder und deckte den Brief auf. In Gedanken war er schon beim nächsten Satz, als er hinzufügte: „Und warum nicht? Die andere Seite macht es genauso und wird auch mit uns so verfahren, wenn sie je landen. Nur Ihnen sage ich das, damit Sie sich darauf vorbereiten können. Sie wissen, was ich meine. Haben Sie immer zwei Patronen bereit. Die eine für den Kerl, der die Tür aufbricht, die andere für Sie selbst. Wenn Sie Cyanid-Tabletten bevorzugen, ich habe davon einen Vorrat. Aber es ist stilvoller, mit der Pistole Schluß zu machen. Angemessener für einen Soldaten."

Warum habe ich mir die Mühe gemacht, mich an ihn zu wenden? dachte Pelham. Vielleicht weil er mir vernünftig vorkam, als er in Mojas Messe betrunken war.

Der Brigadier sagte: „Ich muß Sie jetzt rausschmeißen, alter Junge. Kopf hoch, das ist noch längst kein Grund zu Depressionen. Ich fürchte allerdings, die Kommissare werden Sie schon in Ihr Lazarett reinlassen müssen, wann immer sie's wünschen. Es ist ihre Insel."

Als David zurückfuhr, begann sein Herz heftig zu schlagen. Der Schweiß brach ihm aus, und in den Fingerspitzen spürte er das eine Ohnmacht ankündende Kribbeln. Er war in der Hölle, ging es ihm durch den Kopf, und umgeben war er von lauter Monstren. Als er den Wagen geparkt hatte, fühlte er nicht die Kraft, zum Lazarett zu gehen, er begab sich statt dessen in Magdas Küche. Er war froh, daß niemand dort war. Aus einer der vielen Flaschen schenkte er sich Branntwein in ein großes Glas. Saufen, dachte er, nichts als saufen. Mus – eine Zweigniederlassung der Hölle, aber ein Säuferparadies.

Der Alkohol wärmte ihn körperlich, das war alles. Ein unheimliches, telepathisch übertragenes Grauen ergriff ihn. Für ihn gab es keinen Zweifel, daß in eben dieser Sekunde der deutsche Flieger mit der Beinverwundung vom gleichen Grauen erfüllt war. Er dachte, genau so intensiv, wie es der Deutsche in diesem Moment dachte: Beinverwundung! Wie kann ich der Kugel mit einer Beinverwundung entrinnen?

Er hörte den Ofen in seinem Nachmittagsschlummer knarren. Er hörte auch die Bohlen des Fußbodens knarren. Als nächstes nahm er Moja wahr, die neben ihm stand. Er warf ihr vor: „Sie heißen dies alles gut."

„Wer sagt das, David?"

„Als Sie ihm das Pentothal gaben, wußten Sie, was geschehen würde."

„Ja."

„Sie Bestie, Moja!"

Moja packte sein Glas und schüttete es ihm ins Gesicht. Der Alkohol brannte in den Augen, aber er versuchte, sich nichts anmerken zu lassen. Er schüttelte den Kopf, um seinen Augen zu klarem Sehen zu verhelfen.

Moja war gegangen, aber nur bis zur Tür.

„Ich würde etwas darum geben, nicht hier sein zu müssen", sagte sie. „Viel lieber würde ich weit weg von allen Menschen auf meinem Grundstück leben. Aber das läßt keiner zu. Die Geschichte selbst läßt es nicht zu. Die Geschichte ist auf seiten der Kommissare."

Pelham blinzelte vom brennenden Alkohol in seinen Augen. „Wir müssen mit diesen gottsverfluchten Kommissaren sprechen, Moja. Sie und ich."

„Und was sollen sie mit den Gefangenen machen, bitte? Sie haben letzte Nacht dem Engländer eine wahre Strickleiter aus dem Leib gezogen. Er ist jetzt tot. Aber das macht Ihnen keine Sorgen. Dieser Pilot macht Ihnen Sorgen."

David, der sich weiter die Augenwinkel sanft auswischte, versuchte Worte zu finden. Die Entführung des

Deutschen war eine Bedrohung für ihn und das Lazarett. Er hatte den Engländer gerade wegen der ärztlichen Bemühungen der Operation verloren. Er hatte den Deutschen verloren, weil der verletzliche Kreis um seine ärztliche Fürsorge von Männern mit automatischen Waffen überschritten worden war. Und weil sich das jederzeit wiederholen konnte, wurde der Gedanke an die teuflischen Wunden, die er gestern und morgen wieder behandeln mußte, um so unerträglicher für ihn.

Natürlich begann er zu weinen. Er konnte nicht warten, bis die Frau die Küche verlassen hätte.

Es war ein so blindmachender Tränenerguß, daß er alle seine Sinne ertränkte. Es dauerte länger als eine Minute, bis er begriff, daß Moja irgendwie neben ihm kniete und seinen Kopf an ihre Schulter gelegt hatte.

„Lassen Sie mich", sagte er.

„Warum?"

„Ich laß mich, zum Teufel, nicht von Ihnen bemuttern."

Sie sagte: „Ich bemuttre Sie nicht. Das verspreche ich Ihnen."

Einige Zentimeter über dem Knie begann sie die Innenseite seines Schenkels zu massieren. Mit einem Verlangen, das bis in sein Hirn reichte, akzeptierte sein Körper die Hand.

Moja sagte: „Ich weiß, ich bin älter als Sie ..."

Er schwieg. Es war sein Wille, ihre Lippen mit seinem Mund zu berühren.

Sie half ihm die Treppe hinauf zu ihrem Schlafzimmer. Falls Magda sie sah – sie sagte darüber nie etwas. David konnte in jedem Fall auch als Kranker durchgehn. In der sexuellen Wärme, die ihn jetzt Mojas wegen erfüllte, lösten sich seine verkrampften Muskeln. Als sie ihre öde Bekleidung, die italienische Armeehose, die asexuelle Partisanenjoppe, ausgezogen hatte, wurde ein bestürzend junger, feingliedriger Körper sichtbar. „Gott!" sagte David.

7

Von jetzt an mied Moja die Messe in den Nächten, in denen Pelham anwesend war. Vielleicht meinte sie, die Atmosphäre dort könnte sie dazu bringen, durch Gesten oder Worte zu verraten, wie glücklich sie in ihrer Liebe zueinander waren. Aber sonst änderte sie ihr Verhalten nicht. Die jedem geltende Mütterlichkeit, die sie zur Schau trug, hinderte außer David alle daran, in ihr eine Frau zu sehen, die sich verliebt hatte.

Er konnte es kaum fassen, daß von allen Männern auf Mus gerade er es war, dem sich Moja hingegeben hatte. Beim Anblick ihres zierlichen Körpers mußte er an Pfirsiche denken. Denn der goldene Flaum auf ihren Armen und dem unteren Teil ihres Rückens ließ den Eindruck von Frische und Gereiftheit aufkommen, von einer Mädchenhaftigkeit, die sich über die Jahre nicht verbraucht hatte.

Wenn sie, zufriedengestellt, zusammenlagen, schien Moja, ohne etwas dazu tun zu müssen, durch den ganzen Raum hin Wärme auszuströmen. In solchen Augenblicken fühlte Pelham die ganze Unschuld, die ihrem liebenden Zusammenliegen innewohnte. Sogar die deutschen Jäger würden das vielleicht spüren, dachte er.

Bevor sie einschliefen, sprachen sie kaum über die Vergangenheit. Sie plauderte vor sich hin; er gab hin und wieder seinen Kommentar dazu. Sie wußte so viel von allen auf der Insel, daß sie ihm selbst über sein eigenes Personal Dinge erzählen konnte, die ihm unbekannt waren.

Lawrence trank so viel, weil seine Frau ein Kind bekommen hatte. Das Kind war im letzten November geboren worden, fünfzehn Monate nachdem Lawrence das Haus verlassen hatte. Lawrence war Bauer, betonte sie. In einer bäuerlichen Gemeinde war es schwer, so ein Ereignis gelassen hinzunehmen, und Lawrence quälte sich sehr damit herum. Unter Stadtbewohnern trug sich so ein Skandal schnell ab, sagte sie. Aber ein Bauer ist davon sein Leben lang gezeichnet.

Dann zeigte sie ihm eins der Gedichte, die Cleary wöchentlich in aller Ernsthaftigkeit an sie richtete. Eins, das den Titel *Die Rose von Mus* trug.

„Man nennt sie die Rose von Mus,
Schön ist sie, ach, welch ein Genuß!
Für jeden verwundeten Mann
Tut sie, was immer sie kann,
Ihr Blick ist sanft wie ein Kuß."

David und Moja wälzten sich vor Lachen auf dem Bett. „Versprich mir, ihm nie etwas davon zu sagen", bat sie ihn. Wenn er auf ihre Geschichten so reagierte, dann schnellten ihre Hände über seinem Körper vor und ihre Fingerspitzen gruben sich in sein Fleisch. Sie schien ihm dadurch mitteilen zu wollen, daß er nicht zu laut lachen solle, die Geschichte sei nur für ihn. Ein kleines Geschenk.

Ob er wüßte, fuhr sie fort, daß Cleary kürzlich etwas mit Suza gehabt habe, die ein verlorenes, leicht verführbares Mädchen sei? Sie habe mit Cleary gesprochen und ihm geraten, ja von ihr zu lassen.

Ob er wüßte, daß Fielding von Natur aus ein Mönch sei, ein wahrer Partisane? Der Mann hätte sich Serbokroatisch beigebracht und übersetze in seiner Freizeit das Kosovo, serbische Heldenlieder, ins Englische. „Na, solange er nicht Mus auf Kuß reimt ...", sagte David.

Die Geschichte erinnerte ihn an eine Nacht in der Messe, in der alle, auch Fielding und Lawrence, versammelt waren, als plötzlich ein Bombergeschwader einen Angriff auf Grevisa flog. Die Bomber schienen sich auf den oberen Teil der Stadt zu konzentrieren. Das Lazarett und die Messe blieben daher verschont. Das Dröhnen ging trotzdem ziemlich auf die Nerven.

Die meisten hatten sich hingeworfen oder suchten hinter Sesseln Deckung. Magda schlurfte aus der Küche herein und warf sich neben einem massigen Partisanenoffizier zu Boden. Pelham hörte zwischen den Detonationen wildes, ausgelassenes Klavierspiel. Zuerst hielt er das für eine Gehörstörung. Als er hochsah, entdeckte er aber, neben dem Klavier hockend, zwei Partisanenmädchen und davor Fielding, der darauf einhämmernd *Kolo*-Tanzmusik spielte. Fielding, den er sich eher die *Internationale* in irgendeiner düsteren Halle spielend vorstellen konnte, machte da süße, beschwingte Musik. Die Partisanenoffiziere, als sie das hörten, standen auf. Sie grinsten und griffen sich Magda, mit der sie einen lockeren Kreis bildeten. Die Partisanenmädchen und dann auch einige von Southeys Offizieren gesellten sich dazu. Der Raum dröhnte von den schweren Schritten der Tänzer. Die Partisanen lachten über die ungelenken Bewegungen der Briten. Das Leben selbst, Muskeln und Blut, pulsierte in der Musik.

Die Invasion wurde Mitte Februar erwartet. Alle schienen dieses Datum als einen kaum irgendwie ins Gewicht fallenden Zeitpunkt zu nehmen – wie den Tag, an dem Steuererklärungen fällig werden. Er wußte nicht, ob sie innerlich von der gleichen Panik ergriffen waren wie er. Er wußte nicht, ob er es aushalten würde, an die Wand – die letzte für ihn erlebbare Außenfläche – gestellt zu werden, ob er die letzten Sekunden bis zum Auftreffen der Kugel, ohne zu wimmern und zu urinieren, ertragen könnte. Es war nicht so, daß er in Würde sterben wollte. Die medizinische Praxis lehrte einen, daß Menschen nur in unterschiedlichen Graden der Unwürde starben. Er wollte einfach nicht sterben.

Und jetzt wurde dieses Problem durch Moja verkompliziert, denn, da die Deutschen höchstwahrscheinlich sie beide im gleichen Moment töten würden, würde sein Toben und sein Bitten auch für sie gelten. Hatte sie möglicherweise, selbst wenn sie in Liebe zusammenlagen, in der Tasche ihres italienischen Armee-Overalls ein Gift zum Selbstmord?

„Oh ja", gestand sie eines Nachts ein, „ich habe eine Kapsel mit Cyanid."

Er strich ihr am Arm hinunter und betrachtete den zarten Ellbogen. Er konnte sie sich nicht tot vorstellen. Er konnte sich ihre blauen Augen nicht gebrochen, nicht erloschen vorstellen.

„Wenn ich gefälschte Papiere für dich bekäme ... ich könnte mit Southey darüber sprechen. Du könntest als Krankenschwester in der britischen Armee ..."

„Krankenschwestern der britischen Armee werden auch erschossen. Ich verstehe den Feind. Sie wissen, was mit ihnen passieren würde, wenn man *sie* zu Gefangenen machte."

Er schloß die Augen.

„Was denn?" fragte sie. „Was ist denn?" Sie rieb sein linkes Ohr, als wollte sie ihn zu einer Antwort bewegen.

„Moja. Gib mir die Kapsel."

„Warum?"

„Schließen wir einen Pakt. Du und ich. Wenn sie kommen, werden wir zusammensein. Wahrscheinlich beim Operieren. Nehmen wir die Chance wahr, die wir angesichts der Gewehrmündungen haben."

„Ich würde das blöde Ding vermutlich sowieso vergessen", sagte Moja schulterzuckend, süß in ihrer Nacktheit, und ließ das Thema Kapsel fallen.

Pelham sagte: „Es ist leichter, an Marias jungfräuliche Geburt zu glauben als daran, daß du und ich nichts mehr als Fleisch ..."

Moja legte ihm ihre Finger fest auf den Mund, so daß er den Satz nicht beenden konnte.

Die zweite Woche im Februar war die schlimmste Zeit für Pelham. Nachts schien die Bedrohung sehr nahe heranzurücken, sich im Nebel unmittelbar vor den Fensterscheiben zu sammeln, schien wie das Klima selbst. Er wunderte sich, daß die anderen hinter Verdunklungsvorhängen in ihren schwarzen Räumen schlafen konnten, ohne eine Moja, die ihnen das Dunkel bewohnbar machte.

Ihn wurmte die Tatsache, daß aller Schlaf und alle Liebe nur mit freundlicher Genehmigung des deutschen Oberkommandos vonstatten gingen, das, in welcher Nacht immer es ihm genehm war, Mus zermalmen würde. Für Pelham war es eine furchtbare Gottheit mit unbegrenzter Macht.

An dem Sonntagabend, mit dem diese Woche zu Ende ging, wartete er in Mojas Zimmer auf sie. Es war zehn Uhr. Er hatte sich eine Weile in der Messe aufgehalten, aber nur wenige Soldaten und keine Jugoslawen waren dort gewesen. Alle schienen in der Nähe ihrer Kampfstellungen zu sein.

Es hatte an diesem Abend für Pelham wenig Arbeit gegeben. Durch die Verschiffung einiger Männer nach Italien und die Entlassung anderer war das Lazarett fast entvölkert. Nicht einmal durch eine Unterhaltung mit Magda und Binko konnte er etwas Zeit totschlagen. Sie gingen schon um neun ins Bett. Ihr Bett hatte ein massives, hundert Jahre altes Messinggestell, in dem sie sich, wie sie zu glauben schienen, gegen die Deutschen verschanzen konnten.

Dann hörte er den Laster draußen vor dem Lazarett bremsen. Eine Ordonnanz hatte Moja zum Plateau gefahren, wo sie einige Flüchtlinge besuchte. Jetzt war sie zurück. Sie trat ein und umarmte ihn in ihrem kalten Zeug. Ihre lebhaften Augen strahlten, und zuerst dachte er, es wäre, weil sie aus der Kälte gekommen war und ihn nun auf sie warten sah.

„Eine großartige Nachricht", sagte sie. „Eine großartige Nachricht. Die Kommissare werden sie bekanntgeben, und morgen wird's wie ein Lauffeuer um die ganze Insel gehn."

„Was denn?" fragte er. „Was für eine Nachricht?"

„Die Partisanen haben einen Überfall auf die Insel Vis südwestlich von Brač gemacht. Auf Sutivan, den Hafen von Sutivan. Sie erbeuteten einige Papiere, aus denen hervorgeht, daß das deutsche Oberkommando die Landung auf Vis und Mus bei entsprechenden Wetterverhältnissen in der nächsten Woche angesetzt hatte. Na ja, und jetzt haben sie das Unternehmen auf die dritte Märzwoche verschoben."

Pelham fand keine Worte. Er begann vor Erleichterung zu wimmern. „Oh Gott", brachte er schließlich heraus. „Ist das wahr?"

„Aber ja doch."

„Vier Wochen. Eine Ewigkeit."

„Dem Überfall haben wir das zu verdanken. Dem von den Kommissaren und Southey angesetzten Überfall." Sie küßte ihn, während sie sprach, mit offenem Mund auf Stirn und Backe. „Ich weiß, du magst Southey nicht. Aber er hat uns das Leben geschenkt."

„Wahrhaftig", sagte Pelham. „Einen vollen Monat. Ein ganzes Leben."

„Es kommt noch besser. Tito braucht die Inseln für seinen Rückzug, braucht Vis und Mus. Und die Alliierten haben auf Tito gesetzt. So werden sie die Stützpunkte auf dem Festland bombardieren und die britische Marine wird die Versorgungsschiffe der Deutschen versenken. Die Alliierten haben uns nicht abgeschrieben. Das bedeutet es, David, mein Herz."

„Oh", sagte er. „Oh, Jesus, Moja!" Er biß sie in den Nacken.

„Wenn sie die Macht haben, das deutsche Oberkommando um einen Monat zu stoppen..."

„Dann haben sie auch die Macht, alles um zwei Monate hinauszuschieben."

„Drei Monate!" sagt Moja.

In dieser Nacht begingen Pelham und Moja ihre Liebe zum erstenmal als Fest und nicht als Akt im Angesicht des Todes.

Der Aufschub des Urteils erfüllte alle auf Mus mit wildem Optimismus. Southey und die Kommissare machten Pläne für weitere Kampfunternehmen.

„Ich habe mein Cyanid in die Latrine geworfen", vertraute Moja ihm an. Aber sie sah ihm an, daß diese Geste nicht Davids Furcht austrieb, die sich jetzt auf das neue Datum im März fixierte.

„Hm, Moja. Wie findest du das – einen Feigling zu lieben?" fragte David sie.

Sie rieb ihre Schenkel kräftig an ihm. Auch deren Haut schien golden zu schimmern, als hätte sie die letzten Jahre in der Sonne verbracht und nicht tags in düsteren Räumen und nachts auf Märschen im Guerillakrieg.

„Nein, nein", sagte sie. „Du läßt dich in deiner Sensibilität zu leicht ängstigen. Es ist doch alles in der Schwebe."

„Warum hast du dann die Kapsel weggeworfen?"

„Hast du mich nicht darum gebeten?"

Die Bevölkerung auf der Insel nahm die gute Nachricht zum Anlaß für einen kleinen Winterkarneval. Die Messe war überfüllt und in den Häfen und am Muštar wurde gesungen, getanzt und getrunken. In diese Feiern fiel buchstäblich Callaghan, dessen Hurricane-Jäger auf der von den amerikanischen Pionieren gebauten Piste landete. Er hatte Bomber nach Rumänien begleitet, und dabei war sein Öltank von Leuchtspurmunition durchlöchert worden. Der Tank war nicht in Brand geraten, und so war er mit gedrosseltem Motor und einer schwarzen Rauchfahne hinter sich im Gleitflug auf Mus niedergegangen. Beim Landen hatten sich Schalthebel verbogen. Sein Sitz rutschte auf dem Gestell nach vorn, so daß sein Knöchel an der Wand des Cockpits eingequetscht wurde. Wären diese beiden geringfügigen Unfälle nicht gewesen, dann hätte er sich, mit einem blauen Auge davongekommen, nach den kleinen Reparaturen rasch wieder abgesetzt.

Er war Australier, dunkel und stämmig gebaut. Er war von der liebenswerten Unverbildetheit jener, die fern von dem europäischen Wirrwarr aufgewachsen sind.

David mußte seinen Knöchel bandagieren. Nachdem er von Southey über den Umgang mit Frauen belehrt worden war, hieß man ihn in Mojas Messe willkommen. Für seine zwanzig Jahre war er ein harter Trinker.

Stand er unter Alkohol, dann stellte er sich auf einen Stuhl neben dem Klavier und sang Buschlieder. Und zwar, wie man ihm ansah, in der Überzeugung, Kultur in die nördliche Hemisphäre zu bringen. Nach allem, was er von Europa gesehen hatte, mochte er mit dieser Annahme sogar recht haben.

Seine Songs kamen in der Messe prächtig an. Selbst den Partisanen gefielen *We camped at lazy Harry's, Flash Jack from Gundagai, The Old Bullock Dray.* Im selben Geiste führte Callaghan seinen einheimischen Dialekt vor.

Als gegen Ende der Woche die *Rake's Progress* nach Italien ablegen sollte, behauptete Callaghan, er wäre auf der Messetreppe ausgerutscht und zu lahm, um wieder Dienst zu machen. Außerdem, sagte er, fühlte er sich so klapp'rig unten herum, daß er durch ein Nadelöhr scheißen könnte. Pelham untersuchte ihn. „Ich fühl mich zu klapp'rig für die Reise", sagte Callaghan wieder und wieder. David blieb nichts übrig, als dem Patienten zu glauben.

„Mann, Dokter!" sagte Callaghan. „Das's ja prächtig." Eine halbe Stunde später sah David ihn in der Messe. Er lehnte sich von hinten über das Klavier und lauschte einer Partisanenlady, die besinnliche Lieder spielte. In der Hand hatte er ein großes Glas mit *procek*. Als er David bemerkte, hoppelte er halb durch den Raum auf ihn zu. Er hob das Glas mit dem dicken, fruchtigen Likör.

„Das's genau das Richt'ge für Joe Brice", sagte er zu Pelham. Joe Brice war Callaghans reimendes Slangwort für Durchfall.

„Das wußte ich gar nicht", sagte Pelham.

Callaghan setzte sich neben ihn. „Ehrlich gesagt, Dokter. Das sind richtige Ferien für mich. Das hier ist besser als Italien. Und verdammt besser als die Mallacoota-Zweigstelle der Staatsbank von Victoria."

Pelham mußte an die schweigsamen Bankangestellten in Britannien denken.

„Sie haben in einer Bank gearbeitet?"

„Ja, richtig."

„Sprechen sie alle wie Sie? In den Banken, meine ich. In Australien."

„Jä. Warum?"

„Gehn Sie wieder ins Bankgeschäft? Wenn der Krieg vorbei ist?"

„Nee. Studier' auf Rechtsanwalt."

Fast allnächtlich genoß er das Manna, das ihm Mojas weißer Körper war. Nur große, in Grevisa einlaufende Verwundetentransporte konnten sie davon abhalten. Mehr noch als das heiße Labsal, einzudringen in Moja, brauchte er, schien ihm, die Wärme ihres Rückens, der sich ihm die ganze Nacht an Brust und Bauch schmiegte.

Ihr Körper entzückte ihn. Frauen von vierzig, begann er zu meinen, sind Frauen in ihrer Fülle, Frauen von dreiundzwanzig reifen noch erst heran.

Zuerst, als er noch nicht so verliebt war, trauten sich seine Augen nur zögernd an ihren Körper heran. Wie jeder junge Mann sexuell von einer gewissen Anmaßung, fürchtete er, schlaffe Stellen zu entdecken oder Unregelmäßigkeiten an den Gliedmaßen, die ihn an den Altersunterschied zwischen ihnen erinnern könnten.

Aber sie war so vollkommen gebaut, wie er es in seinen Zweifeln gar nicht verdiente, und diese Vollkommenheit war für ihn ein Mysterium, war orientalisch. Da sie es selbst wußte, fiel es ihr nicht schwer, ohne jede Verlegenheit von ihrer Schönheit zu sprechen.

„Feste Brüste", sagte sie, „verdanken wir der höfischen Mode, die praktisch in unsere Zeit nachwirkt. Ebenso legte man großen Wert auf gerade Knöchel, üppiges Haar und ein reizvolles Schambein. Mein Vater schätzte nichts so sehr wie einen süßen festen Po, und so habe ich den von meiner Mutter. Ein Bauch, der sich vom Nabel abwärts zart wölbt, ist auch etwas, das man – so wie es in Europa bis zur Renaissance war – viel bei slawischen Frauen findet. Flache Bäuche sind Attribute von Gesellschaften, die vergessen haben, daß sich in der Frau die runde Erde symbolisiert. Die britische Gesellschaft zum Beispiel, die der USA."

Natürlich lernte er von ihr im Bett. Als sie ihren Mund zwischen seine Schenkel schob, wich er unwillkürlich zurück und hielt die Hand schützend vor sich. Er war belehrt worden, daß nur Prostituierte so etwas machen.

„Liebende haben das schon immer getan", sagte sie ein wenig gekränkt.

Er wußte nichts zu sagen. In einem Buch, das ihm, dem Siebzehnjährigen, von einem Priester geliehen worden war, hatte er gelesen, daß manche Handlungen unnatürlich waren. Er glaubte das nun nicht mehr. Er war unglücklich über sich. „Es ist meine Erziehung", sagte er.

„Ach, das ist doch nur eine Entschuldigung." Wirklicher Ärger lag in Mojas Stimme.

Ihre Hand spielte über seine Geschlechtsteile hin, wie ein Vogel, der sich im Nest zurechtsetzt.

„Der große Chirurg! Die Engländer sind ein bemerkenswertes Volk", sagte sie, beugte sich zu ihm hinüber und biß ihn in die Hüfte. „Bringen sie ihren Kindern nicht *alle* nützlichen Dinge bei?"

Magda wußte von ihnen. Immer, wenn Moja an ihr vorbeikam, machte sie ein Geräusch, als spuckte sie. In Pelham sah sie einen unverdient von ihr verdorbenen Jungen und zündete Kerzen für ihn an. Als könnte sie ihn dadurch von der Hurerei heilen, bewahrte sie ihm die besten Gulaschbrocken und die besten Scheiben *ražnici* auf.

Moja und Pelham konnten sich irgendwie sicher sein, daß ihnen von Magda keine Gefahr drohte. Ihre Verachtung für Moja lag tiefer, war persönlich und konnte nicht durch ein Appellieren an die Kommissare aus der Welt geschafft werden, die eine Erfindung aus jüngerer Zeit waren. Auch ihre Sorge um Pelham stammte aus tieferen Schichten. Hier spielte Mütterlichkeit mit.

Binko, der Blutsauger, Magdas serbischer Ehemann, blinzelte David manchmal so nebenher zu, oder er kniff Moja beifällig in den Po. Als wollte er sagen: Wie schön, daß sich hier welche lieben und mit heiler Haut davonkommen.

Am Abend des Tages, an dem es mit Callaghan zum Knall gekommen war, saß David, von Magda fürsorglich überfüttert, mit Fielding und Cleary am Küchentisch. Fielding aß still vor sich hin. Cleary, an seiner anderen Seite, versuchte ihm murrend die Erlaubnis zu entlocken, an einem von Southeys Kommandounternehmen teilnehmen zu dürfen. Der Ire hatte offenbar seinen Geschmack an Unabhängigkeit verloren. „Und als Leibwächter habe ich mich bei Ihnen noch nicht ein einziges Mal betätigen müssen", sagte er zu David.

Moja trat, zum Essen verspätet, ein. Magda – Katze, Gralshüterin, Mutter und Rächerin – fauchte. Moja runzelte die Stirn – für *dieses* Spiel hatte sie heute keine Zeit.

„Sie haben Callaghan. Die Kommissare. Er wird gerade verhört."

„Was hat er getan?"

Sie sah Pelham an und sagte mit sanfter Stimme: „Er ist beim Beischlaf mit einer Partisanin überrascht worden."

Fielding sagte kauend: „Er wird sich schon herausreden."

Moja sagte mit kaum geöffneten Lippen: „Das werden sie zu verhindern wissen. Sie wollen nach dem Verhör die Exekution. Seine Leiche werden sie an Southey aushändigen. Zur Warnung, verstehn Sie."

Sie alle standen auf und verließen die Küche. Magda kam stöhnend hinter ihnen her. Sie flehte sie an, sie nicht mit ihrem Essen alleinzulassen. Für sie stand es fest, daß die Hexe Javić ihr das eingebrockt hatte.

Lawrence war betrunken. So nahmen sie seinen Wagen, ohne erst zu fragen.

Knapp einen Kilometer vor dem Plateau, auf dem sich das Lager der Kommissare befand, stoppten Wachen der Partisanen den Wagen. Sie redeten auf Moja ein. Sie taten es ohne Respekt, Moja antwortete ihnen auf die gleiche Weise. Sie sagten zu ihr, Briten sei es untersagt, sich über diesen Punkt hinaus dem Hauptquartier des Militärkommissars zu nähern. Sie allein würden sie durchlassen.

„Was kann mir schon passieren?" sagte Moja. „Sie wissen, daß ich mit Tito befreundet bin."

„Nein", sagte Pelham zu ihr. Er faßte ihren Arm und suchte sie zurückzuhalten.

„Stell dich nicht an, David."

Sie legte ihre Hand auf seine. Das brachte wenig, denn beide Hände waren klamm vor Kälte. Sie machte sich los.

Pelham und die anderen hörten ihre Militärstiefel auf dem Kiesweg zum Kommissar knirschen. Ein dünnes, wirkungsloses Geräusch in der kalten Nacht.

Der Laster wendete im Rückwärtsgang. Sie fuhren zu Southeys Lager. Der Brigadier, im Aufbruch zu Mojas Messe, kämmte sich das Haar. Die Enden seines sandfarbenen Schnurrbarts glänzten.

„Nichts zu machen", sagte er. „Ich habe den Kerl gewarnt..."

Pelham bewegte die Hand, fand aber nicht die Worte, die er damit unterstreichen wollte. Callaghan ist ein Sonderfall, wollte er sagen. Was ihm drohte, war ihm nicht in seiner eigenen Sprache erläutert worden.

Während David ohnmächtig stammelte, schlug Southey mit der geballten Faust auf den Kaminsims. „Ein Ausnahmefall, was?" sagte er.

Der Brigadier diskutierte laut mit sich selbst, was weiter zu geschehen hätte. Schließlich beorderte er Greenways Truppe zu sich. Sie waren bewaffnet und in voller Ausrüstung wie zu einem Kommandounternehmen. Vom Treppenabsatz vor seinem Quartier aus inspizierte er sie.

„Unter denen ist keiner, der nicht dreimal so viel wert wäre wie dieser Bursche", raunzte er David zu.

Sie stiegen in die Transportwagen.

„Sie hängen sich mit Ihrem Fahrzeug hinten dran, bitte", brüllte Southey. Es war ein regelrechtes Wutgebrülle, nicht erst durch die Lautstärke der aufheulenden Motoren dazu gemacht.

„Hören Sie", sagte David nicht weit von ihm.

„Behandeln Sie mich nicht, als wäre ich verantwortlich…"

„Das sind Sie aber. Sie hätten nicht zu kommen und mir das zu erzählen brauchen."

Die Kolonne überquerte das Plateau in rascher Fahrt. David fühlte keine Schwere in Händen oder Füßen. Vielleicht ziehe ich jetzt in den Kampf, gegen Mojas Landsleute. Er zog seinen Dienstrevolver hervor. Er hatte sich seit der Ankunft auf Mus nur gelegentlich damit befaßt. Manchmal, um auf die morgendliche, vom Festland herüberkommende Maschine zu schießen. Seit dem Abflug von Italien war die Waffe nicht gereinigt worden. Jetzt stellte er fest, daß darin nur ein halbvolles Magazin war.

Cleary, zwischen David und Fielding, arbeitete an seiner Maschinenpistole herum. Ein klares, ölglattes Geräusch.

„Ich habe einen Auftrag für Sie, Cleary. Sie sorgen künftig dafür, daß jeden Morgen ein volles Magazin in meinem Revolver ist. Auch möchte ich, daß Sie das Ding einmal die Woche reinigen und ölen. Montags, sagen wir."

Cleary antwortete ihm in dem Ton, in dem man einem Freund einen Gefallen zu tun verspricht. „Aber klar, das macht mir überhaupt nichts, das macht mir nicht das Geringste aus."

Fielding zog die Bremse, weil der Wagen vor ihnen stoppte. David hörte im Geräusch der laufenden Motoren laute, serbokroatische Flüche. Am Kabinenfenster erschienen, entwaffnete Partisanen vor sich hertreibend, Soldaten der Kommandotruppe. Die Partisanen wurden hinten in dem Lastwagen untergebracht. Nach kurzer Weiterfahrt ließ Southey die Truppe absitzen und in Formation auf das Haus des Kommissars zumarschieren. David, Fielding und Cleary, als Nachzügler, folgten ihnen zögernd.

Die Häuser auf dem Plateau waren nicht wie ein Dorf angeordnet. Sie waren gegeneinander versetzt und bildeten fast zufällig einen eingefriedeten Platz zwischen sich, den Greenways Truppe im Mondlicht besetzte.

Southey schlenderte hinter der Kolonne her. David sagte zu ihm: „Die Partisanen könnten es als eine Art Kriegserklärung auffassen, wenn Sie so einmarschieren."

„Sollten sie's tun, dann sind die Banditen für mich erledigt", schnaubte Southey.

Oben am Treppenabsatz öffnete sich eine Tür. Moja kam heraus und blickte auf die Soldaten herab. Sie schien erkannt zu haben, daß David im Hintergrund anwesend war. Sie drehte sich um und ging wieder ins Haus.

„Wo ist dieser verfluchte Kommissar!" brüllte Southey. Von irgendwoher antwortete ihm ein Hund. Seine Wut steigerte sich. Er schlug sich hinten auf die Schulter, als fühlte er nach Köcher und Bogen, die heute nacht nicht vorhanden waren.

Er rief: „Mrs. Javić. Sagen Sie ihnen, daß wir vorgehen und in die Häuser eindringen werden."

Keine Antwort. Er befahl Greenway, seine Männer in Gruppen aufzuteilen. Greenway tat das mit scharfer, militärischer Stimme.

Moja trat auf den Treppenabsatz hinaus. Diesmal ging sie die Treppe hinunter. Sehr langsam, als wäre sie eine Geisel. David wollte rufen, ließ es aber, weil es vielleicht unklug gewesen wäre. War sie Geisel? Hatte irgendein wahnwitziger Kommissar sie von einem der Fenster aus im Auge? Sich zur Ruhe zwingend, drängte er sich vor und ihr entgegen. „Sie wollen ein Exempel statuieren", sagte sie zu Southey. „Sie meinen es damit ernst, wie Callaghan feststellen konnte."

„Es ist nur recht und billig", sagte Southey. „Sie haben uns in der Zange."

„Dir droht keine Gefahr?" fragte David Moja.

„Nein. Aber wir haben einer Exekution beizuwohnen."

Der Kommissar war bereit, Callaghan gehen zu lassen, aber er sollte an der Exekution des Mädchens teilnehmen. Damit wäre den Soldaten auf der Insel eine Lehre erteilt und sie würden begreifen, was die Partisanen unter Disziplin verstehen.

Southey schickte Moja, die seine Einwilligung überbringen sollte. Er versammelte unterdes die Männer um sich und sagte: „Alle halten den Mund. Ich verbiete hiermit, daß gebuht oder gepfiffen wird."

Als Moja zum drittenmal erschien, war sie von einer Gruppe von Partisanen begleitet, der, mit gefesselten Händen und von zwei kräftigen Männern eskortiert, Callaghan folgte. Dann kam, ebenfalls eskortiert, ein hageres Mädchen. Mit heller Stimme sang sie im Rücken Callaghans ein klagendes Lied. Sie hatte die weit offenen Augen und den verlorenen Blick aller sensiblen Partisanenfrauen. Bei jedem zweiten Schritt zuckte sie zusammen, als sei sie auf Schläge gefaßt. Spuren waren allerdings in ihrem Gesicht nicht zu sehen.

Als Callaghan die Truppe in Formation zwischen den Häusern stehen sah, schrie er auf sie ein. Er schien zu glauben, daß sie an der Verschwörung beteiligt sei. Daß sie das Urteil vollstrecken würde. „Ihr verdammten Pommys, ihr!" schrie er. Mit der Spitze seiner Fliegerstiefel spritzte er Dreck in ihre Richtung. Aber seine Arme waren so fest auf dem Rücken zusammengebunden, daß er strauchelte und in die Knie ging. Während die Wachen ihn hochzogen, fluchte er weiter: „Denkt nicht, ich hätte für euch Saukerle kämpfen müssen. Für das Britische Scheiß-Empire. Im Pazifik gegen Japs zu kämpfen, wäre mein Job gewesen."

Es war klar. Er glaubte, es wären seine letzten Worte, die er hier von sich gab. Moja erzitterte innerlich. David meinte, ihre Tränen riechen zu können, das Salz ihrer Tränen. Aber hier, mitten auf Mus, konnte er sie nicht berühren. Callaghan wurde zu Southey geführt. Der Brigadier befahl den Soldaten, einen Kreis um ihn zu bilden. „Was habt ihr vor?" fragte Callaghan. „Was habt ihr vor?"

Das Mädchen wurde an die Mauer des Kommissarhauses gestellt. Sie bekreuzigte sich ungelenk, fuhr fort zu singen und drehte sich weiter zur Wand, die sie wie etwas Vertrautes streichelte. Keine drei Meter von ihr stand dicht gedrängt Schulter an Schulter das Exekutionskommando.

„Heiliger Christ", sagte David.

„Es geht Sie nichts an, David", sagte der Brigadier.

Callaghan wand sich in den Armen, die ihn hielten, und brüllte seine Empörung laut heraus, aber niemand nahm davon Notiz. „Himmel!" schrie er. „Ich rede zu Fremden."

Ein Partisanenoffizier stellte die Frau an der Mauer zurecht. Er tat es sanft. Die Frau sah auf den Boden vor sich. Langsam sagte sie dreimal „Nov!", richtete dieses Nein an die Erde von Mus.

Der Offizier gab schnell und undramatisch drei Kommandos. Dann das fürchterlich ratternde Geräusch der automatischen Waffen. Der Aufprall hob das Mädchen an und warf es flach zu Boden. Sie schien bereits ein Teil Landschaft, kaum von der Erde unterscheidbar.

Noch ehe die Partisanen sie aufhoben, wandte Southey sich an seine Soldaten. „Ich will, daß ihr es all euren Kameraden mitteilt", sagte er. „Es ist uns befohlen, die Gesetze der Partisanen zu respektieren. Ich habe keine Befugnis, einen Mann, der sie verletzt, zu retten. Das Gegenteil ist der Fall. Den Fliegeroffizier hat man als besondere Konzession freigelassen, nicht weil einem Druck unsererseits nachgegeben wurde. In seiner Person übermittelt der Militärkommissar diese Botschaft an alle. Keinem anderen alliierten Soldaten wird eine ähnliche Chance gegeben."

Als die Truppe, auf diese Weise gewarnt, abmarschierte, wandte sich Southey an Callaghan. Der junge Mann atmete schwer, riß die Augen auf und schloß sie wieder. Waren sie offen, dann standen seine Augäpfel vor. „Nach dem Krieg wird man Leute wie Sie und diesen Schuft von Kommissar vor Gericht stellen", sagte Callaghan. „Nach dem Krieg wird man mit Gerichtsverfahren gegen sowas vorgehen."

Der Brigadier schlug dem jungen Mann ins Gesicht und in den Magen. Callaghan wurde schwarz vor Augen, und ihm blieb die Luft weg.

„Ich bin Zeuge, Southey", sagte Pelham.

„Von mir aus, David!" entgegnete ihm der Brigadier.

So gingen sie also zurück zu den Wagen. Als Callaghan wieder bei Luft war, schüttelte er, beiderseits von Soldaten vorwärtsgestoßen, den Kopf. „Ihr Hunde", sagte er. „Ihr verdammten Hunde." Seine Anklage galt allen. Den Jugoslawen. Den Briten. Sie galt ganz Europa in seinem Gemetzel.

Suza in ihrem Schweigen wurde von allen genommen, wie sie war. Als sich eines Nachmittags nach Beendigung der Operationen Moja – die mit ihr geredet, aber keine Antwort erhalten hatte – ihr zuwandte, sah sie, daß sie dicht neben ihr stand. In der Hand hatte sie ein von der eben abgeschlossenen Kieferoperation blutiges Skalpell. Fielding, der die Infektion behandelt hatte, war aus dem Raum gegangen. Suza, die Schwester mit dem Skalpell in der Hand, und Frau Javić, die einst bei der Operation der Königin von Bulgarien assistiert hatte, waren allein.

Es brauchte Moja nicht erst gesagt zu werden: Suza war eifersüchtig auf sie.

Sie kämpften miteinander. Moja wurde durch eine schräg eindringende Stichwunde im Unterarm verletzt. Das war die Entscheidung, und sie fühlte, wie die Kräfte sie verließen wie Wasser, das durch das Loch in einem

Eimer ausfließt. Erst jetzt schrie sie nach David und Cleary um Hilfe.

Cleary kam als erster. Moja, deren Ohren sausten und deren Glieder erstarrten, sah ihn in der Tür zögern. Einen oder zwei Tage später hätte sie dieses Zögern besser verstehen können. Sie wollte rufen und ihn zur Eile auffordern, aber ihr fehlte es an Luft.

Suza hatte die Faust mit dem tödlichen Skalpell wieder erhoben. Dort verharrte es einen Moment, als wäre ihr entfallen, was sie bezweckte. Aber gleich mußte es mit Wucht auf Moja niedergehen.

Cleary, nachdem er sich aufgerafft hatte, wand ihr die Waffe mit Gewalt aus der Hand. Dann setzte er sie, weit weniger gewalttätig als eben noch, auf den Fußboden des Operationsraumes. Dort hockte sie friedlich. Zu sagen hatte sie nichts.

Pelham ließ ihr ein Sedativ geben und sie ins Bett bringen. Während er die Wunde nähte, fragte er Moja nach Suzas Verhalten.

„Bedeutet das, daß sie etwas weiß?"

„Nein, das ist unmöglich. Aber sie merkt, daß du aufmerksamer zu mir bist als zu ihr."

„Eine unmögliche Situation."

„Wieso? Das arme Mädchen hat einfach ihr Gleichgewicht verloren. Sie sollte durch Sedative herabgesetzt und nach Italien gebracht werden."

„Um Gottes willen. Um uns zu schützen?"

„Um sie vor sich selbst zu schützen."

In den nächsten beiden Tagen sah Pelham Cleary öfters

am Bett der tief schlafenden Suza sitzen. Sein Unterkiefer war scharf seitwärts verzogen, ein Zeichen, daß er angestrengt nachdachte.

David hatte in einem der Lagerräume ein altes Rechenpult, an dem er Briefe schrieb und sich in einem Heft Notizen über seine operativen Eingriffe machte. Und hier besuchte ihn Cleary bald nach dem Angriff auf Moja. Das Gesicht des Iren war ausdruckslos und verschlossen.

Cleary sagte: „Ich würde gern mit Ihnen sprechen, Captain. Das heißt, wenn Sie Zeit haben ..."

Es amüsierte David momentan, daß Cleary ihn so formell ansprach. „Ich habe jetzt Zeit, Soldat Cleary."

Cleary, froh darüber, daß auch er mit Titel angeredet wurde, schien das als eine Art institutioneller Absicherung zu empfinden.

„Vielleicht möchten Sie die Tür schließen", schlug David vor.

Cleary ging und schloß die Tür.

„Es geht um Suza. Ich meine ... ich habe etwas mit ihr gehabt."

Davids aufsteigender Ärger wurde durch den Gedanken gedämpft, daß er selbst etwas mit Mrs. Javić hatte.

„Hm."

„Es war so verdammt einfach, Sir. Sie schien interessiert an ... an Ihnen, Sir. Verstehn Sie. Sie schien sozusagen darauf aus, Sir, sich vom einen zum anderen im Sanitätspersonal hochzuarbeiten."

„Und Sie haben sie dazu ermutigt?"

„Die meisten ließen die Finger von ihr, nachdem sie das erste Mal verhört worden war. Und Mrs. Javić mahnte mich ebenfalls, die Finger von ihr zu lassen. Und dann die Sache mit Callaghan ... na ja, das jagte uns allen einen ziemlichen Schreck ein. Aber da war es schon zu spät, Sir. Bei ihr hat's gebummst, Sir. Sie erwartet ein Baby, wie man so sagt." Seine Stimme wurde klein und fistelig. „Sie scheint anzunehmen, daß ich der Vater bin."

„Und das sind Sie?"

„Ich muß zugeben, ich könnte es sein, Sir. Sehn Sie, Sie haben diesem Sanitäter Beine gemacht. So blieb sozusagen als einziger ich."

David fletschte die Zähne. „Sie wissen, daß ich dadurch verdammt in die Klemme gekommen bin."

Cleary legte den Kopf aufs Handgelenk und erschauerte. „Ich glaubte nicht, daß sie's wirklich ernst meinten, Sir. Aber, großer Gott – wer wollte das nach der Sache mit Callaghan noch bezweifeln? Sir, ich muß Sie um etwas Furchtbares bitten."

„Abtreiben, nehme ich an."

„Ja, darum bitte ich Sie." Er legte die Stirn ergeben in Falten. „Furchtbar. Es ist gegen meine Religion, Sir."

„Zum Teufel mit Ihnen, Cleary. Mit meiner ist das auch nicht zu vereinbaren."

„Ich weiß, Sir", sagte Cleary.

„Die Operation, die ich vornehmen sollte, ist eine Kastration, Cleary."

„Das Pferd ist schon aus dem Stall, Sir", sagte Cleary und ließ den Kopf hängen.

„Trotzdem. Unterschätzen Sie nicht das Vergnügen, das mir eine solche Operation machen würde."

„Das verstehe ich, Sir. Aber ich weiß, daß Sie sozusagen nicht der Typ sind, der auf Rache aus ist. Werden Sie's tun, Sir, und zwei Leben retten?"

Natürlich, dachte Pelham, manche Ärzte tun das. Bessere Männer als ich. Sie sind nicht in dem Glauben erzogen worden, daß die Abtreibung eines Fötus Mord ist.

David mußte an eine Abtreibung denken, der er in einem Londoner Krankenhaus beigewohnt hatte. Sie war medizinisch notwendig. Aber der vier Monate alte Fötus hatte das nicht gewußt und in den Händen der fünfzigmal so schweren Ärzte noch sichtbar gekämpft und war einen schweren Tod gestorben.

„Ich will Ihnen sagen, was ich machen kann, Cleary. Ich indiziere bei ihr eine Krankheit, die sie nicht hat und schicke sie per Schiff nach Bari. Es ist meiner Aufmerksamkeit nicht entgangen, daß Italiener Frauen, die ein Kind tragen, nicht erschießen."

Cleary schlug sich auf den Schenkel. „Wie soll ich Ihnen danken, Sir?"

„Wie? Indem Sie Suza die Sache nicht allein ausbaden lassen."

Als die *Rake's Progress* nach Mus kam, wurde Suza wiederum durch Sedative herabgesetzt. Ein Anhänger mit der Aufschrift *Chronische rheumatische Myocarditis* wurde ihr ans Handgelenk gebunden.

Sie war immer so eine in sich gekehrte junge Frau gewesen, nur einmal, bei ihrer Attacke auf Moja, aus sich herausgegangen. Niemand fand sich, ihr beim Abschied einige Worte zu sagen oder ihr ein kleines Geschenk zuzustecken. Pelham strich mitfühlend über ihr blondes Haar.

Dann fuhr man sie fort. Aber, als es schon dämmerte, wurde sie zurückgebracht. Ihr beigegeben war eine Benachrichtigung von Hugo Peake, dem Hafenkommandanten von Mus. Darin hieß es: „Pech, alter Junge. Die Kommissare haben Wind von der Sache bekommen. Sie waren noch ziemlich in Rage wegen der anderen Dame, die sie mit Anhänger nach Italien schickten. Ich fürchte, sie werden nicht glauben, daß mit dem Mädchen Suza irgendwas ist. Versuchen Sie es nicht nochmal, David, ich bitte Sie darum. Wir brauchen den Raum für andere Dinge."

In den letzten Tagen war Cleary jeweils voller Übermut und mit der Miene Was-kostet-die-Welt! ins Lazarett gekommen. Als er an diesem Morgen Suza, noch für eine Reise, die sie nicht machen würde, herabgesetzt, im Lazarettbett sah, wurde ihm schwach in den Knien.

„Also gut", sagte er schließlich zu David. Er verlegte sich nicht mehr aufs Betteln, er hatte Würde. „Ich nehme jetzt teil an einem der Kommandounternehmen. Ich laß mich nicht von diesen Marxisten-Schweinen erschießen."

David vermutete, er beabsichtigte, als Vermißter auf Korčula oder Hvar zu bleiben, um sich dort in den Olivenwäldern oder wie ein Fuchs in den Höhlen der hohen Berghänge zu verstecken. Vielleicht hat er's nicht besser verdient, entschied sich David. Dennoch war ihm klar, daß die Abtreibung eines Tages würde durchgeführt werden müssen.

„Können Sie beide sich verständigen?"

Cleary wurde rot. „Na ja, es geht so."

„Erklären Sie ihr die Symptome bei einer Blinddarmentzündung. Sagen Sie ihr, sie soll wimmern und stöhnen, wenn ich ihren Bauch abtaste. Haben Sie begriffen? In ein oder zwei Wochen, wenn die Kommissare andres im Kopf haben, werde ich ihr den Blinddarm herausnehmen."

„Aber nein, Sir, das sollten Sie nicht", sagte Cleary. Es war eine Art Entschuldigung.

„Gehn Sie mir aus den Augen", sagte David.

Es war kein bloß geheuchelter Ärger, versuchte er sich einzureden. Ihm war nicht geheuer bei dem Gedanken, so kurz vor der deutschen Besetzung, so kurz vor Blutbädern und Massenbegräbnis seine Prinzipien ändern zu müssen.

Eine Woche darauf, als die deutschen Jäger wiederum nicht gelandet waren, entfernte David Suzas Blinddarm. Nach Öffnung der Bauchhöhle befühlte er die Gebärmutter. Sie war deutlich angeschwollen. Er berührte sie mit seiner im Gummihandschuh steckenden Hand, aber es war wie ein Brechreiz, was er spürte, und die Haut hinter seinen Ohren zog sich zusammen. Es war ein Gefühl, das er bei der Berührung anderer Organe nie erlebt hatte. Vielleicht fürchtete er, daß sich etwas in der Gebärmutter bewegen würde, so unwahrscheinlich das in diesem Stadium war. Aber dann drückte er kräftig auf die Gebärmutter. Es war eine Arbeit von zwanzig Sekunden, nicht länger. Schon bald nach diesem Eingriff würde der kleine Körper kaum bemerkt ihrem Leib entschlüpfen.

Die Behandlung Suzas hatte ihre Auswirkung auf sein Verhältnis zu Moja. Zum erstenmal sah er darin ein Problem, das in erster Linie Moja betraf. Jetzt, wo er wußte, daß sie vielleicht überleben würden, begann er sich Fragen zu stellen. Liebe ich Moja? Ja, daran gab es keinen Zweifel. Die beiden Welten, in denen ich mit ihr lebe – ihre heitere Geschlechtlichkeit nachts, ihre umsichtige Lazarettarbeit am Tage – bewahren mich in ihrem Wechsel davor, den Verstand zu verlieren.

Er empfand das Unbehagen, das jeder spürt, der eine Kollegin im stillen liebt und doch im Berufsrahmen klaren Kopfes und sachlich mit ihr arbeiten muß. Die Art, wie wir uns tagsüber zu geben haben, stellte Pelham nachdenklich fest, hat etwas Unwirkliches.

Es würde ihm schon gelingen, meinte er, die Erlaubnis zur Ehe mit ihr von den Kommissaren zu erhalten, während er seinerseits Southey zur Einwilligung überreden könnte. Zu schaffen machte ihm allerdings der Gedanke, daß sich das Alter früher bei ihr bemerkbar machen würde als bei ihm. Aber, dachte er, eine Moja, die vor ihm alterte, würde immer noch Moja sein. Warum also erschreckte ihn diese Überlegung?

Natürlich spielte auch seine Festlegung durch die Gesellschaft hinein. Es war nicht üblich, Einheimische in einem Land wie diesem zu heiraten. Eine Französin, eine Deutsche, selbst eine Spanierin konnte man, ohne auf Widerspruch zu stoßen, heiraten. Aber eine Slawin, die noch dazu dreizehn Jahre älter war – das würde ihm den Zugang zur prominenten Londoner Ärzteschaft versperren, innerhalb derer er nach dem Krieg praktizieren wollte. So zu denken, war wenig anständig, war schäbig. Aber diese Überlegungen zählten für ihn. Er konnte sie nicht einfach abtun.

Anständiger wäre es gewiß, dachte er, Moja zu heiraten, um mit ihr auf einer dieser herrlichen Inseln zu leben, wenn sie später wieder sind, was sie waren. Eine bessere Praxis als Bersaks würde ich allemal aufziehen. Leute wie Jovan und Peko würden zu unseren Freunden gehören. Wir säßen an langen Abenden zusammen und tränken *prosek*.

Aus irgendwelchen Gründen zählte der Standort seines Lazaretts zu den militärischen Geheimnissen. Deswegen erhielt er keinen Nachschub aus den medizinischen Depots in Italien. Er versorgte sich mit Medikamenten, die von Bersaks Beständen abgezweigt wurden.

Auch Drogen und anderes Material italienischer Herkunft standen Pelham zur Verfügung. Augenscheinlich hatten die Italiener in manchen Gebieten ihre Lazarette direkt an die Partisanen übergeben. Aber wo immer Gaze, Verbandsmaterial, Äther und Sulfonamide herkamen, sie waren immer rasch verbraucht. Denn neben den in Kampfhandlungen Verwundeten wurden auf Mus zahlreiche Opfer anderer Unfälle eingeliefert.

Da waren zum Beispiel die Minen. Die von Mus ausgehenden Angriffe auf die benachbarten Inseln hatten die Deutschen so nervös gemacht, daß sie die Ufer von Hvar, Korčula und Lastovo verminten. Partisanen beobachteten sie dabei aus den Wäldern. Nachts gingen sie dann hinunter und gruben die Minen aus. Damit die Besatzung keinen Verdacht schöpfte, verwischten sie alle Spuren und glätteten den Sand.

Die scharfen Minen verlud man dann auf Fischerboote und brachte sie nach Mus. Mit Eselskarren wurden sie zum Plateau hinter den Häfen von Grevisa und Mus transportiert, wo man sie eingrub. Auf diese Weise schafften sich die Kommissare ihre eigenen Minenfelder für die bevorstehende Invasion. Die Minen wurden freilich willkürlich verlegt und nicht gekennzeichnet.

Es dauerte nicht lange, da wurden auf dem Plateau untergebrachte Flüchtlinge, Kinder, Partisanen und Soldaten der Kommandotruppe mit abgerissenen Gliedern in Pelhams Lazarett eingeliefert. Southey sagte, er hörte mindestens zweimal am Tag die durch Betreten ausgelösten Detonationen von Minen.

Eines Tages, als Lawrence gestohlenes Verbandsmaterial von Mus nach Grevisa fuhr, kam ein massiger Bomber über den Rand des Muštar herübergekrochen und stieß mit der Nase auf seinen Laster herab. Er bremste und rannte über offenes Gelände zu einer flachen Grube. Dort warf er sich hin und wartete, ohne hochzusehen, ab. Er hörte um sich herum ein schweres Dröhnen aber keine Detonationen. Er hob den Kopf und sah dichten weißen Staub in der

Luft. Der setzte sich ihm auf den Lippen fest und wurde breiig. Die Maschine bombardierte seinen Lastwagen mit Mehlsäcken zur Übung für irgendwelche jungen Bomberpiloten.

Wut packte ihn, und zwar heftiger, als wenn es scharfe Bomben gewesen wären. Die Flieger da oben waren die gleichen Typen, wie es – nur anderssprachig und mit anderer Uniform – jener smarte, unverschämte Pilot gewesen war, der seine Frau verführt hatte. „Statt mit fairen Waffen zu kämpfen!" brüllte er zu ihnen hinauf, als wünschte er sich Leuchtspurmunition und Sprengbomben.

Während er fluchend dastand, setzten sie zu einem zweiten Zielflug an. Er sah einen dicken Mehlsack vom Gestell rutschen und sich überschlagend träge herunterkommen. Es war ihm klar, daß der ihn an Brust oder Bauch treffen würde, dennoch rührte er sich nicht vom Fleck. Zehn Punkte für den Anfänger da oben, dachte er ironisch.

Tatsächlich flog das Ding knapp über seine Schulter hinweg. Der Aufprall auf der Erde aber hob ihn an, machte den Versuch, ihm die Beine vom Leib zu reißen, und schleuderte ihn Stirn voran gegen die Ladeklappe seines Lasters. Der unterschätzte Mehlsack hatte eine Mine getroffen.

Der Bomber flog heimwärts ab. Mit blutender Stirn, Blut im geweißten Gesicht und auf der mehlweißen Uniform, fuhr er nach Grevisa zurück. Langsamer und weniger sicher, als wenn er betrunken war.

„Drecksflieger", murmelte er die ganze Zeit. „Angeber und lumpige Playboys."

Er parkte seinen Wagen und stolperte zum Lazarett. Suza, gegen die Sonne, sah ihn als erste, ganz weiß und ganz blutigrot. Sie schrie gellend auf. Cleary, als er das hörte, kam angerannt, wollte ihm helfen.

„Siehst aus wie 'ne Salzsäule, Mann", sagte er zu ihm. Lawrence schlug nach dem Iren.

Von diesem Tag an war es mit Sergeant Lawrence aus. Er fuhr nie wieder, humpelte stirnrunzelnd in Grevisa herum und redete kaum. Manchmal durchschritt er die Stationen und blieb an den Betten der unter Drogen Stehenden und Fiebernden stehen. Mit dumpfer Stimme sagte er zu ihnen: „Reißt eure Fäden raus. Wir sind alle zum Sterben verdammt."

Es ging kein Schiff nach Italien, das ihn hätte mitnehmen können. Pelham versuchte ihn vom Lazarett fernzuhalten, konnte aber keinen Mann als Aufpasser entbehren. Schließlich sprach David mit Lawrences Vertreter, einem jungen Korporal namens Mayhew.

„Sorgen Sie unbedingt dafür, daß er seine Sedative nimmt."

Vielleicht sollten wir ihn lieber herumwandern lassen, Sir. Er hat eine Menge hinter sich."

„Ich weiß. Aber ich kann nicht zulassen, daß er die Verwundeten in Schrecken versetzt."

Dennoch schien Mayhew der Ansicht, daß Lawrence ein Recht darauf habe, sich so verrückt aufzuführen. Die beiden waren zusammen in der Wüste gewesen. Bei

Kommandounternehmen der Wüstenstreitkräfte waren sie tief in das feindliche Hinterland vorgestoßen. In kleinen, verlustreich verteidigten Erdlöchern hatten sie entsetzliche Wunden behandelt und auf der Flucht schwere Blutungen abgebunden.

Mayhew tat seine Arbeit in einer Weise, als wollte er sagen: Sergeant Lawrence ist jetzt vielleicht durchgedreht, aber als er noch obenauf war, da hat er aus mir den tüchtigen Sanitäter gemacht, der ich bin.

Mayhew war besonders gut beim Aussortieren von Verwundeten.

Bevor die *Rake's Progress* nach Italien auslief, stürzte ein Flugzeug vom Typ Liberator in die See bei Mus. Die beiden überlebenden Flieger wurden in das Lazarett gebracht.

Der eine hatte ein zerschmettertes Bein. Irgendein Ausrüstungsgegenstand im Cockpit hatte sich gelöst und war Ursache dieser Verwundung.

Dieser Patient gehörte der Oberschicht in Neuengland an. Er hatte blaue Augen und wirkte mit seinen wenig mehr als zwanzig Jahren sehr verantwortungsbewußt. Es schien, als hätte irgend jemand ihm mit seinem zerschmetterten Bein aus dem Flugzeug geholfen. Dieser Mann war dann selbst hinausgesprungen und in der See ertrunken. Der junge Mann war sich darüber im klaren. In einer ruhigen, fast gelehrtenhaften Weise erging er sich im Fieberwahn über die Konzeption von Plan und Zufall. Wie ein Philosophiestudent im höheren Semester wußte er Kant, Spinoza und Hegel zu zitieren.

David nahm das Bein ab. Allzu viele Tage lang zeigte der junge Mann noch Schocksymptome. Sein Blutdruck blieb niedrig, sein Puls ging schnell und kraftlos. Seine Augen waren weit offen. Der Schmerz im Beinstumpf und auch die Phantomschmerzen schienen ihm gleichgültig. Ihn beschäftigten offenbar andere Probleme.

„Haben Sie irgend etwas?" fragte David ihn.

„Sie haben mir nicht alles erzählt", sagte der Junge. Er lächelte verzerrt. Es sah aus, als wollte er zeigen, daß er makabren Humor wohl zu goutieren wisse. Aber er war noch zu jungenhaft, um das überzeugend bringen zu können.

„Nicht alles?"

„Ich dachte, beim Militär würde einem reiner Wein eingeschenkt. Dieser versoffene Sergeant, den Sie hier haben, der erst hat's mir gesteckt."

„Was gesteckt? Ich versteh nicht."

„Er setzte sich zu mir und sagte, ich hätte Blutvergiftung. Ich erkannte an seinem Benehmen, daß er mir die Wahrheit gesagt hatte. Denn er beugte sich über mich und begann zu heulen."

„Wann war das?"

„In der Nacht nach der Operation."

Ich geh jetzt und greife mir Lawrence, dachte David. Aber dann fiel ihm ein, daß es sinnlos war, in psychiatrischen Fällen mit Gewalt vorzugehen. Explosionsschock, Verlust der Frau, Trinken – was immer der arme Lawrence anstellte, man sollte ihm nicht mit Gewalt kommen. „Hör'n Sie. Ein Bein ist Ihnen abgenommen worden. Aber Sie werden durchkommen."

„Er hat über mich geweint." Der Junge hielt Tränen weiterhin für den schlüssigsten Wahrheitsbeweis.

„Er ist geistesgestört, deswegen. Ich will jetzt erreichen, daß Ihr Blutdruck steigt und Ihr Puls schneller und kräftiger geht. Ich möchte, daß Sie sich auf den Schmerz im Stumpf konzentrieren. Das wird Ihnen helfen, nicht der Unsinn, den Ihnen der Sergeant eingeredet hat."

Er wandte sich zum Gehen. Der junge Mann rief hinter ihm her.

„Dann sollte er hier nicht zugelassen werden. Er ist eine Gefahr für seine Mitmenschen."

Pelham machte sich auf die Suche nach Lawrence und fand ihn draußen auf der Straße in der spärlichen Wintersonne stehen. Er gehörte zu den psychiatrischen Patienten, die wie festgewurzelt auf einem Fleck stehen, weil es ihnen zu schwer fällt, sich für diese oder jene Richtung zu entscheiden. Pelham sprach freundlich mit ihm. Er hielt ihm die Lüge vor, die sich so nachteilig auf den Puls des jungen Amerikaners ausgewirkt hatte.

„Warum haben Sie das getan?" fragte er Lawrence.

Lawrence blickte abwesend über den Hafen von Grevisa hin. Die blaue Kruppe von Korčula wirkte heute vereist. Er blinzelte und gestikulierte ein wenig mit der Hand. Pelham bemerkte die großen Schwielen zwischen den Fingern.

„Diese Brüder von der Airforce. Sie scheinen alles an

sich gerafft zu haben. Den Krieg. Frauen ... Ich konnte mir nicht denken, daß das jemandem etwas anhaben würde. Nicht so einem von der Airforce." Als Lawrence an Bord der *Rake's Progress* gebracht wurde, war er ohne Bewußtsein. Es war ihm Laudanum in den Kaffee getan worden.

Nackt unter der Decke liegend lauschten sie eines Nachts der von Norden einfallenden Bora. So möchte er für immer mit Moja zusammenliegen, dachte er, im Rauschen der Bora, während der Schweiß ihrer heftigen erotischen Gemeinsamkeit zusammenrann.

„Moja, ich glaube, wir sollten heiraten", murmelte er, sich selbst zur Überraschung.

Sofort merkte er, daß er es nicht besonders glücklich über die Lippen gebracht hatte. Er hörte sie neben sich tief lachen, er fühlte wie ihr Brustkorb vor Lachen vibrierte. Aber es war kein angenehmes Lachen. Es war jene Art von begütigendem Laut, wie ihn Mütter von sich geben, wenn ein Kind mit einem nicht ganz passenden Geschenk nach Hause kommt.

Sie ahmte die gedehnte Sprechweise des Londoner Südens nach. „Alle sag'n se dann, old Pelham, der hat so 'ne Paria g'heirat', habt ihr's schon g'hört?"

„*Die* aber liebt Pelham", stammelte er kleinlaut. „Einen Dreck schert's mich, was sie sagen."

„Das könnte das Ende deiner Karriere sein. Nach dem Krieg."

Bei dem Ausbleiben der Invasion schien es immer wahrscheinlicher, daß er eine solche Karriere vor sich hatte. „Du würdest mich hassen, weil ich dir beruflich im Weg stehe", sagte sie.

„Wäre ich mit dir verheiratet, dann hätte ich mich ganz einfach von kleinlichen Vorurteilen zu lösen."

Moja sprang plötzlich auf die Füße und stampfte nackt auf den Bohlen auf und ab. „Herrgott nochmal", sagte sie, „Herrgott!" Die wippenden, ihn ablenkenden Brüste vor sich, fiel es ihm nicht leicht, ihre Wut voll zu verstehen. Um ihrem Ausbruch Nachdruck zu verleihen, packte sie eine Karaffe auf der Kommode und schlug damit gegen das Holz. In der Ferne hörten Pelham Binko und Magda erregt über das plötzliche Geräusch diskutieren.

„Herrgott, David, jetzt hast du alles verdorben. Wer oder was, meinst du, ist Moja Javić? Eine Art moralischer Erziehungsanstalt? In der du dir deine moralischen Muskeln massieren läßt? Um zu lernen, dich von ‚kleinlichen Vorurteilen' zu lösen? Gott im Himmel! Kein Mann hat mich je so beleidigt."

David saß aufrecht in der Kälte da. Aber er verzog sich nicht unter die Decke, um nicht als gefühllos bezichtigt zu werden. „Ich wußte nicht ..."

Breitbeinig, die Wölbung des Venusbergs vorgeschoben, stand sie mit erhobener Faust im Zimmer. „Weißt du nicht, daß es nur drei gute Gründe gibt, eine Frau zu heiraten? Erstens, wenn sie einen Titel hat, zweitens, wenn sie reich ist, und drittens, wenn die Weltmitte zwischen ihren Schenkeln liegt."

„Das ist eine sehr kontinentale Auffassung."

„Ihr Briten sagt immer *kontinental,* als redetet ihr von einer Rasse von Kannibalen."

„Der dritte Grund trifft immerhin in diesem Fall zu."

„Oh, ja! Das hab ich gemerkt an der Art, wie du dich ausgedrückt hast. Du sagtest, was getan werden *sollte.* Warum redest du nicht in der Sprache des Blutes in deinen Lenden?"

„Du weißt es doch. Briten demonstrieren nicht, was sie empfinden."

„Mein Gott."

„Manchmal scheint es – als benutze ich dich nur."

„Hast du dich das gefragt? Vielleicht mögen Frauen es, benutzt zu werden?"

„Sagst du damit, daß du mich gar nicht heiraten *willst?"*

Ohne zu antworten, griff sie sich ihre Stiefel und ihre Armeehose, ihr Hemd, ihre Jacke, ihr abgetragenes Unterzeug. Sie verließ das Zimmer mit vor Wut gespannten Rückenmuskeln.

Zwei Nächte lang hatte er Zeit, über die Kränkung nachzudenken, die er ihr zugefügt hatte. Als sie wieder mit ihm zu sprechen begann, sagte sie als erstes: „Ich war so enttäuscht von dir, das war alles."

Nach einer Woche schliefen sie wieder miteinander. Die sexuellen Verquertheiten, die er seiner Erziehung verdankte, kamen immer wieder durch. Ich benutze sie, sagte er sich manchmal, als wäre sie eine Hure oder ein Mädchen auf dem Strich.

8

Eines Tages detonierten gleich zwei Minen auf dem Plateau. Einem Soldaten der Kommandotruppe wurde ein Bein abgerissen und die Ziege eines siebenjährigen Flüchtlingsjungen getötet, der selbst von neun Splittern in den Bauch getroffen wurde. Als Pelham vor dem Kind stand, sagte er: „Meinst du nicht, sie sollten mir, Teufel auch, einen Röntgenapparat schicken?"

„Ich besorge dir einen Röntgenapparat", sagte Moja.

„Wie? Einen bei Magda requirieren?"

„Ich hab gesagt, ich besorge dir einen."

„Wie?"

„*Wie* – das wird sich schon finden. *Wann* ist ein bißchen problematisch. In einem Monat vielleicht."

Das Kind wurde betäubt. Fielding wischte die Wunden mit Alkohol aus. Als David zu schneiden begann, stellte er fest, daß zwei der Wunden nur geringfügige Verletzungen waren. Die Leber aber war schwer getroffen. Das Entfernen des Splitters, das Nähen des Organs gelangen gut. Er lächelte befriedigt.

„Du glaubst, du bekommst keinen Röntgenapparat?" sagte Moja mit gelindem Vorwurf in der Stimme.

„Vielleicht."

„Du wirst sehen."

Als er den Operationsraum verließ, stieß er auf Cleary.

„Einige Flieger sind in der Messe, Sir."

„Flieger?"

„Amerikaner. Sie sind auf der neuen Piste gelandet. Mit Fracht für die Pioniere."

Moja, mit der Kochsalzlösung für den operierten Ziegenjungen hantierend, stand in der Nähe.

„Moja", sagte Pelham. „Kommst du mit?"

Sie zögerte, weil sie den Jungen so unmittelbar nach der Operation nicht verlassen wollte.

„Ich muß mit einigen Piloten sprechen", sagte er. „Ein bißchen Charme ist vielleicht angebracht."

Die drei Flieger, zu denen sie in die Messe gingen, waren lässig mit Lederjacken und eingebeulten Mützen bekleidet. Sie lungerten um das Klavier herum, einer spielte ziemlich kümmerlich Gershwin. Als Pelham und Moja näherkamen, rief einer „Holla!"

Sie waren in einer Dakota hergeflogen.

„Was haben Sie mitgebracht?" fragte Pelham sie.

„Zementmischer, Kies. Bier."

„Sie fliegen leer zurück?"

„Ja. Nehmen nichts mit."

„Meine Güte." Pelham dachte an den ungenutzten Frachtraum und bedeckte die Augen mit der Hand.

„Wir haben Verwundete", sagte Moja zu ihnen. „Wenn wir können, schicken wir sie in Booten zurück. Das ist nicht das Richtige für Leute mit Bauch- und Brustwunden."

„Wir soll'n sie mitnehmen?"

„Genau", sagte Pelham.

„Wir können auf dem Flug nichts für sie tun", sagte ein Sergeant mit einem Kindergesicht, der anscheinend der

Frachtmeister war. „Wenn Blutungen einsetzen. Oder Nähte platzen ..."

Der Pilot, der am Klavier saß, wischte mit der Hand durch die Luft. „Moment. Wie ist es mit der verrückten Belinda?"

Der Kopilot sagte: „Und ihre Freundin ... äh ... Denise."

Der Pilot, sein Versprechen bekräftigend, setzte eine ernste Miene auf: „Hör'n Sie, das nächste Mal, wenn wir kommen – in vier Tagen oder so, je nach Wetter – bringen wir Schwestern mit."

Das war ein so phantastisches Versprechen, daß Pelham es kaum glauben konnte. Doch vier Tage später wurde er von der Piste aus angerufen. „Doktor, die Dakota steht bereit. Können Sie Ihre Verwundeten herbringen lassen?"

Eine Stunde später traf David im Lastwagen an dem Lehmstreifen auf dem Plateau ein, auf dem der Dakota-Pilot irgendwie zweimal sicher gelandet war. Am Rande des Feldes saß der Frachtmeister auf einem kleinen Stapel von Versorgungsmaterial und sah zwei Schwestern von der US-Army zu, die Jugoslawen und die Berge fotografierten.

„Kann ich die Verwundeten an Bord bringen lassen?" fragte Pelham.

„Tja. Und das hier gehört Ihnen." Der Frachtmeister tippte die Kartons an, auf denen er saß.

„Mir?"

„Ich hab hier 'ne ganze Liste. Vitamine. Gerinnungsmittel, Vitamin K. Narkotika. Antihistamine. Penizillin."

„Muß ich unterschreiben?"

„Das ist nicht die Sorte von Material."

„Ist es nicht, was?" Pelham lachte, und der Frachtmeister stimmte verschmitzt ein. „Wo ist der Pilot?" Der war bereits da und musterte den Backbordmotor seiner Maschine. „Hoffe, es ist zu Ihrer Zufriedenheit", murmelte er über die Schulter.

Pelham ging zu ihm. „Können Sie mir einen Röntgenapparat besorgen?" fragte er heimlichtuerisch.

„Einen Röntgenapparat? Du liebe Zeit!"

„Nicht, daß ich Ihnen hierfür nicht dankbar wäre..."

„Muß mal unseren Gewährsmann fragen."

Als die Dakota nach einer Woche wieder landete, sagte der Pilot, der Gewährsmann hätte gelacht bei der Idee, einen Röntgenapparat herbeischaffen zu sollen. Bis jetzt wäre ihm noch keiner mit einer solchen Anforderung gekommen.

Pelham wußte, was gemeint war: eine Nachfrage nach so einem Gerät bestand auf dem schwarzen Markt nicht. Die Drogen, die jetzt jede Woche kamen, stammten ebenfalls von diesem Markt, per Schmiergeld oder geschenkt. Pelham hatte nichts dagegen. Bei ihm lag ein Seemann mit einer tiefen Brustwunde und einem eiternden Beckengeschwür. Er konnte den Mann jetzt mit Penizillin versorgen und ihn auf dem Luftweg abtransportieren lassen. Weder er noch der Mann interessierten sich dafür, unter welcher Regie das alles vor sich ging.

Der Landestreifen war immer noch nicht lang genug für eine sichere Landung von Bombern und schnellen Jägern. Der seit langem betriebene Weinbau auf Mus erstreckte sich mit seinen Gärten bis weit in die Ebene. Es waren die ältesten Weingärten in Europa, weil die große Reblausplage von 1866 sie verschont hatte. Die Kommissare kämpften mit dem texanischen Major und seinen Pionieren um jeden auf Kosten der Weingärten beanspruchten Quadratmeter. So war der Flugplatz weiterhin unausgebaut, als eines Tages ein amerikanischer Lightning-Jäger mit stotterndem Motor aufheulend über Grevisa erschien. Die Amerikaner auf dem Plateau wiesen ihn über Funk zur Landung ein. Es würde schwerer werden als seinerzeit für Callaghan. Eine Lightning, selbst bei herabgesetzter Geschwindigkeit, braucht mehr Platz.

Der Pilot bremste beim Landen wie wild. Die Reifen brannten sich tief in die Erde ein. Mit qualmenden Rädern, Schwanzende hoch und Nase gesenkt, kam die Maschine am Rande der Weingärten zum Stehen.

Der Pilot war Polynesier, wahrscheinlich Hawaiianer. Als Aufklärungsflieger war er über Österreich gewesen und hatte Aufnahmen gemacht. „Heiße Schnappschüsse", versicherte er. „Macht die Maschine nur eben startklar."

Die Mechaniker sagten, so fix ginge das nicht, sie brauchten mindestens sechs Stunden.

„Siebenhundert Mann warten dringend auf diese Bilder", protestierte er mit sich überschlagender Stimme. „Macht das Ding nur eben klar für den Flug nach Italien. Zwei Stunden hab ich Zeit, mehr nicht."

Während der zwei Stunden stand der Pilot hinter den Mechanikern und heizte ihnen ein. Den Backbordmotor kriegten sie einigermaßen hin, aber nur der Pilot lächelte über das ungleichmäßige Geräusch.

Kommandotrupps, Pioniere und selbst Partisanen gruben, um Platz zu schaffen, Weinstöcke aus. Was von der europäischen Epidemie verschont worden war, fiel dem Starrsinn eines hawaiianischen Piloten zum Opfer.

„Zeit is um", sagte er und hob die Hand. Der texanische Major rief: „Sagt den herumlungernden Partisanen, sie soll'n sich nicht am Ende der Bahn quer über den Landestreifen stellen!"

Denn die Partisanen sahen sich Starts immer von vorn an, als eignete sich kein anderer Sehwinkel für sie.

Keiner fand sich, den Befehl des Majors weiterzugeben, oder es wurde einfach vergessen.

Der Pilot ließ den aufbrüllenden Motor an und rollte ohne ausdrückliche Freigabe durch den Major den Landestreifen entlang. Kurz darauf hob er ab und stieg, ein Flügel höher als der andere, steil an. „Zu steil, zu steil!" schrie der Major.

Als er die Flughöhe erreicht hatte, stürzte die Maschine lautlos ab. Sie drehte sich auf dem unteren Flügel und schlug zwischen den Partisanen auf. Die Explosion war von Mus bis Grevisa zu hören und verdoppelte sich durch das Echo von den Hängen des Muštar.

Der Krach, die gelb aufschießenden Flammen benahmen allen Augenzeugen, auch dem Major, den Atem. Er brauchte zehn Sekunden, bis er imstande war, einen Befehl auszustoßen. Während sein Jeep zur Unfallstelle raste erfolgte eine zweite Explosion. Placken von flammendem Treibstoff gingen zwischen den Verletzten und auf dem Landestreifen nieder. Acht Partisanen waren auf der Stelle tot, sieben weitere starben an Verbrennungen, bevor sie in Grevisa eingeliefert wurden. Acht oder neun krochen mit brennenden Leibern herum und suchten die Flammen auszuschlagen.

Am schlimmsten war der Pilot dran. Er rollte sich zwischen den Trümmern hervor. Einer der Pioniere schlug eine Decke um ihn, um das Feuer zu ersticken. Sein Gesicht und seine Finger waren schwer verbrannt, seine Hände nur eine feuchte, rote Masse. „Ich bin der Pilot", sagte er zu den Männern, die ihn hochnahmen.

Er wurde mit den anderen zu Pelhams Lazarett gebracht. Einen schlimmeren Fall habe ich noch nicht erlebt, dachte David, als er ihn untersucht hatte. Der Schweiß brach ihm aus.

Mein Gott, dachte er, das geht über meine Kraft. Er sah auf die Stücke des Fliegerhelms und die Uniformfetzen, die sich in die feucht aussickernde Haut eingebrannt hatten.

„Wieso seh ich nichts?" fragte der Polynesier.

Ohne erst zu überlegen, log David. „Wir werd'n das schon hinkrieg'n, daß Sie wieder sehn können", sagte er in dem jovialen Ton, der in Krankenbaracken üblich ist.

„Sie, der Doktor?"

„Ja. Wir geben Ihnen jetzt was zum Betäuben und reparieren Ihr Gesicht."

„Mach'n Sie 'n Foto von mir?"

„Warum sollten wir?"

„Daß ich weiß, wie ich ausgesehn hab. Wenn's mir besser geht." Er sagte das schwer atmend im Flüsterton. Nicht mit ihm sprechen, wies sich Pelham an.

„Tut mir leid. Haben keine Kamera." Sie trugen ihn auf den Tisch. Moja versuchte ihm Pentothal zu spritzen, fand aber keine Vene. „Schnell, schnell, Mrs. Javić", sagte David, in der Aufregung auf die förmliche Anrede zurückfallend.

Als das Pentothal injiziert war und das Blutplasma floß, wurde er ruhiger. Er betupfte zart mit sterilisierter Kochsalzlösung die Gesichtshaut. Plötzlich drohte der Mann zu ersticken. Es war ein Ödem, das ein Anschwellen der Luftröhre bewirkte. Fielding reichte ihm das Skalpell. Er schnitt die Luftröhre unmittelbar unter dem Adamsapfel auf. Zur Durchführung einer Tracheotomie waren sie nicht gerüstet, also mußte es mit einem Gummischlauch geschafft werden, den Fielding einem Behälter entnahm. Einen zweiten längeren Schlauch führte Pelham durch den Mund in den Magen ein. Es mußte damit gerechnet werden, daß der Mann nach Nahrung verlangte.

„Würden Sie ihm das Atemgerät aufsetzen?" bat Pelham. Fielding tat es.

David beendete die Wundreinigung. Er bestreute Gesicht und Arme mit Penizillin, hatte aber für die übrigen Gliedmaßen nur Sulfonamide zur Verfügung. Er wickelte den Mann in einen Watteverband, der die Absonderungen aufsaugen sollte.

Dann legte er einen Kopfverband an und sparte dabei

nur die Atem- und Ernährungsschläuche und das linke Ohr aus. Am nächsten Morgen, schon gegen Tagesanbruch, gewann der Hawaiianer das Bewußtsein zurück. Unfähig zu sprechen und zu schlucken lag er in seinem Verband, bewegte jedoch ein wenig die Hände, wenn man ihn antippte. Jovan wurde instruiert, wie er zu füttern sei. Dünne Suppe mit einem Trichter in den Magenschlauch zu flößen. Sollte etwas davon, wurde ihm gesagt, in den Atemschlauch geraten, dann würde der Hawaiianer ersticken.

Magda saß zwei Tage lang an seinem Bett und summte ihm serbokroatische Zärtlichkeiten ins freiliegende Ohr. Er reagierte hin und wieder mit leisem Grunzen und Bewegungen der Hand. Er machte sich seine eigene Sprache zurecht, durch die er sich mit Magda verständigte. Einmal, als gerade Jovan mit der dünnen Suppe kam, bemerkte sie, daß sich die sonst immer aus dem unteren der beiden Schläuche kommenden Zischlaute eingestellt hatten. Er war, blind und eingekapselt, seinen einsamen Tod gestorben.

Moja brachte Pelham die Nachricht in sein kleines Büro im Lagerraum. Er nickte; ein Anlaß zur Überraschung war dies für ihn nicht. Er nahm ihre kleinen Hände, deren Haut über den Knöcheln von der vielen Plackerei im Operationsraum bläulich weiß und wie Pergament war. Er hob beide Hände an seinen Mund.

„Haut", sagte er. „Haut."

„Er muß im Koma gewesen sein", sagte sie in der Hoffnung, er habe einen schmerzlosen Tod gehabt.

Pelham sagte in einer Anwandlung von Sentimentalität:
„Ich hoffe, er hat von Hawaii geträumt."

An diesem Abend aß David allein. Nicht absichtlich; Fielding, Cleary und auch Moja hatten eben früher gegessen. Magda machte ihm seine Verspätung nicht zum Vorwurf. Sie genoß es, ihn ganz für sich zu haben. Sie machte sich eifrig um ihn herum zu schaffen, schenkte sein Glas immer wieder voll, wenn er daran genippt hatte. Für sie stand es so gut wie fest, daß kräftige Nahrung seiner Moral aufhelfen würde.

Moja trat ein und maß Magda in ihrer mütterlichen Besorgtheit mit kalten Augen. „Mach, daß du rauskommst!" sagte sie.

Magda pflanzte sich vor ihr auf und funkelte sie an. Moja aber war zu dem üblichen Schlagabtausch nicht aufgelegt. Sie riß eine Vase mit Winterveilchen vom Tisch und schleuderte sie zum Herd. „Raus!" wiederholte sie.

Da die Köchin nicht verletzt und sogar dankbar war, in ihrer abfälligen Meinung über Madame Javić bestärkt zu werden, konnte sich Pelham ein Lächeln, hinter vorgehaltener Hand, nicht verkneifen. Ihn amüsierte Mojas eigentümliche, unsozialistische, aristokratische Abneigung gegen Magda.

Magda verzog sich langsam. Das Wiegen ihrer ausladenden Hüften besagte: Ich bin bloß froh, aus der Küche zu sein, wenn Sie sich solch niederträchtiger Methoden bedienen.

„David –" sagte Moja.

„Alles, was wir an Wichtigem zu besprechen haben, scheint sich hier abzuspielen", bemerkte David. Er war ein wenig erschrocken über die Leere in ihren blauen Augen – als wäre sie nichts weiter als eine zwar hübsche, aber nichtssagende Frau.

„Ich gehe."

„Was soll das heißen?" Er spürte, wie sich sein Magen zusammenzog.

„Ein kanadischer Arzt ist nach Bosnien eingeflogen worden. Er hat darum gebeten, daß ich zu ihm komme und sein Haus einrichte."

Er stand auf. Er fühlte sich auf einmal von Panik ergriffen und sah verwirrt zur Tür, als suchte er einen Fluchtweg. Aber dann dachte er, ohne sie ist das alles hier nur öde Routine, die lange Liste mühsamer Pflichtübungen und am Ende kein Trost, kein Ausgleich durch sie.

„Sein Haus einrichten?" fragte er ungläubig.

„Ja."

„Zum Teufel mit seinem Haus."

Sie berührte sein Gesicht mit der Hand, um ihn zu beruhigen.

„Ich sehe, es ist dein Wille, zu gehen. Du bist der Ansicht, das sei ein gute Sache."

„Wer weiß?" Sie lächelte ihm zu. Er umschlang sie und drückte sie fest an sich.

„Mach's rückgängig, Moja, bitte."

„Du weißt, daß ich es nicht kann, Liebster."

„Was wird dann aus mir?"

„Du machst das schon. Du weißt, du bist zart und verletzlich. Das ist deine Stärke, David. Deine Fähigkeit zur Demut und Hinnahme wird dir helfen, mein Herz. Hör mich an." Sie strich mit der Hand an seinem Unterkiefer hin. „Unsre kleine Liebe, sie scheint uns weit wie die Welt. Aber sie zählt nicht. Was zählt, ist das große Auf und Ab der Geschichte."

„Das glaube ich einfach nicht."

„Nein. Ich vielleicht auch nicht. Aber in Jajce glauben sie fest und unumstößlich daran. Geh also nicht dagegen an, verstehst du? Mein Boot zum Festland liegt schon bereit. Meine Vertretung erhält eben jetzt ihre Anweisungen im Hauptquartier der Kommissare."

Pelham wollte wissen, was für eine Vertretung das wäre. Einer Vertretung zuzustimmen, war mindestens ebensosehr seine Sache wie die von diesen gottverfluchten Kommissaren.

„Sie ist nicht schlecht. Ein Mädchen, sehr ruhig, sehr sachkundig. Jela heißt sie."

Hätte Moja laut gesagt, sie ist für dich besser als ich es bin, David hätte sich versucht gefühlt, sie zu schlagen. Doch diese Bemerkung, so sehr sie in der Luft lag, unterblieb.

Sie standen nahe aneinander. Tränen traten ihnen in die Augen. Sie zupften gegenseitig an sich herum, als fände auf diese Weise einer im anderen die Kraft, die er brauchte.

„Du warst so ein gescheiter Junge", sagte sie zu ihm. „Du bist ein guter Arzt und so ein gescheiter Junge."

Es war keine Zeit für eine Abschiedsparty in der Messe.

Das wäre in jedem Fall auch unerträglich für sie gewesen. Mayhew, Lawrences Nachfolger, fuhr sie zum Hafen. Sie erschauerte in der kalten Luft auf dem Plateau. „Ich hasse Seereisen", sagte sie. „So albern das ist, ich scheue das Wasser. Immerhin, es wird nicht lange dauern."
Es war eine helle Nacht. Der Mond hüllte die weiß getünchten Häuser trotz der Kälte in ein exotisches, nordafrikanisches Licht. Hugo Peake war da, um Lebewohl zu sagen, und auch Sir Martin Harris, der bejahrte Admiral. Aufschauend sah David die scharf gegen den Mond ausgeschnittene Takelage ihres Schiffes. Hugo Peake holte eine Laterne aus seinem Dienstzimmer und zwang sie dem Kapitän des Fischerbootes auf. „Damit ihr besser Signal geben könnt, wenn meine Leute euch anblinken. Vergessen Sie nicht, mir das Ding wieder mitzubringen."

Der Kapitän nahm die Laterne mit einigem Widerwillen entgegen und schickte einen von der Mannschaft damit zum Laderaum. David hatte, sah Peake, beobachtet, wie die Lampe im Handumdrehen unter Deck verschwand. „Sie werden schon klarkommen", sagte er. „Die deutschen Patrouillenboote überlassen mittlerweile die Nächte uns."

David ging, als es so weit war, mit ihr an Bord. „Bleib hier", flüsterte er ihr wieder und wieder zu.

„Sei lieb, David", sagte sie. „Mach es mir nicht so schwer."

Aber als das Schiff ablegte, drückte er sie in Sehnsucht und offenem Kummer an sich. Er mußte springen, um den Abstand zwischen Boot und Pier zu überwinden. Auf der

Pier weinte er hemmungslos, ohne die Tränen vor den ausdruckslosen Gesichtern seiner ihn umstehenden Landsleute zu verbergen. Der eine oder andere legte ihm verlegen die Hand auf die Schulter und gab ihm noch mehr Slibowitz zu trinken.

Sehr früh am nächsten Morgen kam ein Mädchen, dessen Haut weiß war wie Milch, ins Lazarett. Mayhews Männer sahen auf. Ihr schlanker weißer Hals erhob sich so zart aus dem groben Armeehemd, das sie trug.

Pelham wurde geholt. Als er auf die Station kam, sah er das Mädchen über das Bett einer Flüchtlingsfrau gebeugt und still weinen. Süße Tränen eines schlanken, weichherzigen Mädchens. Schon auf den ersten Blick verübelte er unvernünftig genug den offensichtlichen Mangel an Härte und überhaupt ihr Erscheinen anstelle Mojas.

„Sie sind die Neue hier?"

„Jela, Captain Doktor."

„Weinen Sie nicht, Jela." Ihm gelang das nur halbwegs als Befehl.

„Ich höre schon auf", sagte sie, während die Tränen weiter hinabrannen. „Lungentuberkulose", stellte sie mit einem Nicken zu der Frau hin fest.

„Das ist richtig."

„Und sie bekommt ein Kind, Captain Doktor?"

„Ja. Sie ist schwanger." Daß sie's war, erkannte man an der gewölbten Decke. Ein dürrer Fötus kauerte dadrin, ein Schiffsjunge in einem verseuchten Schiff. In der Nase der

Mutter steckte ein fester Gummischlauch, der das Zeugs aus ihrem Kehlkopf absog. Sie bekam täglich verschwendete Injektionen von bestimmten Mitteln. Zu spät für sie. Zu viele Nachtmärsche in diesem Winter, zuviel kaltes Schlafen in Scheunen. Ihr Herz würde die Geburt nicht überstehen, aber das erzählte er der sanft Weinenden nicht.

„Wann ist es so weit?"

„Sehr bald, nach *ihren* Angaben. Wenn sie damit recht hat."

Das Mädchen wischte seine Tränen mit einem großen, grauen Männertaschentuch ab, das von irgendeiner Heereseinheit stammte.

„Sie müssen", sagte sie, „eine Frau mit Milch suchen zum Nähren des Babys."

„Ja, ja."

Sie hörten den röchelnden Atem der Frau aus ihrem offenen Mund. David wollte fort von diesem Bett. Wenn er die Patientin sah, hatte er das Bedürfnis, sie mit einer Überdosis zu töten. Dann lenkten ihn andere Fälle ab, und einen Tag lang vergaß er das Problem mit der tuberkulösen Frau. Gab man ihr mit Morphium ihren Frieden, dann konnte man das Baby aus dem toten Schoß holen. Aber es würde nicht durchkommen. Man müßte es in einen Brutkasten tun, den es nur in größeren, städtischen Krankenhäusern gab. Auf Mus hatte es nur eine Chance, wenn es ganz ausgetragen und robust geboren wurde.

Wenn das Mädchen doch nur von dem Bett wegginge, dachte David. Dann brauche ich mich bis morgen nicht mit dem Problem abzugeben.

„Ich zeige Ihnen jetzt den Operationsraum", sagte er.
„Sie sind Schwester?"
„Ich bin in Slowenien ausgebildet", sagte sie mit Nachdruck, als wäre das ein politischer Slogan.
„Slowenien", wiederholte sie ruhig, aber so, wie der Anhänger einer Fußballmannschaft deren Namen nennt.
„Aha?" Für ihn hatte das Wort Slowenien keine besondere Bedeutung.
„Im Hospital von Ljubljana." Das war, wie es schien, der springende Punkt.
„Ich verstehe. Ist das Hospital gut?"
Um nicht den Berufsstolz irgendeines Anwesenden zu verletzen, senkte sie die Stimme. „Die Medizin in Ljubljana ist die einzige gute Medizin im ganzen Land. Es ist Wiener Medizin. Es ist keine Bauernmedizin. Die Kroaten, die Bosnier, die Serben – alles Pferdeschlächter!"
„Davon hat mir Mrs. Javić nichts gesagt."
Ein mildes, von einem uralten Vorurteil herstammendes Beben ging durch das weißhäutige Mädchen. „Mrs. Javić ist Serbin. Und eine große Dame."
„Das ist sie." Für David klang dieses Urteil über Moja wie etwas, das sie bei den Kommissaren aufgeschnappt hatte, eine Art Anstoß, der sie befähigen sollte, Moja auszustechen. Das würde nie gelingen.
Er rief Sergeant Fielding, der dem Mädchen den Ablauf im Operationsraum erläutern sollte. „Kriegen Sie heraus, ob sie etwas von ihrer Sache versteht", flüsterte er Fielding zu.
Die tuberkulöse Frau hatte er bereits vergessen.

Bei der Frau, über die Jela geweint hatte, setzten die Wehen früher ein, als Pelham erwartet hatte. Es war eine furchtbare Geburt. Pelham konnte das Kind nicht durch Kaiserschnitt holen, weil die Frau das Pentothal nicht überstanden hätte. Es bedurfte eines raschen, grausamen Eingriffs, um das Kind herauszuziehen, bevor es erstickte. Für das Pressen bei der Geburt fehlte es der Frau an Luft. Rot angelaufen und schwer atmend lag sie da, ihre Schreie waren nur ein keuchendes Pfeifen aus ihrer verfallenden Lunge. Sie brauchte Sauerstoff, wenn man ihr die Wohltat, voll aus sich herauszuschreien, zukommen lassen wollte.

Am Kopfende stand Jela mit einem Ätherbausch. Es war gegen die Regel, einen Patienten mit Atemnot durch Äther zu betäuben. Aber die Frau verdiente es, ein wenig erlöst zu werden. Also stand am Rande ihres Ringens um Leben und Tod Jela mit dem Wattebausch. Sie weinte von Anfang bis Ende.

Der kleine Kopf erschien. Ein langer Hals. Dann die rechte Schulter, der rechte Arm. Noch jetzt hätte Pelham am liebsten den Kaiserschnitt gemacht, um die Frau von den Schmerzen zu erlösen. Es war zu spät. „Nicht mehr lange", versprach er.

Das Kind war ein Junge.

Pelham hatte, als er das Baby hochhob und das Atmen durch einen Schlag auf den kleinen Körper in Gang setzte, die möglicherweise sentimentale Hoffnung, daß die Frau ihren Sohn sehen würde. Sie gab kein Lebenszeichen von sich. Er sah, daß ihr Gesicht und auch ihre Fingernägel violett waren.

Fielding durchschnitt die Nabelschnur, und Peko, der jugoslawische Krankenwärter, wickelte den Jungen in ein Handtuch.

„Geben Sie das Kind Jela", forderte Pelham ihn auf.

Jela ging, um das Baby zu waschen. Die Geräusche, die es von sich gab, waren nicht die eines kräftigen Kindes. Es waren kleine Protestschreie, eher ein Weinen.

Die Frau stieß unterdes die furchtbaren, von Panik durchröchelten Geräusche aus, die ein Lungenkollaps bewirkt. „Fielding", flüsterte David ihm zu, „füllen Sie eine Spritze mit Morphium. Injizieren Sie solange, bis ihr Herz versagt."

„Das hätte schon vor einer Woche getan werden sollen, Sir."

„Sie haben wahrscheinlich recht."

„Das Kind wird sowieso nicht am Leben bleiben. Ein gehäutetes Kaninchen."

„So, jetzt, bitte."

David blieb bei der Frau sitzen, fühlte ihren Puls. „Bald", wisperte er ihr zu. „Bald."

An einem Dienstag Ende März flogen Bomber zweimal die Insel an und warfen ihre Bomben auf beide Häfen und das Plateau; auch am Mittwoch erschienen sie zweimal. Es gab nur geringe Verluste. Tagsüber bezog eine kleine Partisanentruppe Stellung in den Häfen, die dann nachts aufgefüllt wurde, während sich auf dem Plateau zahlreiche Bunker und Abwehrgeschütze befanden. Aber diese

Angriffe demoralisierten die Leute, zeigten sie doch, daß das deutsche Oberkommando weiterhin die Absicht hatte die Insel zu besetzen.

Zwischen den Angriffen fragte Jela unter den mageren Flüchtlingsfrauen auf dem Plateau nach einer Amme für das Neugeborene. Der Magen des Kindes nahm verdünnte Kuhmilch und in Wasser gelöste Glukose nicht an, sein Leben hing also von der geringen Chance ab, ob im Flüchtlingslager eine nährende Frau zu finden wäre. Tatsächlich entdeckte sie eine. Eine robuste junge Frau, die ihrem zweieinhalbjährigen Jungen noch die Brust gab. Jela nahm die Frau mit sich ins Lazarett und gab ihr tüchtig zu essen. Ihre Milch reichte für ihren eigenen, über zwei Jahre alten Sohn und das zwei Tage alte Baby.

Jela, in ihrer Aufgabe als Pflegemutter, wurde, wie Pelham feststellte, widerstandsfähiger. Nicht daß er selbst besonders widerstandsfähig gewesen wäre. In dem Einzelzimmer, auf das er nach Rang und Stellung Anspruch hatte, wachte er nachts öfters durch seine eigenen Proteste auf. „Nein, nein", hörte er sich sagen, weil er meinte, schon in den Händen von deutschen Jägern zu sein.

Als die Kommissare eines Tages anordneten, daß sein Lazarett aufs Plateau verlegt werden sollte, schlief er von diesem Zeitpunkt an besser. Das Plateau, meinte er, könne lange gehalten werden. Da dort eine Landebahn war, würde er vielleicht sogar Anweisung erhalten, mit Verwundeten auszufliegen. Einsam bliebe er auch dort und würde, die Arme nach Moja ausstreckend, nichts als Luft in den Armen halten. Aber das Risiko war geringer.

David, der im Lazarett zu tun hatte, schickte Mayhew und Fielding auf die Suche nach einem Platz für das neue Lazarett. Sie nahmen Cleary wegen seiner Bauernschläue mit.

In der Südwestecke der Ebene im Binnenland fanden sie ein winziges Dorf mit fünf zweistöckigen Häusern und einigen Scheunen. Alle waren gut unterkellert und offenbar unangetastet: Die Kommissare ließen Plündereien nicht zu. Nur eins der fünf Häuser war bewohnt. Eine alte Frau lebte dort krank und unversorgt in einem Messingbett, über dem ein scharlachrot und gelb bestickter Baldachin angebracht war. Fielding hörte, wie Cleary über die Frau gebeugt sagte: „Sieht hier ganz nach einem guten Platz für ein neues Hospital aus, was, Mütterchen?"

Zu diesen fünf Häusern in dem unerwartet aufgefundenen Dorf Momoulje wurden im Laufe der nächsten Tage die Einrichtung, die Patienten und schließlich das Personal gebracht. Das georgianische Hospital von Grevisa hatte seine zweite Phase als Kriegslazarett hinter sich.

In den ersten Apriltagen installierte Cleary seinen Generator im hinten gelegenen Lagerraum des Hauses, in dem sich der Operationsraum und die Intensivstation befanden. Die Lichter über dem Operationstisch gingen an.

Pelham registrierte dieses kleine Wunder mit der gleichen Apathie, mit der er sich selbst schwerster Verwundungen annahm. Er hatte bereits die Behandlung Hunderter von bestürzenden Verwundungen hinter sich, und er wußte, daß noch ebenso viele auf ihn zukamen.

Der Karfreitag half ihm aus seiner Dumpfheit heraus. An diesem Tag trieb eine Gruppe staubbedeckter Partisanen eine Reihe von Packeseln zum Lazarett in Momoulje. Der Offizier rief nach Dr. Pelham.

David hatte geschlafen. Halb benommen und zugleich ängstlich gespannt kam er die Treppe herunter nach draußen. Der Partisanenoffizier lächelte ihm zu und machte eine Handbewegung, die besagt, *die ganze Ladung gehört Ihnen.* Die Partisanen luden die Kartons ab, brachten sie in die Messe und stapelten sie dort auf dem Boden.

„Was ist das?" fragte David den Offizier, der nichts als *Moja Javić* sagte.

Er nahm eins der Pakete auf und wog es in der Hand. Er zerriß das Band, das ihm in den Finger schnitt. Unter dem Papier kamen metallisch glänzende Armaturen zum Vorschein. Auch Fielding, Cleary und Jela waren die Treppe heruntergekommen und halfen beim Auspacken. Auch sie zogen Teile eines rätselhaften Mechanismus hervor. Sie legten sie hin und öffneten weitere Pakete. Schließlich begriff Fielding.

„Wissen Sie, was das ist? Ein Röntgenapparat."

Der Partisanenoffizier schlug sich bekräftigend auf die Hüfte. „Moja Javić", wiederholte er.

Jela übersetzte, was der Mann erzählte. Sie tat es nicht ohne eine gewisse Reserviertheit, weil es ihr nicht leicht fiel, den Triumph einer anderen Frau so ausgiebig zu schildern. Bevor sie Mus verließ (übersetzte Jela), hatte Moja ein Unternehmen in die Wege geleitet. *Dieses* Unternehmen. Einer der Partisanen auf der Insel hatte in der Ambulanz eines allgemeinen Krankenhauses in Split gearbeitet. Man verfügte dort über eine ausgezeichnete radiologische Abteilung. Die Partisanen setzten in einem Fischerboot von Mus nach Split über. Sie gingen als glaubwürdig aufgemachte Fischer in der Nähe der Mauer des Diokletianpalastes an Land und betraten durch eines der alten Tore die Stadt. Von hier aus war es ein Kilometer bis zu dem Krankenhaus. Ihre Waffen hatten sie unter den Fischermänteln oder in Säcken auf ihrem Rücken verborgen. Sei drangen in das Küchengebäude und in die Ambulanz ein und verschafften sich ohne viel Aufhebens Zugang zur radiologischen Abteilung. Dienst hatten dort nur ein verschlafener Radiologe und ein kroatischer Hospitant. Vorsichtig, wie Moja es ihnen gesagt hatte, schraubten die Partisanen den Röntgenapparat, der deutscher Herkunft war, auseinander. Sie brauchten dazu mehr als eine Stunde. Jedes einzelne Teil wurde in Packpapier gewickelt und verschnürt. Papier und Band beschaffte ihnen der junge Kroate. Man sah ihm an, daß er ihnen dieses höchst nützliche Gerät nicht gönnte. Er war kein Parteigänger der Partisanen.

Nachdem alles gepackt war, steckten die Partisanen die einzelnen Teile in Säcke und zogen zur Bucht südlich von Split, wo ein Fischerboot sie abholen würde.

Es graute schon, als der letzte Partisane mit seinen Geräteteilen Split verließ. Die Straßen waren voll von Jugoslawen, die zur Arbeit gingen, und deutschen Soldaten, die zu ihren verschiedenen Kommandostellen marschierten.

Pelham legte den Arm um den Partisanenoffizier. Getrockneter Schweiß, schlechte Zähne und viel Raki, mit dem das tolle Ding begossen worden war, verliehen dem Mann einen durchdringenden Tiergeruch, den David ohne Widerwillen einatmete.

„Man sollte Ihnen einen Orden verleihen", sagte er zu ihm. „Einen Orden, Towarischtsch."

Sie brachten alle Teile in eine Kammer hinter dem Operationsraum. Dort bastelten sie, in die Arbeit vertieft, den ganzen Nachmittag und versuchten die zueinander passenden Stücke zu finden und sie zusammenzusetzen. Es wurde viel gelacht und übermütig geflucht. Sie baten die amerikanischen Pioniere und die Elektrofachleute der Kommandotruppe um Hilfe. Pelham bezweifelte insgeheim, daß sie aus diesem Haufen aus Einzelteilen etwas Vernünftiges zustande bringen würden. Ihm genügte es vorerst, ein Geschenk von Moja erhalten zu haben.

Einer der Pioniere, Typ des Lesers von technologischen Zeitschriften, hatte ein eigenes Sendegerät im Schuppen und hätte zum Spaß auch einen eigenen Röntgenapparat zusammenbasteln können. Er als einziger war davon überzeugt, daß aus dem Haufen von Chrom und Emaille etwas gemacht werden könnte.

„Ihr gebt mir ein Teil, irgendein Teil", sagte er zu ihnen. „Dann bringen mir alle, jeder einzeln, ein weiteres Teil, bis wir dasjenige finden, das dazu paßt. Dann das Ganze noch einmal von vorn. Langsam und bedächtig. Wie die Deutschen, die das Ding zusammengebastelt haben."

Dieses Verfahren sagte David zu. Ein Stunden anhaltendes Vergnügen im Umgang mit den leicht geölten, hochpolierten Gegenständen in all den von Moja geschickten Paketen war damit gesichert.

Der Nachmittag wurde also zugebracht, wie der Pionier es vorgeschlagen hatte. Jela, als sie einmal in die Kammer kam, starrte überrascht ein langes, gewundenes Geräteteil an, das dort montiert auf dem Boden stand. Einer der Elektriker hatte an der entstehenden Maschine Kabel angebracht, die er auf ein Zeichen an den Generator anschließen wollte.

David rief ihr zu: „Sehn Sie, Jela, wie gut alles zusammenpaßt."

„Prima. Klasse!" sagte Jela. Vielleicht suchte sie damit diesen ersten Erfolg zu schmälern. Oder sie hatte ganz einfach diese Ausdrücke unter Mayhews Männern aufgeschnappt und hielt sich darauf etwas zugute. Sie blieb mitten in dem Gewirr von Metall und Drähten stehen. Cleary, hinter ihr, grunzte und schüttelte den Kopf in sexueller Pein. Ein Pionier spuckte den angesammelten Speichel vor sich auf den Boden.

Das Zusammensetzen der Teile dauerte bis Mitternacht. Als der Apparat schließlich montiert und der Bildschirm angebracht war, sah er in der schäbigen Umgebung unwahrscheinlich elegant aus.

„Sie können ihn jetzt anschließen", sagte der Pionier zu dem Elektriker.

David, auf eine Explosion gefaßt, duckte sich unwillkürlich. „Bedecken Sie die Augen mit den Händen", sagte er, um sich Arbeit zu sparen, zu den Umstehenden.

„Es passiert nichts, Sir", sagte vorwurfsvoll der Pionier zu ihm.

„Ist auch die Voltspannung die gleiche?"

„Ja. Wir brauchen nicht einmal einen Zwischenstekker."

Keiner jedoch teilte den Optimismus des Pioniers. Mayhew bedeckte mit dem rechten Arm seine Augen, mit dem linken die Schläfe.

„Sie, Sir, sollten den Schalter anknipsen."

David als Ranghöchster näherte sich einem schwarzen Schalter an der Seite der Maschine. Kein Knacken, kein elektrisches Aufzischen, statt dessen das tiefe Summen eines arbeitenden Röntgengerätes.

Er trat hinter den Schirm. Alle sahen seinen durchleuchteten Brustkorb.

Irgend jemand sagte: „Mein Gott, man sieht das Herz schlagen."

Cleary sang: „Man sieht, was Raki einer Konstitution angetan hat, die einst so unberührt jugendlich war!"

Ungeachtet der Strahlengefahr lockte es David, sich grinsend über dem Schirm vorzubeugen, wie sich, die Ernte im Hintergrund, ein erfolgreicher Farmer grinsend über seinem Zaun vorbeugt.

9

Am Ostersonntagnachmittag ging Pelham mit Jela eine Medikationsliste durch. Jela hatte rotgeränderte Augen und war wortkarg. Am Abend vorher war das Baby der tuberkulösen Frau zusammen mit seiner drallen Nährmutter und seinem überlange genährten Stiefbruder im Fischerboot nach Italien geschickt worden. Jela hatte in ihrer düsteren Schwermut eine stärkere erotische Ausstrahlung als sonst und erinnerte ihn an irgendeine kontinentale Filmschauspielerin – an die Dietrich etwa.

An seinem hohen Buchhalter-Pult arbeiteten sie Kopf neben Kopf dicht beieinander, und als sie zwischendrin einmal hochblickten, sahen sie in der Tür einen untersetzten Offizier mit sandfarbenem Haar stehen. Er hatte seine Kappe abgenommen und unter den Arm gesteckt. An ihr befand sich ein militärärztliches Dienstgradabzeichen. Er war Major. Pelham dachte zuerst, er hätte eine Art Touristen vor sich. Er blieb an seinem Pult.

Der Major sah zu Jela, als hätte die Anwesenheit einer solchen Person etwas Unpassendes und er die Vergünstigung, auf dieser Seite der Adria nicht in Versuchung gebracht zu werden.

„Captain Pelham?" sagte er. „Mein Name ist Ellis."

David blieb, wo er war, und bot ihm nicht die Hand zum Gruß. Der Mann blinzelte etwas beunruhigt. Er suchte die Pause mit etwas Geplauder zu überbrücken. „Southey, wissen Sie, sieht in Ihnen so eine Art Jesus Christus. Ich freue mich, Sie kennenzulernen. Ich brauche nicht erst zu sagen, daß es mir eine Ehre ist, mit Ihnen zusammenzuarbeiten."

„Bitte, treten Sie näher", sagte David nicht gerade sehr einladend. Ihm ging der irre Gedanke durch den Kopf, daß dieser Mann, wenn er Freundschaft suchte, Monate früher hätte aufkreuzen müssen.

„Ist das alles?" fragte Jela. Als Pelham ja sagte, ging sie kummerbeschwert auf eine Weise, die ihre Gesäßbacken zur Wirkung brachte. Der Major nahm an dem Pult Platz und reichte Pelham seine Karte.

Darauf stand: Major Patrick Ellis MB*, FRCS**,
  Beratender Facharzt für Orthopädie,
  St. Bartholomew's Hospital, London.
  Mitarbeiter des *British Journal of
  Orthopaedic Surgery.*

Vor einem Jahr, dachte Pelham, hätte so eine Art von Stammbaum großen Eindruck auf mich gemacht. Er legte die Karte beiseite.

„Ein dolles Mädchen", sagte Ellis. „Ihre Verlobte oder so?"

„Nein", sagte David ausdruckslos.

„Wird man wirklich erschossen, wenn man so ein Mädchen anrührt?"

„Ich fürchte, ja. Ich hab's erlebt."

Auf diese Information hin schüttelte der Orthopäde heftig mehrere Male rasch hintereinander den Kopf. Als

---

* Bachelor of Medicine ** Fellow of the Royal College of Surgery hätte Jela den Raum voller Spätsommergespinst hinterlassen, in dem sich seine Ohren verfingen.

„Ich sehe, daß man Ihnen mein Kommen nicht angekündigt hat. Ich muß mich entschuldigen, daß ich mich nicht früher bei Ihnen sehen ließ."

„Wollen Sie damit sagen, daß Sie bleiben?"

„Das Außenministerium schickt mich. Man meinte ... der Betrieb hier wäre etwas zuviel für einen Mann."

„Sie übernehmen also die Leitung", sagte Pelham scharf.

„Ich hoffte, wir könnten all diesen Humbug von wegen, wer hier die Leitung hat, außer acht lassen."

Irgendwo in sich spürte Pelham eine kühl überlegende Panik, einen Impuls, der ihm eingab, wie sehr er diesen Mann, den er sich jetzt geflissentlich zum Feind machte, brauchte.

„Hat man Ihnen gesagt, daß wir hier mit einer Landung rechnen müssen? Und daß auf beiden Seiten keine Gefangenen gemacht werden?"

„Man sagte mir, die Aussicht, daß eine Landung stattfinden würde, habe sich irgendwie verringert."

„Freue mich, das zu hören", sagte Pelham. Insgeheim tat er das wirklich. „Ich nehme an, Sie sind gekommen, um Mayhews Sanitäter für sich zu fordern?"

Ellis winkte ab. „Mein Gott, nein. Na ja, vielleicht könnten wir sie zwischen uns aufteilen, wie? Wie ich höre, haben Sie auch einen Röntgenapparat?"

„Den kann ich Ihnen nicht überlassen. Das ist ein privates Geschenk an mich."

Der Major spitzte die Lippen und sah zum Tisch, dann David in die Augen. David dachte, warum gibt er sich so versöhnlich? Hätte ich vor, sagen wir, zwei, drei Jahren mit einem Mann wie diesem gearbeitet, dann hätte der sich nicht so konziliant verhalten. Ebensowenig wie eine Lady Astor gegenüber dem Mann, der den Lift bedient.

„Glauben Sie mir", sagte Ellis, „ich bin wirklich nicht gekommen, um Ihnen das Gerät zu entführen. Ich hatte von vornherein die Absicht, Sie zu fragen, ob ich es benutzen darf, wenn ich es brauche."

„Sicherlich gibt es auch vieles, was ich bei Ihnen ausleihen kann, Sir. Sie haben zweifellos eine hervorragende Ausrüstung bei sich."

„Alles, was ich habe, stelle ich Ihnen gern zur Verfügung. Es sind einige Büchsen mit Gaze und Verbandsmaterial. Einige Korbflaschen mit Äther. Ein tragbarer Operationstisch. Und schließlich ein Arztkorb, wie er um 1925 in der indischen Armee gebräuchlich war."

David wandte sich mit einem Anflug von Sympathie halb lächelnd zur Seite. Der FRCS fing genauso klein an wie er seinerzeit.

„Verzeihen Sie meine Unhöflichkeit, Sir", sagte David. „Trinken Sie ein Gläschen mit mir?"

Die Gläser wurden eingeschenkt. Ellis lächelte breit. Es war das pausbäckige, aufgeräumte Lächeln eines beratenden Facharztes von, na ja, zweiundvierzig Jahren.

„Hatten Sie eine gute Überfahrt?" fragte Pelham verbindlich.

„Seekrank von Anfang bis Ende, leider."

„Werden Sie das immer, wenn Sie segeln?"

„Ich ... segle nicht. Um das gleich zu sagen. Ich gehöre nicht zu der Alteherren-Riege. Ich habe diesen Job durch Zufall gekriegt. Bin eigentlich durch Stipendien darangekommen. In mir steckt kein Eton, kein Harrow. Kam mir ein bißchen deplaciert vor in Mola. Natürlich, haben da ein gutes Leben. Ein Mädchen, Caroline hieß sie, war sehr nett. Kennen Sie sie? Aber mit den Offizieren da konnte ich nicht so recht. Einer von ihnen ist sehr berühmt, wartet darauf, mit der Fallschirmtruppe nach Jugoslawien zu kommen. Ein berühmter Romanschreiber. Evelyn Waugh. Verdammt hochnäsig. Nicht gut Kirschenessen mit ihm. Enorm witzig. Hab von seinen Anspielungen nicht die Hälfte verstanden."

„Schon ein bißchen lächerlich, der Verein da."

„Mein Vater", sagte Ellis, „war Landpächter."

David rief sein Personal herein. Sie besprachen, wie Ellis mit dem Notwendigsten zu versorgen wäre. Von der Dakota war die Rede, von Clearys nächtlichen Besorgungen in den Lagerschuppen im Hafen von Mus. Der kleine, untersetzte Mann, sah man, blühte auf bei ihrem Gespräch.

Sie sprachen, nachdem sie gegessen hatten, noch lange. Als sie zu Bett gehen wollten, brachte das Boot eine junge Frau mit einer Bajonettwunde in der rechten Körperseite. Sie war eine von diesen schon seit Wochen Verwundeten, die die Jugoslawen in den Bergen mit sich schleppten und dann zur Küste brachten. Die Wunde war verschmutzt, schorfig, rot entzündet und ausgerissen.

Sie untersuchten die Verletzungen gemeinsam.

„Fragen Sie, wie lange es her ist", sagte Pelham zu Jela. Jela fragte, aber die Frau in ihrem Fieber blieb stumm. Jela fragte noch einmal und bekam Antwort.

„Sie sagt am zweiten Dienstag der Fastenzeit."

Es gefiel Pelham irgendwie, das ehrliche Erschrecken im Gesicht des Partners zu sehen. „Das sind fünf Wochen", murmelte David zu seiner Information.

„Aber", sagte Ellis betroffen, „dann *muß* die Wunde den Dickdarm perforiert haben. Sie *muß* eine Knochenhöhlen- und Bauchfellentzündung nach sich gezogen haben."

Pelham sagte zu Jela: „Fragen Sie, wie sie sie behandelt hat."

Wieder wandte sie sich auf Serbokroatisch an die Patientin.

„Sie sagt, sie hätte sie so oft wie möglich mit Raki gewaschen."

Bei der Vorstellung, Alkohol sei in diese Wunde gegossen worden, zogen sich Pelhams Geschlechtsteile zusammen. Die Frau auf dem Operationstisch blinzelte stumm. Ellis wischte sich mit einem Khakitaschentuch den Schweiß aus den Händen.

„Jela", sagte Pelham, „geben Sie dieser Dame eine Viertelampulle Morphium."

Als sie in die Messe hinübergingen, starrten er und Ellis um sich ins Dunkel. Beiden machte die Bedrohung durch die Deutschen angst, jeder wußte vom anderen, daß er die eigene Angst spürte. Wie die Frau, die sie gerade verlassen hatten, mit Bajonetten konfrontiert zu werden, dazu fehlte es ihnen an innerer Stabilität. Aber die Angst, die sie teilten, war ein Band zwischen ihnen.

„David", sagte Ellis. „Darf ich zusehen, wenn Sie die Frau operieren?"

„Aber natürlich."

„Wissen Sie, was für ein Glückskind Sie sind? In Ihrem Alter schon an solchen Wunden arbeiten zu dürfen?"

„Ja, es ist die reine Wonne."

David lachte, als er das sagte. Er hatte sich von Ellis' Gewohnheit, aus vollem Halse loszulachen, anstecken lassen.

Bald darauf erfuhr Pelham, warum Ellis hergeschickt worden war. Es gingen Gerüchte um, nach denen gegen Ende des Monats Überraschungsangriffe geplant waren. Auf Korčula wahrscheinlich. Und auf Mljet.

Selbst denen, die nichts Näheres wußten, blieb nicht verborgen, daß es sich um ein größeres Unternehmen handeln mußte. Stabsoffiziere der Partisanen trafen auf Mus und Vis ein. RAF-Offiziere vom Nachrichtendienst wurden zu Besprechungen mit Southey und den Kommissaren eingeflogen, und der jugoslawische Offizier der ehemaligen Königlichen Marine, der jetzt Admiral in Titos Stab war, legte nachts im Hafen von Mus an, um mit Hugo Peake zu konferieren.

Was immer geplant war, es ging darum, die feindlichen, gegen Vis und Mus gerichteten Absichten zu vereiteln.

Pelham und Ellis wußten, daß sie mit einem großen

Andrang zu rechnen hatten. Sie stellten einen zweiten Operationstisch auf. Die Abende verbrachten sie trinkend und festigten ihre Freundschaft. Sie wußten, daß sie nur als Freunde die Arbeit bewältigen konnten, die auf sie zukam. Nichtsdestoweniger blieb es für Pelham ein Mysterium, warum Ellis überhaupt hier war.

„Sie müssen sich freiwillig gemeldet haben."

„Ich wurde dazu aufgefordert. Von jemandem im Außenministerium."

„Und dieser Aufforderung sind Sie gefolgt. Ich an Ihrer Stelle als Beratender in St. Bartholomew's hätte so etwas nie gemacht."

„Nein, nein." Ellis musterte seine Hände, wie er es oft tat. Es war eine Sache des Temperaments und hatte nichts mit seinem Beruf zu tun. "Na ja, ich selbst hätte auch nie geglaubt, daß ich das machen würde. Mit mir war alles soweit in Ordnung, bis ich vierzig wurde. Ich hielt mich sogar für einen cleveren Burschen. Dann kam der Tag ... sehn Sie, dieses Datum hatte sich in mir von Jugend an festgesetzt als das Datum, mit dem alles zu enden beginnt. Plötzlich wußte ich nicht mehr damit fertigzuwerden, mit dem Altern im Zusammenleben mit einer Frau, damit, immer unabhängiger und wohlhabender zu werden. Das alte Problem: zu sterben, bevor man zu leben begonnen hat..."

„Das sollten Sie für sich behalten. Nicht mir erzählen, der Sie soviel älter sind."

„Oh, das ist der *prošek,* wissen Sie. Eigentlich ist es verdammt schäbig, so etwas über das Älterwerden mit ein und derselben Frau zu sagen. Sie ist eine nette Person. Nichts von einer ungestümen Vereinigung von Körper und Seele, aber sowas kommt ja auch in Britannien oder sonstwo in der Welt niemals vor. Es ist eine ... eine ordentliche ... eine gute Ehe."

„Auch von Ihrer Ehe sollten Sie mir nichts erzählen", sagte Pelham etwas betrunken, aber immer noch auf Draht.

„Der Krieg war für mich die Rettung. Wäre der nicht gekommen, dann hätte ich mich mit einer dreiundzwanzigjährigen Krankenschwester abgesetzt oder eine Affäre mit einem Wärter gehabt, obwohl ich mir das nicht so recht vorstellen kann. Ich wollte, wissen Sie, einen engeren Kontakt mit meinen Patienten. Ich wollte sie... ich wollte sie irgendwie in einem intensiveren Licht sehen."

„Dann sind Sie hier richtig", sagte Pelham.

„Ich wollte *wirklich* leben."

„Dann sind Sie hier bestimmt am falschen Ort, Sie Schwachkopf."

Gegen Ende des Monats machten sich eines Nachts Partisanen in Fischerbooten, flankiert von Hugo Peakes schnellen, gepanzerten Patrouillenbooten, auf den Weg zur Küste von Mljet.

Es war eine schmale Insel südöstlich von Korčula, berüchtigt wegen ihrer Kreuzottern. Die Partisanen landeten im Dunkeln und fanden bald die Straße, die auf der Kruppe der Insel entlangführt. Bei Tagesanbruch belegte die Air Force zu ihrer Unterstützung die größeren Städte mit Maschinengewehrfeuer.

Briten, die als Verbindungsoffiziere auf Mljet landeten, schilderten die Kriegstrunkenheit und das hypnotische Stammesbewußtsein, von denen die Partisanen überkommen wurden. Sie sangen und schritten daher in der Art von Zulus. Ihren Wahnwitz noch zu steigern, hatten sie sich italienischer Geschütze samt ausgebildeter Artilleristen bemächtigt. Wenn sie befestigte Städte wie Polače, Blato, Babino und Sovra angriffen, dann schien es, als glaubten sie einfach der Schlagkraft des Feuers nicht, mit dem der Feind sie belegte. Pausenlos rannten sie an, warfen sich nicht hin und gingen nicht in Erdlöchern in Deckung. Innerhalb von zwei Tagen vernichteten sie die Besatzung der Insel und machten nur vorübergehend Gefangene, um sie zu verhören.

Einen Tag später wurde ein ähnlicher Angriff auf Korčula durchgeführt. Die befestigten Städte im Westen der Insel – nicht allerdings die dem Festland gegenüberliegenden Häfen – fielen den gleichen wahnwitzigen Aktionen zum Opfer.

Zwei Tage darauf verließen die Partisanen Korčula.

David und Ellis, auf Mus, erhielten einen telefonischen Anruf von Hugo Peake. Mehr als zweihundert verwundete Partisanen waren, von Blutstürzen bedroht, stammelnd, unter Sternen, die ihnen vor Augen verschwammen, im Hafen von Mus ausgeladen worden. Ellis wollte gemeinsam mit Pelham im gleichen Raum operieren. David wußte, daß er die Tage der chirurgischen Eingriffe besser überstand, wenn Ellis, der ältere Arzt, in der Nähe war. Noch in der Nacht und in den vier darauffolgenden Nächten ebenfalls wurden die Verwundeten auf schlecht gefederten Lastwagen vom Hafen nach Momoulje gebracht. In der ersten Nacht waren es so viele, daß sie auf Tragbahren auf der Straße abgestellt werden mußten. Ellis und David gingen zwischen ihnen durch und kennzeichneten die Schwerstverwundeten mit Anhängern. Alle rochen schlimm, als hätte ein Gärungsprozeß in den offenen Wunden eingesetzt. Hinzu kam der betäubende Gestank von Exkrementen. Die Wunden waren alle verdreckt. Die Verwundeten hatte man von den Stellen, an denen sie von Geschossen niedergestreckt worden waren, zu den Buchten getragen. Dort wurden sie von Fischerbooten an Bord genommen, in deren Laderäumen weder Licht noch Wasser war. Nur ein Eimer voll für diejenigen, die sich noch selbst helfen konnten. Im Hafen mußten sie den schwierigen Transport vom Laderaum auf die Pier über sich ergehen lassen. Dann auf das staubige Ladedeck der Laster. Wenn man solche Wunden unter dem zischenden Licht einer Tilley-Lampe sah, begriff man um so eindringlicher, wie schwer es ist, einen Menschen zu vernichten.

Die meisten verletzten Partisanen hatten, von einer unheimlichen, kriegerischen Besessenheit erfüllt, ihre Gewehre und Maschinenpistolen behalten. Es war den Sanitätern unmöglich, denen, die noch bei Bewußtsein waren, die Waffen abzunehmen. In einer Art von atavistischem Wahnsinn klammerten sich die Jugoslawen mit aller Kraft an Läufe und Kolben. In einigen Fällen klaffte die durch diese Anstrengung strapazierte Wunde weit auf.

Nach jeder neuen Schiffsladung operierten sie zuerst die schwersten Fälle und Frauen mit Brust- und Bauchwunden. Diese Frauen zwischen zwanzig und Anfang dreißig mit ihren weit offenen Augen, die in den Streitkräften der Partisanen Waffen trugen. Viele, bei denen infolgedessen die Regel aussetzte, waren schon in der Vergangenheit zu David gekommen. Jetzt, Brust oder Bauch oder beides durchlöchert, wurden sie von Peko, dem jugoslawischen Krankenwärter, zum Operationstisch getragen. Von ihm erfuhren sie die erste und letzte männliche Zärtlichkeit, die ihnen höchstwahrscheinlich auf Mus zuteil werden würde.

Ohne routinemäßigen Ablauf war das nicht zu schaffen. Das Personal hatte dreimal am Tag eine Essenspause von zehn Minuten. Sie verzehrten Brotscheiben und Käse in einem der Lagerräume. Sie standen, weil überall auf dem Fußboden Verwundete lagen. In ähnlich kurzer Zeitspanne benutzten sie die Latrinen.

Am folgenden Tag rief Ellis durch den Operationsraum: „David, wir sollten alle Benzedrin schlucken. Sie auch, Sergeant Fielding."

„Danke, nein", sagte Fielding. „Später."

Ellis gähnte: „Dann schlucke ich für Sie mit."

Als Pelham eine halbe Stunde später mit Brot in der Hand dastehend, das ihm nicht schmeckte, die Pillen nahm, verfluchte er ihren bitteren Geschmack. Jetzt würde er bis zum Anbruch des Tages kein Schlafbedürfnis empfinden, in unwirklicher Hochstimmung arbeiten und dabei immer unsicherer und labiler werden.

Der Slawophile Fielding verschlang sein Essen mit Appetit und genoß den heißen Tee. Er sollte eigentlich der Arzt hier sein, dachte Pelham. Und ich der Schullehrer mit deren langen Sommerferien.

Am Ende der zweiten Nacht fehlte es ihnen an steril gemachten Instrumenten. Alle Sanitäter waren mit der operativen Nachbehandlung beschäftigt, hielten Kochsalzlösung oder Blutplasma bereit, prüften den Pulsschlag der Patienten. Keiner war frei zum Sterilisieren der Instrumente. Alle Behälter waren bis über den Rand mit blutigen Wattebäuschen gefüllt. Fielding holte Magda und Jovan zum Aufräumen des Raumes. Peko brachte die Wattebäusche zu einer Stelle, wo sie verbrannt werden konnten. Einige von Mayhews Männern wurden dazu bestimmt, das Sterilisieren des Gummibelags und der Instrumente zu übernehmen.

Als sie zu einer kurzen Pause durch die Stationen nach draußen tappten, sahen Pelham und Ellis dort weitere auf Behandlung wartende Partisanen. Sie waren erstaunlich ruhig. Auf anderen Kriegsschauplätzen würden ihre Verwundungen die Ärzte zu äußerster Eile gedrängt haben. Viele von ihnen würden David oder Ellis erst am nächsten Tag wieder zu Gesicht bekommen. Ihre Verletzungen, mit Sulfonamiden bestreut und mit Gaze verbunden, mußten warten. Hin und wieder im Laufe des Tages wurde der Puls der wartenden Patienten kontrolliert. Erst wenn Todesgefahr drohte, wurde ihnen Plasma gegeben. „Sie wollten engen Kontakt mit den Patienten, Dr. Ellis. Hier ist er eng genug, nehme ich an?"

Ellis, fast wie ein Betrunkener, sagte mit einer seltsamen Beharrlichkeit: „Es ist sieben Uhr. Sie schlafen jetzt zwei Stunden, dann ich."

Pelham streckte sich auf einer befleckten Trage in der Vorhalle aus. Um neun Uhr weckte Fielding ihn, rüttelte ihn erbarmungslos wach. Eine Stunde später, noch bevor Ellis sein Schlafpensum hinter sich hatte, rief Hugo Peake an. Er entschuldigte sich fast; er versprach ihnen Rum, ein ganzes Faß. Aber er müßte leider mitteilen, daß Fischerboote mit „mehr als hundert von diesen armen Schweinen" im Hafen eingelaufen seien. Die meisten von ihnen waren Frauen.

Im Laufe dieses Tages wurde ein abgemagertes Mädchen von Peko zum Tisch getragen. Die Taschen ihres Armeemantels waren voller Handgranaten, viele waren außerdem mit Haken an ihrer Jacke befestigt. Für eine Frau, die aus der Schlacht auf Mljet zurückkehrte, war sie überschwer bewaffnet. Wahrscheinlich trug sie die Eierhandgranaten als Talismane oder Amulette.

Als ein Sanitäter die Jacke aufknöpfte, fiel eine der Eierhandgranaten mit einem scharfen, metallischen Knakken auf den Boden. Alle blickten hin. David sah das Ding rollen und am Tischbein liegenbleiben. Fielding, Jela und David erkannten sofort, daß der Abreißzapfen zu weit vorstand und den Zünder kaum noch daran hinderte, die

Sprengladung auszulösen und den Operationsraum in Trümmer zu legen.

Jela, darauf gefaßt, von den verheerenden Splittern in den weichen Leib getroffen zu werden, trat erstarrend zurück.

„Verdammt", sagte der Sanitäter. „Was soll ich jetzt tun?"

„Das Ding rauswerfen", sagte Fielding.

Aber der Sanitäter dachte nicht daran, einen Befehl von Fielding entgegenzunehmen. „Machen Sie's doch", sagte er.

An Ellis' Tisch schien man überhaupt nicht zu bemerken, daß der Operationsraum gleich hochgehen könnte.

Pelham stieß den Mann mit der Schulter an. „Schaffen Sie's raus!"

„Ja, Sir."

Er ging. Alle waren darauf gefaßt, daß die Granate noch auf der Station oder in der Eingangstür explodieren würde. Aber es geschah nichts. Zwei Minuten darauf kam der Sanitäter zurück. Er strahlte. „Die haben mir gesagt, daß der Zapfen ganz rausgerissen werden muß, Sir", brachte er stotternd vor.

Jela, mit dem Pentothal am Kopfende stehend, verspottete ihrer aller Gespanntheit mit einem heiseren Lachen.

Verwundungen. Nur wenige sauber. Verwundungen durch Granatsplitter, durch automatische Waffen. Jedesmal ging man mehr oder weniger ähnlich vor. Schneiden und auf den Tupfer warten. Abtasten und schneiden und auf den Tupfer warten. „Tupfer!" rufen, wenn der nicht gleich kam. Hoffen, das Herreichen der Instrumente würde sich verzögern, so daß man sich den Luxus erlauben konnte, ein gereiztes Wort auszustoßen. Schneiden und abklammern und befühlen, um den breitseits in ein Organ eingedrungenen Splitter zu finden. Ungehalten „Klammer! Klammer!" zischen; ungerecht, da man die Klammer bereits in der Hand hat, sie aber nicht vor dem plötzlichen Blutstrom der Arterie anbringen konnte. Weitermachen wie der gelangweilte Fahrer eines Traktors. Einen Dickdarm nähen, ein Auge entfernen, ein Geschoß aus der Schädelbasis herausschneiden oder seine gezackte Bahn durch Blase, Gebärmutter oder Mastdarm verfolgen – es wurde alles zu ein und demselben. In der Arbeitsroutine dachte man nicht einmal an die namentliche Bezeichnung der einzelnen Organe.

Es gab Stunden, in denen er vergaß, daß Moja gegangen war, und Jelas arbeitende Hände für die Mojas hielt. Daß eine solche Illusion möglich war, bekümmerte ihn. Dann einmal – es muß drei oder vier gewesen sein, die Zeit also, in der sich die Nacht zu unaufhörlicher Dauer entschlossen zu haben schien – erblindete er. Eine große, gefleckte Dunkelheit schob sich zwischen Pelham und die Wunde, an der er arbeitete.

„Aah!" rief er. Er fühlte eine Hand auf seinen Arm. Es war die von Fielding.

„Die Lichter sind ausgegangen, Sir."

„So hol doch, zum Teufel, jemand einen Elektriker!" rief Ellis.

Es war Pelham entfallen, daß Ellis in der Nähe war, und so freute es ihn, den älteren Chirurgen neben sich in der Dunkelheit zu wissen. Bis Tagesanbruch, dachte Pelham, werde ich total kindisch geworden sein. Ich werde hier unfähig herumstehn, ganz gleich, wieviel wohlmeinende Helfer dann um mich sind.

Fielding zündete bald darauf eine Lampe an. Cleary entschuldigte sich laut durch die Tür. „Dokter un' Dokter", rief er. „Es ist diese gottsverdammte Mühle. Der Motor spielt verrückt."

Die Narkotiseure hielten, während Cleary nach vier Glühbirnen suchte, ihre Patienten unter Äther. Drei Birnen schraubte er im Operationsraum ein, die vierte nahm er für den Generator.

Er saß die ganze Nacht an der Maschine und kontrollierte die Drosselklappe mit einem Schraubenschlüssel. Immer wenn die durch einen Draht mit dem Generator verbundene Glühbirne grell aufleuchtete oder flackerte, regulierte er den Strom. Magda brachte ihm Wein, fütterte ihn mit Suppe. Er hatte das gern: ein bißchen Aufwand um ihn, der er mit seinem Schraubenschlüssel unentbehrlich war. Die Lichter im Operationsraum leuchteten hell auf und ließen nach, leuchteten wieder hell auf.

Gegen Ende der dritten Nacht hatte er einen Zusammenbruch. Das hätte eigentlich nicht passieren dürfen.

Er hatte am Nachmittag zuvor vier Stunden geschlafen. Er war im Begriff, einen Mann von fünfzig, dessen Hüfte zerstückelt war, zu untersuchen. David stellte Fragen, Jela übersetzte.

Er entsann sich, daß er sich geärgert hatte, darüber, daß sie so lange brauchte, die Fragen zu erklären, und über die Umständlichkeit, mit welcher der Partisane antwortete. Sie wollte ihm gerade die Antwort übersetzen, als er, noch ehe sie den Mund aufgemacht hatte, in Ohnmacht fiel. Er erfuhr später, daß der Partisane über diesen Anblick fünf Minuten lang lachte. Ein Arzt, der in Ohnmacht fällt.

Als er aufwachte, sah er Ellis und einen anderen Offizier an seinem Bett sitzen. „Bevor Sie fragen", sagte Ellis: „es ist einen Tag später, vormittags." Er hörte Geklimper auf dem von Moja requirierten Klavier. Im Raum unten spielte jemand in der falschen Tonart. Es klang wie ein in Musik gesetzter Fiebertraum.

„Wer sind Sie?" fragte David den ihm unbekannten Offizier.

„Colman ist mein Name." An seinem Kampfanzug waren die Dienstgradabzeichen eines Brigadiers. „Ich bin letzte Nacht gekommen. Das hier zu inspizieren. Donnerwetter, kann ich nur sagen!"

„Sind sie Arzt?"

„Ja. Ich glaube, mein Lieber, es reicht, was Sie geleistet haben."

„Sie meinen, ich soll zurück nach Italien?"

„Ja. Ein leichter Job in Italien, stell ich mir vor. Das, jedenfalls, werde ich dem Außenministerium vorschlagen.

Sie richten sich im allgemeinen nach meinen Vorschlägen. In vierzehn Tagen, denke ich mir. Ist Ihnen das recht?"

„Ja."

Diese Antwort, so kurz und bündig, amüsierte den Mann. Er ging zum Fenster und sah nach draußen, als seien der Platz und die Höfe noch voller Verstümmelter. Vielleicht war es ja so, dachte David, vielleicht war wieder eine Bootsladung eingetroffen.

„Ich hätte es nicht für möglich gehalten, daß es so etwas wie das hier gibt. Ich habe Berichte über den Krimkrieg gelesen ..."

Bevor er ging, trat der Brigadier an Pelhams Bett und faßte dessen Hand. Sie haben gut reden, bester Mann, dachte David. In zwei Tagen werden Sie zurück sein und im Imperiale einer zärtlichen Frau aus Littlehampton von den außergewöhnlichen Dingen erzählen, die Sie gesehen haben.

Ellis blieb im Zimmer. „Ich bin ein verdammt guter Chirurg. Es gibt kaum einen besseren. Es würde mir nicht anstehen, anderes zu behaupten. Ich muß sagen, Freund, Sie sind auch ziemlich gut. Wenn ich jemals etwas für Sie tun kann, für Ihre Karriere ..."

David fühlte sich zu ausgelaugt, um diesem künstlichen Begriff *Karriere* etwas abgewinnen zu können. „Einen Dreck schert mich meine Karriere", sagte er.

Ich werde zu einem Rauhbein, dachte er, zu einem, der mit Flüchen um sich wirft, das bin nicht ich.

Als er am Nachmittag nach draußen ging, sah er die zerdrückten Veilchen ums Lazarett herum, überall wo die Verwundeten gelegen hatten. In der Luft wimmelte es von Schmeißfliegen. Er fühlte sich schwach. Hörte von den Stationen her Gemurmel. Alle Verwundeten schienen leise zu sprechen, miteinander oder mit dem Personal.

Auf einer Matratze hinter der Tür lag, von einem Soldaten der Kommandotruppe mit Maschinenpistole bewacht, ein deutscher Unteroffizier. Er trug seinen Arm in der Schlinge. Als er David sah, sagte er *amputieren* und machte die Bewegung des Schneidens.

Der Soldat erklärte David, der Mann gehöre Brigadier Southey. Er war auf Korčula von einem britischen Offizier gefangengenommen worden. Beim Verhör hatten sie ihn dadurch zum Reden bekommen, daß man ihm Immunität versprach. Daher der Wachtposten.

Pelham wandte sich dem Unteroffizier zu. Er war jünger als es zunächst den Anschein hatte. Er sah Pelham offen in die Augen.

„Warum amputieren? *Pourquoi?*" David machte seinerseits die Geste des Abhackens.

Der Unteroffizier antwortete nicht, sondern zeigte mit seiner heilen Hand auf die Verwundeten um sich herum. Sagen wollte er: Ich würde mich mit einer größeren Wunde sicherer fühlen. Mit einer Wunde ähnlich wie ihre.

„Da kann ich Ihnen nicht helfen. Tut mir leid."

Er ging, um seine Runde unter den Partisanen zu machen. Eine Stunde später sah er, wie Jela sich dem Unteroffizier mit einer hypodermatischen Spritze näherte.

Sie unterhielt sich mit ihm auf Deutsch, das sie, hieß es, fließend sprach. Ohne die Miene zu verziehen, krempelte sie seinen Ärmel hoch. Der schläfrige Wachtposten kümmerte sich nicht um sie. Der Unteroffizier betrachtete müßig die Nadel. Er dachte sich nichts weiter dabei.

Das aber tat, wenige Meter entfernt, David. Die Spritze, hatte er gesehen, war leer.

„Jela!" brüllte er. Der Schrei durchgellte die unruhigen Fieberträume ringsum und rief unter den Liegenden eine Woge des Stammelns und Rufens hervor. Nur Jela schien nichts gehört zu haben und fuhr in aller Ruhe fort, an dem Arm des Unteroffiziers zu drücken, um an der Innenseite des Ellbogens eine Arterie zum Anschwellen zu bringen. Spritzte sie eine Luftblase hinein, dann würde der Unteroffizier nach ein oder zwei Stunden an der in die Lunge eingedrungenen Blase sterben. Luftembolie war die Bezeichnung dafür. Sie war ebenso gefährlich wie ein Blutklumpen bei Thrombose.

Der Unteroffizier aber hatte Pelhams Schrei gehört und setzte sich zur Wehr. Er bedrohte sie sogar mit dem geschienten rechten Arm. Jela wechselte den Griff, mit dem sie die Spritze hielt. Sie wurde zum Dolch, den sie ihm in den Bauch stoßen wollte.

Der Soldat sprang vor und trat sie. Er traf sie mit dem Metallkolben seiner Waffe am Unterkiefer.

Sie ging in die Knie, wippte hin und her auf ihren Gesäßbacken. Sie hielt die gespreizten Finger zehn Zentimeter vom Kiefer, um anzudeuten, wie dick die Backe anschwellen würde.

Der Soldat entschuldigte sich: "Tut mir leid, Miss. Das habe ich nicht gewollt."

Eine große Quetschbeule war bereits zu sehen. David trat von hinten an sie heran, zog sie am Ellbogen hoch und drängte sie in den Raum mit dem Röntgengerät.

"Was hatten Sie vor?"

"Sie haben's selbst gesehn, Doktor." Es bewegte kaum die Lippen, dieses vielsprachige Mädchen.

"Und was sollte das?"

Er sah sie erröten. Eine herrliche Haut hat sie. Was ist mit dir los? fragte er sich. Ihre Beulen und ihre roten Wangen ließen Begierde in ihm aufkommen.

Sie sagte: "Wollen Sie eine schlimme Geschichte hören? Ich war verheiratet. Meinen Mann haben sie sich mit hundert anderen herausgepickt. Alle anderen Familien mußten zusehen. Das ist die Geschichte, die Sie hören wollten."

"Ist das wahr?"

Sie traktierte ihn mit serbokroatischen Flüchen und schlug nach seinem Gesicht. Ich muß sie haben, schoß es ihm durch den Kopf. Aber als er sie, die ihre geballten Fäuste gegen seine Brust stemmte, umschlang, wußte er, daß es hier unmöglich war. Dies war der Raum, in dem Mojas Ersatz gegenwärtig war – die große Maschine.

Nach einigen Sekunden des sexuellen Schuldgefühls begriff er, daß Moja in ihrer ironischen Kontinentalität gerade diese Schwäche in ihm vorausgeahnt haben konnte. Mrs. Javić hatte dafür gesorgt, daß dieses sanfte, ruhige, wildwütige Mädchen nach Mus kam, um sie zu ersetzen.

Wenn er Jela anrührte, dann entsprach das ganz ihrem Plan.

Deswegen löste er sich von ihr und trat zurück. Ihre Arme ließen ihn nicht ohne Widerstreben frei. Nach dem Mordversuch und dem Schlag mit dem Kolben wollte sie in Armen gehalten werden.

„Die Luft, die sie atmen, ist zu schade für sie", sagte sie.

David schlug sich gegen den Schenkel. „Es wird Ihnen teuer zu stehn kommen, wenn Sie sowas nochmal machen. Zeigen Sie mir jetzt Ihre Backe."

Er tastete den zarthäutigen Kiefer nach Brüchen ab, fand keine und pinselte alkoholische Tinktur auf die Beule.

Als er am Abend aus der Tür gehen wollte, wurde Pelham wiederum von dem Unteroffizier aufgehalten. Ihn mit seinem alt-jungen, kauzigen Gesicht schien es eher zu amüsieren, daß es schlecht stand mit seiner Überlebenschance.

„Herr Doktor, abschneiden?" Wieder die Geste des Schneidens mit der linken Hand.

Er sah aus wie ein teutonischer Ersatzmann für Callaghan, den australischen Flieger. David konnte sich nicht helfen, der Mann gefiel ihm. Eine Ordonnanz wurde gerufen und mußte einen Besenschrank für ihn bringen. Denn es würde für ihn sicherer sein, wenn er sich den Blicken entziehen konnte.

Doch am anderen Morgen war er trotz des Besenschranks verschwunden. David fand den Wachtposten kakaotrinkend in der Messe. Er sah niedergeschlagen aus, brachte aber keine Entschuldigung vor.

„Sie haben ihn gehen lassen?"

„Er ist abgehau'n, Sir. Während ich beim Frühstück war. Vielleicht haben sie ihn sich geschnappt. Der Brigadier will ihn nicht mehr. Also mache ich mich auch nicht auf die Suche nach ihm."

David ging an diesem Vormittag die Insel ab und legte sich mit den Kommissaren an. Einer von ihnen, der zu Titos Stab gehörte, hatte einen Dolmetscher bei sich, der ihm sagte, der Doktor unterstünde der Partisanenbewegung und nicht die Partisanenbewegung dem Doktor. Immerhin war niemand beauftragt worden, *diesen* Patienten abzuholen. Vielleicht war er geflohen.

„Dann suchen Sie ihn", provozierte David den Kommissar.

Zu Pelhams Überraschung ging der Kommissar auf diese Herausforderung ein. Suchkommandos der Partisanen wurden ausgeschickt, einige in die Berge um das Plateau, andere zu den Buchten und Einschnitten an der Küste. An diesem Tag herrschte ein schwach pfeifender Wind aus Norden. Er kam winselnd über den gezackten Rand des Plateaus hereingeweht. Ein heftiger Wind würde ihm folgen. Die Suchkommandos hatten nur den Nachmittag. David bezweifelte, daß sie irgend etwas finden würden.

Noch bevor die Dämmerung einsetzte, stießen sie auf den Mann. Er lag am Osthang des vom Meer ansteigenden Berges, gegenüber von Korčula, diesem dürftigen Ersatz für Heimat und Geborgenheit. Flach ausgestreckt in einem Ginstergestrüpp. Er war so gut wie tot, dennoch machten sie sich die Mühe, ihn zurückzutragen.

Als er auf dem Tisch vor ihm lag, sah David drei schmale Einstiche in der Gegend des Herzens. Der Unteroffizier, obwohl bei Bewußtsein, rollte mit den Augen. Das Herz war nicht getroffen worden, wohl aber ein Lungenflügel. Das hatte zur Folge, daß der Unteroffizier nach und nach an einem Lungenödem erstickte.

David zog daraus seine Schlüsse und wandte sich an den Führer des Suchkommandos. Wütendes Brüllen war eine der Sprachen, die von den Partisanen verstanden wurden. Der Offizier antwortete unterwürfig mit Handbewegungen, die sagen sollten: Der Mann hat sich die Wunden selbst beigebracht.

David glaubte ihm nicht. Wenn sie, dachte er, imstande sind, ihre eigenen Schwestern niederzuschießen, Suza aufs Blut zu quälen und Callaghans Mädchen umzulegen, dann wird es ihnen auch nichts ausgemacht haben, einen deutschen Unteroffizier der Feldjägerdivision niederzustechen.

Aber bevor er das sagte, hielt der Partisanenoffizier ihm die offene Hand hin. Darin lag blutbefleckt eine lange Chirurgenschere. Sie stammte aus dem Lazarett.

David ließ die Operation vorbereiten und bat jemanden, Ellis zu holen. Aus irgendwelchen Gründen war ihm persönlich daran gelegen, den Deutschen zu retten. Die Vorbereitungen waren noch nicht beendet, als der Patient einen Anfall hatte. Die Augen rollten rückwärts in die Augenhöhle, über die Lippen kamen knurrende und aus dem Schlund unregelmäßig schnalzende Geräusche. Dann hörte das auf. Der Unteroffizier selbst hatte sich den Kommissaren entzogen.

Im Augenblick des Todes verschwamm alles um ihn vor David Pelhams Augen, als wäre er in Gefahr, gemeinsam mit dem jungen Mann dran glauben zu müssen.

Als er wieder sehen konnte, war er zu dem Pazifisten geworden, der er zeitlebens blieb. Zwei simple Überlegungen durchdrangen ihn wie der Blutkreislauf selbst: die Bluttaten der Deutschen rechtfertigten nicht die Bluttaten der Partisanen, ebensowenig wie die Bluttaten der Partisanen die Bluttaten der Deutschen rechtfertigten. Die Handhaber von Ideologien, selbst der weniger strengen Ideologie der Demokratie, waren auf Blut versessen. Kern ihres politischen Eiferns war der Wille, jeden, der anderen als den von ihnen gebilligten Systemen anhing, mit dem Tode zu bestrafen.

Das ist nicht neu. Solche Gedanken bewegen viele in Krieg und Frieden. Aber sie waren Pelham jetzt wie ein zusätzliches Organ eingepflanzt. Sie würden ihn zu wiederholten Malen zur Teilnahme an Friedensmärschen nach Aldermaston drängen. Sie würden ihn ermutigen, sich Verbänden anzuschließen, die seine Kollegen und seine Frauen als unter seiner Würde betrachteten.

Gott sei Dank gehöre ich nicht zur kämpfenden Truppe, dachte Pelham unmittelbar nachdem der Unteroffizier gestorben war. Ich wäre innerhalb der Streitkräfte gezwungen, aus Gewissensgründen zu protestieren. Es gibt in den Midlands ein Sondergefängnis für Leute, die das tun. Die Wachen sind durchschnittlich Zwei-Zentner-Männer, die Knüppel in ihren hohen Stiefeln stecken haben. Sie trampeln einen mehrmals am Tag nieder und schlagen auf die Rippen ein.

10

David verstand die Mentalität der Jugoslawen ebensowenig wie die der Japaner. Wie die Japaner hatten sie einen Tapferkeitskodex. Ihre Fähigkeit, Schmerzen zu ertragen, hatte ebenfalls etwas Asiatisches. Nach Beendigung der Kämpfe auf Korčula und Mljet war der Andrang im Lazarett nicht mehr so groß. Tage danach kamen freilich noch Partisanen ins Lazarett und zeigten stumm Verwundungen vor, die sie selbst behandelt hatten. Sie rollten die Hosen hoch und zogen ihre Hemden aus, so daß sich ihr eigener Körpergeruch mit dem Gestank schwer heilender, brandiger Wunden mischte.

„Womit hat er den Granatsplitter entfernt?" fragte dann Pelham Jela.

Und Jela fragte den Patienten und erwiderte: „Mit seinem Messer, sagt er."

Alle wollten zum 1. Mai gesund sein, denn an diesem Tag wurde bei Ziegen- und Rinderbraten gefeiert.

Schon am 29. April hingen an Zeltpfählen und aus allen Fenstern die Fahnen der Partisanen, ein roter goldgerahmter Stern auf blau-weiß-rotem Feld. Am nächsten Tag begann gegen Mittag das Trinken. Nur wenige Partisanenkompanien waren von der sozialistischen Pflicht des Sichbetrinkens entbunden.

Ellis gab am Vorabend des Maifeiertages eine Party. Weder Soldaten der Kommandotruppe noch Marineleute waren dabei. Sie waren in dieser Nacht alle auf Gefechtsposten, für den Fall, daß von seiten der Deutschen oder der Ustascha vom Festland oder den größeren Inseln her eine kriegerische Demonstration geplant war. Den Kern der Party bildete daher ein Dutzend Kommissare.

Sie gaben sich an diesem Abend als fröhliche Kumpane; die ganze Zeit wollten sie immer nur David und Ellis küssen und Jela unter ihrem wohlgebildeten Kinn kraulen. Einer hatte einen Dudelsack mit, ein anderer eine Tamburica, eine Art Banjo. Sie tanzten Reigentänze, den Kolo, den Linjo. Aller Aufmerksamkeit war auf Jela gerichtet, und wohl juckte es sie, das Mädchen um einen Solotanz zu bitten. Ohne das, ohne ein Solo von Jela, hätte keiner von ihnen getröstet ins Bett gefunden.

Ellis traktierte das Mädchen mit Gin aus einer extra beiseite gestellten Flasche. Er selbst trank sehr wenig, wie David auch, der, erschöpft von den Monaten auf Mus, befürchten mußte, daß ihm der Weg des Sergeanten Lawrence bevorstünde. Dennoch spielte er meuternd mit dem Gedanken, sich zu betrinken. Da er glaubte, langdauernde Eingriffe am Operationstisch nicht mehr durchstehen zu können – warum sollte er sich da nicht einen Ausgleich mit Schnaps verschaffen?

Wie Pastoren oder Blaustrümpfe verfolgten die beiden Doktoren nebeneinander das Tanzen. David verdroß die Art, wie Ellis vor sich hin schwatzte. „Sieh doch mal einer an, das Mädchen. Was? Sehn Sie sich's an. Bei der würd' ich glatt einen Schuß aus der Hüfte riskier'n. Ehrlich."

„Meinen Sie, das wäre die Sache wert?"

„Sie wissen, wie's mir ergangen ist. Hatte eine Schwester, als ich meinen Abschluß feierte. Schwestern sind, schätze ich, ringsherum ziemlich gewitzte Geschöpfe. Die Hälfte von ihnen schnappt sich einen Ehemann, sobald das Resultat feststeht. Noch im Jahr drauf heiratete ich. War praktisch noch Jungfrau. Tochter von vierzehn. Ich weiß, so sollt' ich nicht reden. Kann mich nicht beklagen über die Partnerschaft mit der Frau." Das war also das zweite Mal, daß er sich bei seiner Frau per Fern-Gespräch entschuldigte. „Aber was das Körperliche angeht, ist es nicht allzu weit her. Das Mädchen, diese Jela..."

David unterdrückte den Impuls, dem Mann zu erzählen, daß Jela ein Präsent von Moja war. Wie das Röntgengerät.

Die Begehrlichkeit wich aus Ellis' Augen, und er kam zur Sache. Er sagte: „Ich bekam heute einen langen Funkspruch von Brigadier Colman. Das Außenministerium und das Sanitätskorps sind entsetzt über seinen Bericht. Sie beabsichtigen, zwei Feldlazarette über die Adria herzutransportieren. Eins nach Vis, das andere hierher."

„Wann?"

„So bald wie möglich."

„Hm." David stand auf. Sein Glas mit dem Bodensatz von Gin störte ihn. Ich hol mir ein neues Glas, sagte er sich.

„Soll mich wundern", bemerkte er, „wenn die hier vor August eintreffen."

Ellis sah vor sich auf den Boden und preßte die Lippen zusammen. Hm, dachte David, er gibt mir mit der Nachricht einen Bonbon und ich trete drauf. „Tut mir leid, Ellis. Ich bin ein Grobsack."

„Übertreiben Sie nicht. Sie sind erschöpft."

Sechs Monate in Jugoslawien und völlig am Ende! „Hat Colman mich erwähnt?"

„Nein. Aber auf ihn ist Verlaß. Er hält sein Versprechen."

„Na schön." Er stand auf, um zu Jela zu gehen und die Ginflasche zu holen. Der Boden unter ihm bebte von den stampfenden Militärstiefeln der Kommissare.

„Moment, David. Noch eins. Aber bitte, regen Sie sich nicht darüber auf und versuchen Sie nicht, irgend etwas dagegen zu tun. Weil das sinnlos wäre."

„Was ist denn?"

„Es handelt sich um Folgendes. Sie haben einen deutschen Hauptmann. Die Partisanen. Sie haben ihn sich von Korčula her aufgespart. Morgen wollen sie ihn zu Ehren von Lenin und Tito öffentlich im Kommissarslager aufhängen."

Pelham starrte zu den Männern in der Messe. Sah die Zähne, die brutalen Nüstern. Bestien sind das, dachte er, und ich stecke mit ihnen im Käfig. Er versuchte, einem Kommissar den Dudelsack aus den Armen zu reißen.

„Hör'n Sie auf mit Tanzen", schrie er, „hör'n Sie auf und raus hier!"

Einige blieben stehen. Die meisten hatten ihn nicht gehört.

„Bestien seid ihr, gottsverdammte Bestien!"

Ellis suchte ihn zu beruhigen. „Kommen Sie, David, kommen Sie."

„Glauben die etwa, irgendwer möchte leben in der Gesellschaft, die sie planen? Oder in Stalins Gesellschaft? Oder selbst in der von Churchill?"

Ellis hatte ihn an den Schultern gepackt, hielt ihn fest. Die Kommissare tanzten weiter und machten feiernd einen Höllenspektakel. Sein hysterischer Anfall war nicht zu ihnen durchgedrungen.

Ellis führte ihn aus dem Raum in die Küche. Jugoslawen rückten ihre Beine beiseite, um sie durchzulassen.

„Sie mischen mir kein Sedativ ins Getränk", sagte er wiederholt zu Ellis. „Ich passe genau auf."

„Tu ich ja nicht, David, mein Junge. Trinken wir 'n Slibowitz miteinander."

Nach zwei Gläsern jedoch nickte David ein. Ellis hatte es doch geschafft, ihm etwas ins Glas zu kippen. Er hatte zwölf Jahre medizinischer Praxis mehr als Pelham.

Während er in Schlaf sank, sah David noch Jelas geschwollene, anklagende Augen vor sich, die ihn beim Verlassen der Party verfolgten.

Die Kraftanstrengung, die er sich mit seinem Ausbruch abverlangt hatte, war alles in allem vergeblich gewesen. Schon hatten sich die Partisanen, die einen Stock tiefer untergehakt tanzten wie ihre Kommissare, an den Verdammten in seinem Käfig herangemacht und ihn mit Spott überschüttet. Sie sperrten die Tür auf und luden ihn ein, eine Probe seines Könnens vor ihnen abzulegen. Als er herauskam, trampelten sie ihn zu Tode. Den breiig zertretenen Körper brachte man im Morgengrauen zu Ellis. Ellis erklärte ihn für tot.

Sie beabsichtigten, ihn am Maifeiertag unter Hohngeschrei zu begraben, das aber erst, nachdem Hunde und Vieh von seinem Fleisch gefressen hatten.

Pelham, halbwach daliegend, fühlte sich leichter als die Decke, die über ihn gebreitet war. Wäre sie nicht da, dann mochten seine Knie wohl davonschweben wie Ballons. Als er aufgewacht war, zog er seine Kleidungsstücke über Beine und Körper. Er spürte ihr Gewicht. Woandershin als ins Lazarett hätte ich zu gehen? dachte er.

Also ging er dorthin und sah in der vorderen Station Cleary im Bett liegen. Sein Oberkörper war nackt, nur daß Brust und Schulter kreuz und quer bandagiert waren. Nun, ich habe meine Identität gewechselt, dachte Pelham. Was kommt jetzt noch?

„Hallo, Charlie."

Cleary blickte so gedemütigt drein, wie David es an ihm in den Tagen von Suzas Schwangerschaft erlebt hatte.

Er sagte: „Ich weiß, ich habe nicht das Recht, Sie darum zu bitten, Sir. Aber wenn Sie dem Brigadier sagen könnten, daß Sie mich hier brauchen, wäre ich Ihnen zutiefst verbunden. Sie müssen zugeben, Sir, daß ich für den Generator sehr nützlich bin."

David setzte sich auf einen Hocker, wobei sein Fuß auf einer der Sprossen abrutschte. Barhocker für die Betrunkenen, dachte er.

„Geht's Ihnen denn einigermaßen?"

„Ja, Gott sei Dank! Eine Fleischwunde im Rücken. Aber der Brigadier droht damit, mich in die Lagerkompanie zu stecken und mir das Leben zur Hölle zu machen."

David, um sich zu konzentrieren, blinzelte einige Male.

„Ich versteh nicht. Wo... geographisch, meine ich... wo wurden Sie verwundet?"

„Ich weiß ja, Doktor, ich hätte Sie um Erlaubnis bitten müssen. Aber es ist nun mal passiert. Jeder hat so seine Impulse. Auf Hvar, Sir."

„Hvar? Auf der Insel Hvar?"

„Im Hafen von Hvar auf der Insel Hvar, Sir. Ich weiß, sie ist von den Deutschen besetzt und so. Aber der Postmeister sagte, es wär' alles in Ordnung. Er hatte das schon vorher immer prächtig organisiert, muß ich sagen, Sir..."

„Der Postmeister?"

„Ja, Sir. Einer meiner Freunde ist Telefonist bei Brigadier Southey. Hatte festgestellt, verstehn Sie, daß zwischen Mus und Hvar ein Kabel verläuft. So hat er da eines Tages mal angerufen. Nur so zum Spaß. Und der Postmeister der etwas Englisch kann, kam an den Apparat. Und lud uns zu einem Picknick ein."

„Zu einem Picknick? Und das auf Hvar?" David ließ den Kopf auf die Brust fallen und lachte verkrampft.

„Natürlich gingen wir nicht, Doktor, zuerst jedenfalls.

Dachten an Verrat, wie das ja so in dieser Welt geht. Aber mein Freund fragte ihn aus. Und als sich herausstellte, daß das, was er gesagt hatte, stimmte, dachten wir, Teufel auch, warum sich nicht ein Boot leihen und auf eine Nacht da mal rüberfahr'n. Das passierte zum erstenmal im Januar. War lausig kalt, aber er briet eine Ziege auf offenem Torffeuer. Viele junge Männer und Mädchen waren da. Es war eine prima Sache, alles in allem. Diesmal auch. Ziegenbraten. Singen..."

„Ein Picknick", sagte Pelham.

„Alles, was es gab, war hausgemacht. Dann plötzlich schrie eine Frau. War wohl gegangen, um... sich zu erleichtern. Und die trat, nehme ich an, im Gebüsch auf einen Deutschen. Wir waren in dem Waldstück umzingelt. Alle rannten los, wie die Verrückten. Wir ab zu unserem Boot. Na ja, von uns haben's drei geschafft. Sechs war'n wir im ganzen. Immerhin mehr als ich's für möglich gehalten hatte.."

„ Der Postmeister... und all die anderen. Denen dürfte ihre Gastfreundschaft mittlerweile teuer zu stehn gekommen sein."

„Besser, man denkt darüber nicht nach, Doktor. Man würde verrückt vor Schuldgefühl."

„Würde man?"

Cleary legte die Stirn in Falten. „Der Brigadier, Sir, der sagt, wir wär'n Feiglinge, daß wir ablegten, bevor die andern drei kamen. Aber wir haben sie da doch blutüberströmt liegen sehn. Wir konnten nicht warten, bis..."

„Ja", sagte Pelham und schlug sich mit der linken Hand auf den Schoß. „Dem Postmeister wird die Gastfreundschaft teuer zu stehn kommen." Er stand auf. „Ein Fest im Freien", sagte er nachdenklich.

„Tun Sie das für mich beim Brigadier, Sir?"

„Meinen Sie, ich sollte?"

„Jeder hier im Lazarett lebt wie in einer Familie, Sir. Im Lager da oben wäre ich verloren."

Clearys manierliches Verhalten drohte aus den Fugen zu geraten, aber in seinen Augen stand auch das blanke Entsetzen. Sein Mund bewegte sich reuig zerknirscht, fast komisch. Pelham sah vage den achtjährigen Cleary vor sich, wie er mit weit offenen Augen, verzerrtem Mund, atemlos seine Sünden im Beichtstuhl raunte.

„Ich denke, ich kriege das schon hin." Pelham trat zu dem Patienten im nächsten Bett. Während er an die Flasche mit Kochsalzlösung tippte, murmelte er: „Keiner da, der die Sache für dieses arme Schwein, den Postmeister, ausbügelt!"

Cleary hörte das. „Auch den Lebenden muß man ihr Recht zugestehn, Sir." David erstarrte einen Moment, als er das hörte. Das kam ihm wie ein geschickt angebrachtes Zitat dessen vor, was Moja einmal so ähnlich gesagt hatte. Damals, als sie das Klavier in die Messe bringen ließ und ihren Klub aufzog. Den Einwand, das Geräusch könne die Patienten stören, ließ sie nicht gelten.

Bei der Erinnerung an Moja Javić überkam ihn eine Schwäche. Er lehnte sich mit der Schulter gegen die Wand. Seine Knie gaben nach. Clearys Frage, ob ihm schlecht sei, hörte er kaum, obwohl der nur knapp drei Meter von ihm entfernt war.

Es war an einem strahlenden Morgen im Mai, als es mit der alten, von Moja, Fielding und Pelham für das Lazarett aufgestellten Arbeitsordnung zu Ende ging.

Fielding brachte die Nachricht. Da er ein Freund der slawischen Literatur war, war er über Nacht im Hafen von Mus geblieben. Der Mann, mit dem er dort arbeitete, war ein sechzigjähriger Professor aus Belgrad, jetzt Schreiber bei den Partisanen. Fielding überquerte gelegentlich abends die Insel und brachte ihm seine Übersetzungen. Sie tranken kennerisch und diskutierten über die feinere Bedeutung von gewissen Redensarten und Wortbildern. Sie schätzten beide das *Kosovo* so sehr, daß die Morgendämmerung sie zuweilen bei ihren eingehenden Gesprächen und Stilkorrekturen überraschte.

Frühmorgens dann wartete Fielding an der Pier auf einen Wagen, mit dem er nach Grevisa zurückfahren könnte. An diesem Morgen nun sah er ein großes, bei den Lagerschuppen vertäutes Landungsboot. Auf der Pier stapelte sich die soeben ausgeladene, von Segeltuch bedeckte Fracht. Ein Heer von Ordonnanzen war dabei, weitere Vorräte an Land zu bringen. Zwischen ihnen gingen dienstlich dreinblickende, mit Schreibtafeln ausgerüstete Sergeanten umher, überprüften die Bestände und hakten sie auf ihren Listen ab.

Fielding schlenderte zu einem der Stapel und hob die

Persenning an. Er sah darunter große Dosen mit Gerstenzucker, wie Krämer sie in den Hinterräumen ihrer Läden haben, um daraus ihre Glasbehälter zu füllen. Auf einer der Dosen stand als Bezeichnung „5. Feldlazarett." Ein Sergeant trat von hinten an Fielding heran.

„*In sha'llah!*" sagte er. Er hielt Fielding für einen Araber und meinte, dies wäre die richtige Anrede für ihn.

Ja – sagte sich daraufhin Fielding – ich bin mit meinem Wollkäppchen, meiner Weste aus Ziegenleder und meiner verschossenen Armeehose zu einem regelrechten Eingeborenen geworden. Er fand das amüsant, und sogar schmeichelhaft. Er setzte sich auf einem Poller in die Sonne und sah um sich. Kommissare, vom Plateau zum Hafen gekommen, hatten mit dem Transportoffizier des Feldlazaretts eine Auseinandersetzung über Lastwagen. Fielding mischte sich nicht ein. Der Transportoffizier wurde immer ärgerlicher, er sprach verächtlich Pidgin-Englisch. Er meint, er redet mit Wilden, dachte Fielding, Dieser dämliche Etappenhengst!

„Aber Doktor'n!" brüllte der Offizier. „Dok-tor'n! Les docteurs! Engelski. Anglais. Hospital." Er zog einen Sprachführer aus der Tasche. „Mein Gott nochmal. *Bolnica!*"

Anscheinend war man beim 5. Feldlazarett über Ellis und Pelham unterrichtet und kam sie ablösen.

Fielding steckte seine Wollkappe weg und setzte sein Barett auf. Er meinte, er würde auf diese Weise eher einen Wagen bekommen. Nach einer Weile näherte er sich einem Sergeanten von der Quartiermeisterei. Der Mann stand mit gewichsten Stiefeln und geweißtem Koppelzeug auf der Pier. Er sah das Abzeichen des Sanitätskorps an Fieldings Barett. Er holte Luft und pumpte sich vor Entrüstung auf. „Woher hast du das, George?" fragte er. *George*, entsann sich Fielding, war die verächtliche Anrede, die britische Truppen benutzten, wenn sie mit Arabern zu tun hatten. „Raus mit der Sprache – das ist kein lausiges Jahrmarktsgeklunker. Wo hast du das her, du Nigger?"

„Von der Quartiermeisterei in Wolverhampton", erwiderte ihm Fielding. „Und wo haben Sie Ihr's her?"

Bis zum Abend hatte das 5. Feldlazarett ein Zeltlager um Ellis' Haus aufgeschlagen. Pelham wunderte sich, wie sehr ihm diese Masse an Zelttuch zuwider war. Vielleicht bin ich territorial gänzlich auf Mus geeicht, dachte er. Wieso eigentlich? Ich weiß es nicht. Ich weiß nur, daß ich eines will: zurück nach Italien.

Alle Offizere aßen am Abend in der Messe, die vorher die Domäne von Ellis und Pelham gewesen war. Wenn Fielding oder Cleary oder Mayhew dort aufkreuzten, um zu essen, trat Stille ein. Befehlshabender Offizier war ein Colonel der indischen Armee. Seine medizinische Zuständigkeit, vermutete Pelham, dürfte kaum das Niveau Bersaks übersteigen. Aber eine Nase fürs Protokoll hatte er – nach jahrelangem, in Friedenszeiten geübtem Umgang in den Messen der Tropen.

„Ich sehe, Sie erlauben auch anderen Dienstgraden den Aufenthalt in der Offiziersmesse", bemerkte er Ellis gegenüber, der jetzt der Dienstjüngere von den beiden war.

„Das ist richtig."

„Eine neue, kaum allgemein übliche Regelung. Ich hoffe, sie erkennen das an."

„Ebensosehr wie wir anerkennen, was sie für uns leisten."

„Ist das so?"

Zwei Tage darauf zog Ellis Pelham am Arm in einen der Lagerräume des Lazaretts.

Er sagte: „Colonel Hughes übernimmt jetzt die Messe. Niemand von unserem Personal darf künftig dort essen. Sie werden sicherlich wissen, daß das nicht auf mich zurückgeht."

David sagte: „Das kann er nicht machen. Die Messe gehört den Partisanen, im übrigen untersteht sie dem Außenministerium."

Ellis sah ihn von der Seite an. „Sehen Sie die Dinge, wie sie sind, David. Außerdem will er Magda nicht mehr als Köchin. Er hat seine eigenen Köche."

„Aber das Klavier", sagte David. „Das Klavier gehört den Partisanen."

Pelham fühlte sich von einer Art gefährlichem Wahn ergriffen.

Ellis sagte: „Es ist vielleicht um des allgemeinen Friedens willen besser, wenn Sie sich von dem Klavier trennen."

Für Ellis war es Davids Erschöpfungszustand, aus dem sich sein Verhalten erklärte; David selbst sah es anders. Für ihn war ausschlaggebend, daß er den Glauben an die Menschheit verloren hatte.

Es gab, wenn er gegen die Bitternis in sich ankommen wollte, nur eine Möglichkeit: die der bewußten Auseinandersetzung. In diese Überlegungen platzte am Nachmittag der Sergeant von der Quartiermeisterei. Er hatte eine mit Klammern versehene Schreibtafel bei sich, mit denen alle Männer des 5. Feldlazaretts bewaffnet schienen.

„Ich mache eine Liste, Sir", sagte er zu Pelham, „aller vorhandenen Einrichtungen und Vorräte. Wie man mir sagt, haben Sie auch ein Röntgengerät."

„Ja."

„Der Colonel hätte gern einen Bericht darüber, Sir. Und dann, wenn ich um die Hilfe Ihres Sergeanten bitten darf, bei der Inventaraufnahme der Lagerbestände..."

„Sehn Sie sich von mir aus den Röntgenapparat an. Machen Sie sich, was die Brauchbarkeit angeht, Notizen. Melden Sie dem kommandierenden Offizier, daß er Eigentum der 22. Partisanendivision ist. Berichten Sie ihm, daß er von uns Stück für Stück aus einem deutschen Hospital geholt wurde."

„Das alles geht jetzt in das Eigentum des 5. Feldlazaretts über, Sir."

„Bitte?"

„Ja. Wenn Sie mir jetzt Ihren Sergeanten zur Verfügung stellen möchten, Sir. Da ist dieses Gerät, dann die Vorräte..."

Pelham sprach erregt, die Worte kamen gequetscht zwischen seinen Zähnen hervor. „Mir soll's recht sein, wenn Sie eine Inventaraufnahme für uns machen wollen. Schön und gut. Aber Sie werden hier nichts finden, das mit irgendwelchen in Italien geführten Listen übereinstimmt. Unsere Vorräte sind entweder aus dem jugoslawischen Hospital in Mus gestohlen. Oder aus abgestürzten Flugzeugen entwendet. Oder uns unter suspekten Umständen von amerikanischen Dakota-Piloten besorgt oder vom Feind erbeutet worden. Sie eignen sich nicht für die Bestandsaufnahme einer Sanitätseinheit, wie es das 5. Feldlazarett ist."

„Diese Frage dürfte von den zuständigen Offizieren entschieden werden, Sir."

„Es wurde alles unter so unsäglichen Mühen beschafft. Und ich will nicht, daß es jetzt von irgendeinem windigen Schreiberling der Quartiermeisterei auf Listen vereinnahmt wird."

Der Sergeant sagte, na schön, er werde dem Colonel von Captain Pelhams Einstellung Meldung machen. Er grüßte und ging.

David hörte ihn, als er die Treppe von der Hauptstation hinuntermarschierte, sagen: „Bei dem rappelt's; Tropenkoller, schätz ich."

Pelham rannte hinter ihm her und rief von der Tür: „Mit den Tropen hat das hier nichts zu tun, Sie Hornochse." Er fühlte, wie etwas seinen Arm berührte: Jelas Hand.

„Captain Pelham", sagte sie.

So etwas wie Gewitztheit kam in ihm auf. Täte mir gut, dachte er, wenn ich mich ganz dieser kleinen Hand auslieferte. Sie führte ihn über den Platz zu Magdas Küche. Er bemerkte, daß er zitterte. Aber mein Zittern, dachte er, ist, zum Teil wenigstens, gespielt. Schämen sollte ich mich.

Sie schwatzte, während sie nebeneinander gingen, auf ihn ein. Sie war stolz darauf, wie gut sie jetzt mit dem Englischen zurechtkam. „Es ist eine Schande. Sie hätten dringend Ruhe nötig. Wo die anderen Doktoren jetzt alle da sind – soll'n sie doch die Arbeit machen."

Sie fand in der Küche eine Flasche mit Slibowitz. „Nein", sagte er, „machen Sie mir bitte etwas Tee, Jela."

Er wußte, sein Zittern kam auch daher, daß sie sich seinem Verlangen nicht verschließen würde. Wenn ich will, dachte er, kann ich mein Gesicht bei ihr in die weiche Höhlung zwischen Hals und Schulter legen.

Er sagte: „Das ist kein Zustand, in dem ich bin."

„Ah was. Sie sind überanstrengt."

Schließlich war es bei diesem schandbaren Arzt, diesem Bersak, nie zum Zusammenbruch gekommen. Haß gegen sich selbst stieg in ihm auf. Er legte den Kopf an ihre rechte Schulter und ihre Brust. Sie wich nicht zurück. Er fühlte, wie ihr feuchter Mund sich auf seiner Stirn bewegte. Als er ihre Brüste faßte, öffnete sich der Mund ungeduldig.

Er sagte: „Bitte, Jela, nehmen Sie mich in Ihr Bett."

„Ja, Doktor. Wir müssen auf der Treppe leise sein."

Ihre Körper unterschieden sich nicht in dem Verlangen, mit dem sie sich einander hingaben. Jela, weiß wie Milch, und so scheu wie gierig.

Er mußte daran denken, daß sie einst versucht hatte, einen deutschen Unteroffizier umzubringen. Damals war er einfältig genug zu glauben, daß ihr Haß gegen die Deutschen nationalistisch, politisch motiviert war. Er hatte nicht begriffen, daß es Rache für die qualvolle Abstinenz war, die ihr die gegnerischen Aggressoren aufgezwungen hatten.

Am Ende sagte sie: „Ich muß zurück ins Lazarett. Aber Sie sollten sich hier ausruhen, Doktor. Würden Sie sich bitte umdrehen."

Hinter seinem Rücken zog sie sich in der Zimmerecke an. Zum Abschied umschlang sie ihn heiß. Jetzt war *sie* ganz Verlangen. Er sah ihr nach, aber bevor sie an der Tür war, wandte sie sich nochmals um und lächelte durchscheinend.

„Heiraten werden wir nun", sagte sie.

„Heiraten?"

„Ich werde alles lernen, was man über die Engländer wissen muß. Und Sie, Doktor, müssen besser Serbokroatisch lernen."

Er fühlte, wie sich seine Sinnlichkeit in ihn zurückzog, wie Kopf und Glieder einer bedrohten Schildkröte. Weiß und begehrenswert, wie sie ist, dachte er, die Last einer Ehe mit ihr auf mich zu nehmen, habe ich nicht vor. Freizügig, zurückhaltend, intelligent und schön – es ist alles nicht genug.

„Um Gottes Willen, Jela", sagte er. „Ich kann Sie doch nicht heiraten."

Sie schwieg eine Weile. Ihr Gesicht schien zu verfallen,

sich zu verengen. „Mich nicht heiraten?" fragte sie am Ende.

„Nein. Sie sind allzusehr Jugoslawin. Ich bin allzusehr britisch." Tausende von Soldaten, dachte er, mußte es in Afrika und Asien, auf Hawaii und in Hackney geben, die rasch redend in diesem Augenblick Ähnliches von sich gaben. Du bist da keine Ausnahme, du Schuft, du mit deinen Bedürfnissen, deinem Gezitter.

Jela sagte: „Aber ich dachte... als Sie, Doktor – Sie benutzten doch keinen..." Sie bewegte schamvoll die Hand, womit sie das Kondom meinte, das er hätte benutzen sollen. Es war klar: sie meinte, wenn auf einer Insel, auf der Schwangerschaft als Kapitalverbrechen galt, ein Mann ohne Vorsichtsmaßnahmen mit einer Frau schlief, dann beabsichtigte er sie zu heiraten.

„Es tut mir leid, Jela. Ich habe ganz vergessen, das..."

Sie gab dieses furchtbare Zischen von sich, das er auch manchmal von Moja gehört hatte. Das Blut erstarrte ihm in den Adern. Dieser Laut rief ihm die uralte Verwandtschaft der Frau mit Katzen, Schlangen und anderen Gottheiten ins Gedächtnis.

„Vergessen?"

„Ja. Ich weiß... ich war..."

„Vergessen!?"

Das glaubt sie mir nie, dachte Pelham. Daß ein Arzt je vergäße, daß der Beischlaf auch zur Zeugung führen könnte.

„Wirklich. Ich kann Sie nicht heiraten."

Er hatte gezögert, bevor er Suza vornahm und Clearys

Kind abtrieb. Sollte *sie* schwanger werden, dachte er jetzt, dann werde ich Ellis um Abtreibung bitten. So weit ist es gekommen mit meinen früheren Prinzipien!

„Nie und nimmer werde ich Ihnen das glauben, Doktor", sagte Jela langsam.

Colonel Hughes, ein großer, ernst wirkender Mann, der das 5. Feldlazarett unter sich hatte, ließ Ellis und David zu einer Unterredung über ihre jetzige Position zu sich kommen.

„Stimmt es, Captain Pelham", sagte er freundlich, „daß Sie meinen Sergeanten von der Quartiermeisterei als windigen Schreiberling beschimpft haben?"

„Das kann gut sein", gab Pelham kühl zu.

„Bitte halten Sie sich in ihrer Ausdrucksweise meinen Offiziersanwärtern gegenüber zurück."

„Solange man mich nicht provoziert." Pelham bemerkte, daß Ellis sich beunruhigt auf die Lippe biß.

Der Colonel schloß die Augen, als wäre Schläfrigkeit eine Antwort.

„Hören Sie. Es heißt, Sie seien für Ihr Alter ein talentierter Chirurg. Und Major Ellis – das brauche ich nicht erst zu sagen – ist einer der besten überhaupt. Ich selbst kann von mir nicht behaupten, daß ich besonders talentiert bin. Talent aber ist keine Entschuldigung dafür, daß man die militärischen Formen mißachtet, mit Hilfe derer die weniger Begabten ihren Weg machen. Sie sind nach wie vor britische Offiziere, möchte ich feststellen. Sie sind, nehme ich an, nicht gänzlich übergeschwenkt zu Titos Pöbelhaufen?"

„Pöbelhaufen", wiederholte, das Wort abwägend, Pelham.

„Können Sie nicht mit ihm reden, Ellis?" bat der Colonel, ohne Ellis überhaupt zu Wort kommen zu lassen. „Haben Sie Berichte über ihre ärztliche Tätigkeit? Über die Operationen, die Behandlung vorher und nachher?"

Sie hatten nie dergleichen angefertigt. David besaß eine Kladde, in der er sich Notizen über schwierige Fälle gemacht hatte. Auf die griff er zurück, wenn er mit ähnlichen Verwundungen zu tun hatte.

„Dafür ist keine Zeit, Sir", sagte Ellis. „Ich glaube, Sie unterschätzen vorläufig noch die Bedingungen, unter denen wir hier arbeiten. Ich selbst und ganz besonders auch Pelham."

„Verachtung", murmelte der Colonel ohne Schärfe, um damit ihrer Einstellung einen Namen zu geben. „Verachtung. Was wollen Sie beide? Wollen Sie, daß ich dafür Abbitte leiste, daß ich nicht früher herkam? Daß ich kein FRCS bin?"

Ellis wandte sich zur Seite und schüttelte den Kopf.

„Von jetzt an", sagte der Colonel, „werden Sie klinische Berichte anfertigen, die beim 5. Feldlazarett zu den Akten kommen. Sie werden auch vorhandene und verbrauchte Pharmazeutika und die Geräte aufführen, die Ihnen zur Hand sind. Haben Sie verstanden? Den Papierkrieg nehmen Ihnen meine Pharmazeuten und Schreiber ab."

„Ach, rutschen Sie mir doch den Buckel runter!" sagte Pelham und verließ den Raum.

Ellis holte ihn vor der Messe ein.

„Sie hätten sich vor ihm nicht so aufführen sollen."

„Berichte anfertigen, bei dem Betrieb!" sagte Pelham.

„Aber bitte, dazu stellt er uns seine Leute zur Verfügung!"

„Auf die pfeif' ich", sagte Pelham. „Southey wird sich vor uns stellen."

Ellis neben ihm stöhnte auf. „Er hat recht. Jedem, der nicht schon seit dem vorigen Jahr hier ist, dem verübeln Sie das."

„Wieso? Warum sollte ich das jemandem verübeln?" schrie Pelham. Aber insgeheim wußte er, wie sehr Ellis recht hatte.

Der Colonel, später in der Messe, sprach nicht mit ihnen. Auch versuchte er nicht, seine Anordnungen mit Gewalt durchzusetzen. Die vom Colonel gewünschte Sitzordnung warfen sie über den Haufen, setzten sich beide ans Tischende und freundeten sich mit zwei Sanitätsoffizieren an, die ebenfalls in Ungnade gefallen waren.

Einer von ihnen zeigte auf einen Offizier weiter oben am Tisch. „Der ist eben zum Captain befördert worden, vermutlich, weil er es ablehnt, mit Ihnen zu sprechen."

David bildete sich ein, davon, daß er den Glauben an die Menschheit verloren hatte, könnte er sich auf simple Weise heilen. Er zwang sich, zweimal in der Woche in der Messe zu essen, ohne sich sarkastisch oder verstimmt zu geben. Er hielt sich vor Augen, daß er kein Großgrundbesitzer auf Mus war. Er sagte sich, daß man beim Kommando 147 in diesem Augenblick höchstwahrscheinlich im Begriff war, einen netten Harrow-Abgänger als Nachfolger für Captain Pelham zu wählen.

Jela, unterdes, verhielt sich schweigsam, um zu demonstrieren, daß Pelham für sie ein Scheusal war. Sergeant Fielding nahm ihr Schweigen zum Anlaß, kopfschüttelnd und mit gerunzelter Stirn zu ihr hinzusehen.

Ende Mai wurden all diese kleinen Versuche zur Selbstbestätigung von der Frage überdeckt, ob Tito überleben würde. Deutsche Fallschirmtruppen waren in Jajce und Drvar gelandet. Ihr Ziel war es, Tito in die Hand zu bekommen, um ihn seiner magischen Kraft zu berauben und seine Leiche zur Schau zu stellen. Es ging ihnen darum, zu zeigen, daß auch dieser Mann nur aus Fleisch war. Denn schon sein Name *Ti-to*, Dies-das, deutete auf etwas, das nicht ganz unvergänglich, nicht ganz unsterblich war.

Nach den unter den Partisanen auf Mus umgehenden Gerüchten war Tito aus Drvar durch eine nur wenige Meter breite Lücke entwichen. Es war schlimm für die Bevölkerung von Zentralbosnien, für Grubich, Grubichs Personal und seine Verwundeten zum Beispiel, daß der Marschall nicht gefunden wurde.

Jetzt drangen die feindlichen Panzerkolonnen gegen Titos Bosnien vor. Die Partisanen schlugen sich mit dem Mut der Verzweiflung, um dem großen Mann einen Weg zur Küste freizuhalten.

Da man, wie er wußte, im Hauptquartier der alliierten Streitkräfte große Stücke auf ihn hielt, forderte Tito diese per Funkspruch nach Italien auf, die näher an der Küste gelegene Insel Brač sofort von den Inseln Vis und Mus aus anzugreifen. Mit Unterstützung der RAF. Würde das mit der nötigen Schlagkraft durchgeführt, dann zöge man feindliche Regimenter von der Jagd nach Tito ab und zwänge sie, sich um Split zu massieren. Vielleicht sogar würden die Deutschen den Angriff auf Brač fälschlich für eine Generalprobe zur späteren, von der dalmatinischen Küste ausgehenden Invasion Europas halten.

Wie vor den Aktionen gegen Korčula landeten wiederum hohe Offiziere auf Mus, um mit den Kommissaren zu konferieren. Kannten die Soldaten der Kommandotruppe und die Partisanen auch nicht das Angriffsziel, nämlich die Insel Brač, so war ihnen doch im großen und ganzen bewußt, was diese Besprechungen zu bedeuten hatten.

Auch Pelham und Ellis wußten das.

„Bald wird's diesen Schwachköpfen aufgehn, was hier fällig ist", sagte Ellis.

Mit *diesen Schwachköpfen* meinte er die Offiziere des Feldlazaretts.

Während der Vorbereitungen besuchte eine Gruppe von Kommissaren Pelhams Lazarett. Er wurde von ihnen seit geraumer Zeit mit einem gewissen Respekt behandelt. Sie hatten sich vor ihm aufgereiht, und der Dolmetscher erläuterte ihm, daß der Generalstabschef, der das Unternehmen gegen Brač in die Wege geleitet hatte, ihn, Captain

Pelham, dabeihaben wollte. Er sollte sich der Verwundeten an den Buchten annehmen.

„Sagen Sie ihnen, daß ich das ablehne", erwiderte David dem Dolmetscher.

„Warum lehnen Sie das ab?"

„Weil man an der Bucht keinen ausreichenden Operationsraum aufbauen kann. Man kann Sanitäter mitnehmen und einen Verbandsplatz einrichten. Aber dort werde ich nicht gebraucht. Ich werde hier gebraucht. So ist das jedesmal gehandhabt worden."

„Soll ich General Djuvenica berichten, daß Sie sich weigern mitzugehen?" Der Dolmetscher brachte die Frage mit entnervenden Knurrlauten vor, als hätte er sein Englisch in Österreich gelernt.

„Sagen Sie ihm, es würde auf diese Weise *mehr*, nicht weniger Tote durch Verwundungen geben."

„Aber das gerade wünscht der General zu testen. Ob es besser ist, einen Arzt unmittelbar an der Bucht zu haben."

„Teilen Sie General Djuvenica mit, daß ich mich als Fachmann auskenne und das für Wahnsinn halte."

David war mittlerweile darauf gefaßt, daß der Dolmetscher ihn, die Maschinenpistole zur Hand, der Feigheit bezichtigen würde.

„Ich werde also General Djuvenica mitteilen, daß Sie meinen, er sollte die Sache noch einmal überdenken."

„Ich werde zu ihm gehn und es ihm selbst sagen."

„Das ist nicht möglich. Er hat zuviel zu tun."

„Um mit dem Arzt der Partisanen zu sprechen?"

„Ja. Sie wissen das auch, Doktor. Nachschub, Transport, Unterstützung aus der Luft. Das ist wichtiger für einen Partisanengeneral. *Sie* werden erst wichtig, wenn die Kugeln ihr Werk tun."

„Sagen Sie ihm, ich möchte mit ihm sprechen."

„Auf Wiedersehn, Doktor."

Mein Gott, ich kann doch meinen Laden nicht im Sand aufziehen, dachte Pelham. Und aus der Arzttasche arbeiten. Ich habe einfach nicht die Nerven.

Am Nachmittag kam Southey aufgeregt ins Lazarett gestürmt.

„David, ich glaube, diese überspannten Balkanherren wollen, daß Sie auf Brač in der Bucht operieren."

„Ja. Ich habe es abgelehnt."

„Tun Sie das nicht. Gehen Sie."

„Bitte?"

„Geben Sie Ihren Widerstand auf."

„Es wäre Wahnsinn."

Southey, die durchdringend blickenden Augen zu ihm erhebend, trat nahe an ihn heran.

„Glauben Sie, die würden Sie nicht erschießen lassen? Sie machen vor keinem Halt. Geben Sie nach."

Der Gedanke, nach Brač zu gehen, beschwingte David irgendwie, nachdem die Sache auf diese Weise geregelt war. Er begann damit, sich seine Ausrüstung zusammenzustellen. Ich sollte mich nicht so sorglos geben, dachte er. Ich werde Tage dort zubringen. Schneiden, nichts als schneiden. Aber auch eine gewisse Gerissenheit machte sich in ihm breit. Wenn ich das tue, dachte er, – mehr können sie dann nicht von mir fordern.

„Würden Sie bitte mit Jela sprechen?" bat er Fielding. „Ich brauche sie als Narkoseschwester."

„Aber sie kann doch Englisch..."

„Es ist besser, sie auf jugoslawisch zu fragen."

In der Messe erfuhr er mehr über Brač. In den Häfen lagen natürlich Besatzungstruppen, die Artillerie aber und die Verteidigungsstellungen waren auf den Anhöhen. Das Gelände davor war kahlgeschlagen, um Schußfeld für die Artilleristen zu schaffen, es war außerdem verdrahtet und vermint. Die Truppen auf der Insel bestanden aus Einheiten der 118. Jägerdivision, einer stolzen aber auch harten Einheit.

11

Am Nachmittag des ersten Juni wurden David, Jela, Fielding sowie Mayhew und dessen Sanitäter zum Hafen gefahren. Von der Höhe aus sahen sie, daß Mus zu einem geschäftigen Hafen geworden war. Ein halbes Dutzend Landungsboote lag dort bereit. Zwei Zerstörer hatten vor den Ruinen der Sardinenfabrik festgemacht. Am Westende des Schuppengeländes lagen Matrosen an Deck von Minensuchbooten in der Sonne.

„Diesmal dürfte es anders zugehen", sagte Pelham laut.

Er meinte, anders als bei den bisherigen Blutbädern. Sie hatten ihm das versprochen. Schiffe standen zur Verfügung, mit denen die Verwundeten von den Buchten nach Mus zurück oder sogar nach Italien transportiert werden sollten. Zu operieren hätte er nur in den schlimmsten Fällen. Es war tröstlich, sich dieser Zusicherungen der Kommissare vergewissern zu können.

An der Mole hatte eine Partisanenflotte von Kajiken und Schonern angelegt. Pelham und seine Mannschaft fanden auf einem dieser kleinen Boote Platz. Als es dämmerte, fuhr Hugo Peake mit einer Barkasse im Hafen herum und informierte die Marinefahrzeuge per Megaphon über die Reihenfolge, in der sie den Hafen zu verlassen hätten. Er war weise genug, den Partisanenbooten eine solche Ordnung nicht vorzuschreiben. Sie hatten ihr eigenes, mysteriöses System, wie etwa auch Beduinen bei ihren Unternehmen.

Von den Schonern und von den Anhöhen herab erklangen laute, disharmonisch gegeneinander angehende Gesänge. Die Partisanen sangen – wild und betrunken. Sie sangen nicht alle das gleiche Lied. Dennoch war Pelham fasziniert, wie er es an sich erlebt hatte, als er die Partisanengesänge zum erstenmal gehört hatte. Die Rhythmen machten einen vergessen, daß das Ende des Liedes bestimmt wurde von den ins Fleisch dringenden Stahlsplittern, vom Würgen, von Blutstürzen.

Jetzt gab einer von Peakes Offizieren den Wetterbericht durch Lautsprecher bekannt. Wind aus südwestlicher Richtung, fünf bis zehn Knoten. Die See ruhig, leichte Dünung. Eine breite Kaltfront über dem Atlantik, die aber höchstwahrscheinlich die Wetterbedingungen im dalmatinischen Küstengebiet nicht beeinflussen wird. Keiner der Partisanen an Deck des Schoners, auf dem Pelham sich befand, schien zuzuhören oder auch nur an dem interessiert, was der fremde Offizier von sich gab. Sie lachten und hißten die Besansegel und fuhren fort mit ihrem barbarischen Gesang.

Pelham lehnte sich im Heck gegen die klotzige Ruderpinne. Er beobachtete Jela und Fielding, die sich leise auf serbokroatisch und englisch unterhielten. Fielding lachte über irgend etwas. Jela lächelte scheu und zugleich listig. Ein gutes Paar, wie sie da zusammenstanden, privat inmitten all der Turbulenz. David hatte flüchtig den Wunsch, von ihnen angesprochen, bewillkommnet zu werden.

„Noch nicht seekrank, Captain Pelham, Doktor, Sir?"

David lugte zur Pier hinauf. Dort stand Cleary, umhüllt von seiner Ausrüstung, den Karabiner quer vor der Brust. Auf dem Rücken trug er an Riemen ein langes Rohr, das wie ein Bangalore-Torpedo aussah.

„Wir laufen erst spät am Abend aus, Captain Pelham, Sir. Mit unseren prächtigen Booten brauchen wir uns nicht zu beeilen. Wenn Sie seekrank auf Hvar zuschaukeln, werden Sie uns vorbeizischen sehn."

Ein robuster Bursche, dachte Pelham. Der Name Hvar geht ihm so leicht von den Lippen, als hätte es dort nie einen Postmeister und eine Party im Freien gegeben.

Aber das sagte Pelham nicht, er fragte statt dessen: „Als was setzt Sie der Brigadier ein?"

„Er hat mich seiner eigenen Lagerkompanie zugeteilt."

Cleary machte ein langes Gesicht. „Ich bin als Melder eingesetzt. Bin auf diesem Gebiet sowas wie ein Naturtalent."

„Na, wie ist das nun? Wieder mal so richtig Soldat spielen?"

„An der Front hab ich nichts dagegen, Doktor Pelham. Was ich hasse, ist das Leben im Lager."

Angst, hat er einmal gesagt, hätte er vor einem Bauchschuß, dachte Pelham. Würde ihn gern fragen, ob das jetzt auch der Fall ist. Aber er sagte: „Trotzdem – sei'n Sie vorsichtig, und zwar sehr."

Aber die Lieder schienen Cleary halbwegs verwirrt zu haben. Oh, erzählte er Pelham, er hätte gute Nachricht von Freunden des Brigadiers. Daß nämlich auf Brač nur zwölfhundert Jäger lägen. Im Hafen von Mus waren heute abend nahezu dreimal so viele. Vis schickte noch mehr, dazu Artillerieeinheiten.

Da in der Dämmerung stand also, in Sprengstoff gekleidet, Cleary und machte sich vor, daß außer den Repräsentanten des Erzübels niemand verletzt werden würde. Als alter Soldat mußte er wissen, daß er sich belog.

Als die Partisanen an Bord gingen, stockte das Singen und riß dann ab. Cleary ging, vielleicht etwas zögernd, die Pier hinunter. Dann verdichtete sich die Dämmerung, und die zwanzig wenig verläßlichen Motoren wurden angelassen. Einige von Hugo Peakes Booten waren schon ausgelaufen und hatten Kurs auf die Westspitze von Korčula genommen.

Als Davids Schoner die Mole umsegelte und Kurs auf

Nordost nahm, war es noch hell genug, die ringsum unter Wind stehenden Segel zu sehen. Eins rasch nach dem anderen wendeten die Boote durch den Wind und lavierten, um die leichte Brise von achtern zu kriegen. Als er die Mastbäume die Großsegel vorübertragen sah, war das für ihn, und für alle andern auch, ein Moment der Hochstimmung. Aber dann brach die Dunkelheit ein und isolierte sie alle in ihrer Einsamkeit. Pelham lauschte in das beruhigende Geräusch des Windes und der unter Druck stehenden Segel und Rahen.

Er sah, wie sich Fielding an dem Rudergänger vorbeidrängte und auf ihn zukam.

"Sir, wir sollten vielleicht über die Verluste sprechen. Über die Zahl der möglichen Verluste, meine ich."

Pelham grunzte unwillig, um zu zeigen, daß er nicht aufgelegt war, über dieses Thema zu sprechen. Warum, zum Teufel, lassen Sie Jela stehn, wollte er fragen, um mit mir über sowas zu reden? Er entgegnete: "Man hat mir darüber nichts weiter gesagt."

"Ich erfuhr von einem Freund in Brigadier Southeys Stab..."

"Wir alle wüßten nichts", sagte Pelham ebenso kurz angebunden, "wenn es diese Freunde im Stab des Brigadiers nicht gäbe."

Fielding aber ließ sich natürlich nicht stoppen, wenig erfreuliche Dinge zu sagen. "Die Minenfelder sind sehr umfangreich und gut angelegt. Die Artillerie beherrscht von ihren Stellungen aus die Buchten. Dieser Versuch wäre nicht unternommen worden, wenn es nicht um Tito ginge. Ich – weiß nicht, Sir, ob irgend jemand Ihnen das klargemacht hat."

„Nicht so ganz."

Er war verdammt sauer auf Fielding, auf seine gut gemeinte Beharrlichkeit, ihm die Ausmaße der Feuerprobe bewußt zu machen, die ihnen auf Brač bevorstand. Pelham hätte ihm sagen können, ich bin ein Partisane. Unvernunft und die pure Illusion werden es mir ermöglichen, die kommenden Tage durchzustehen. „Vielleicht wird es gar nicht so schlimm", murmelte er.

Fielding blieb, schwieg aber. In seinem Verharren lag eine Art Vorwurf. Pelham spürte, daß der Sergeant im Begriff war, seine Fassung zu verlieren und gegen ihn vom Leder zu ziehen. Vielleicht um eine Reihe von Beschwerden gegen ihn loszuwerden, nicht nur gegen seine Abneigung, einen handfesten Rat zu akzeptieren. Aber: „Warten wir ab", lenkte er ein. Er wandte sich ab und ging wieder nach Backbord zu Jela. Er hat es nur aufgeschoben, mir seine Verachtung, seine Liste von Einwänden vorzuhalten. Nach Brač, falls es ein Nach-Brač geben sollte, wird er mir damit kommen.

Aus den Reihen einer zwischen den vorderen Ladeluken und Bug eingepferchten Infanteriekompanie der Partisanen hörte man gelegentlich Gelächter. Als es noch hell war, hatte Pelham gesehen, wie einer von ihnen einen kaputten Chronometer am Riemen hin- und herschwenkte und sich über das Ding lustig machte. Man konnte sicher sein, daß so gut wie keiner von ihnen eine Uhr hatte. Denn eine Uhr war ein taktisches Instrument. Sie wußten nicht, was

Taktik war. Sie hatten kein Zutrauen zu zeitlicher Abstimmung.

Daher hatte Southey es verzweifelt aufgegeben, gemeinsam mit ihnen nach komplizierten, taktischen Plänen vorzugehen. Den taktischen Realitäten, denen sie ausgesetzt sein würden – Sprengstoffexplosionen, Flankenfeuer aus befestigten Stellungen –, schenkten sie noch weniger Aufmerksamkeit als die sturen Generale des Ersten Weltkriegs. Nach der Landung auf der Insel Brač würden sie in verschiedene Richtungen und auf verschiedene Zielobjekte zu ausschwärmen. Das war das Ausmaß ihrer Planung.

So dürfte Fielding schon recht haben. An kahlgeschlagenen Berghängen mit Minenfeldern, befestigten Stellungen und Beobachtungsposten würden die Partisanen hohe Verluste erleiden.

David spürte ein Kribbeln in den Innenflächen seiner Hände. Oh, Gott – nur kein Zittern, flehte er sich selbst an, warnte er sich. Er versuchte es mit einer geistigen Einübung. Es ist doch ganz einfach, sagte er sich. Die Verwundeten sind in einer Schlange aufgereiht, und du behandelst sie einen nach dem anderen. Du machst die einen fertig, bei den anderen läßt du es bei der Untersuchung bewenden. Dann werden sie zum 5. Feldlazarett verschifft, zu dessen blankgesichtigen Sanitätsoffizieren und exzellenten Betten.

Während er es mit dieser Therapie versuchte, umrundeten sie den westlichen Buckel von Hvar. So eine kurze Fahrt von Mus nach Hvar und sogar noch kürzer von Hvar nach Brač. Wenn es auf Hvar einen wachen Kommandanten gibt, einen wie Southey, dann wird er seine Truppe nach Brač übersetzen und uns zwischen Bucht und Anhöhen abfangen. In diesem Fall, dachte Pelham, wäre ich rasch meiner ärztlichen Pflichten enthoben. Ein Grauen macht das andere zunichte...

Die Flotte hielt auf die breite Bucht an der Südwestseite von Brač zu. David sah an den dunklen Hängen hinter der Bucht Lichter aufblinken. Das waren Leitsignale von den Guerilleros auf Brač. Selbst ohne sie wäre auch bei totaler Finsternis der leuchtende Strand zu finden gewesen.

„Sie setzen auf Grund auf", rief Fielding ihm zu.

Die Partisanenboote mahlten sich mit ihren flachen Kielen in den Sand. Ihr eigenes Boot stieß dumpf auf und schob sich knirschend auf eine Sandbank. Er hörte die Infanteristen und die Mannschaft über dieses Erlebnis lachen. Sie meinten, die Flut würde sie noch vor Tagesanbruch wieder flottmachen.

„Also", sagte David. Die Begeisterung, die in diesem Wort lag, schockierte selbst ihn. Er fand sich über das Schanzdeck springen, ein wenig zögern vor dem unvertrauten Wasser. Es war kaum knietief und versetzte ihm keinen Schreck. Warm wie Blut drang es in seine Stiefel ein.

„Gebt mir irgend etwas zum Rübertragen", rief er.

Jovan, der drollige kleine Serbe, gab ihm einen Behälter mit Mull in die Hände. Er stapfte durch den knirschenden Kies an Land. Feindesland, dachte er. Gras wächst auch hier. Keine Probleme.

Italienische Geschütze, von Partisanen, beaufsichtigt von britischen Artilleristen, bedient, wurden von den Landungsbooten zur Küste gebracht. Offiziere der Kommandotruppe zischten: „C-Kompanie hierher!" „Ihre Gruppe in Front, Korporal!" Partisaneninfanterie, die dem Winken und einigen Knurrlauten ihrer Offiziere folgte, schwärmte unfeierlich ins Binnenland aus. Admiral Harris und ein fünfzig Jahre jüngerer Führungsoffizier überwachten unterdes die Lagerung der Ausrüstung über der Hochwassermarke.

„Kommt schon, kommt schon", brüllte er die das Ladegut hantierenden Soldaten an. „Einen Bruch werdet ihr euch schon nicht heben. Na, 's klappt ja."

Irgendwo in der gefleckten Dunkelheit entdeckte Cleary Pelham. Da Clearys Gesicht schwarz verschmiert war, erkannte Pelham ihn erst, als er redete.

Auf dem Zettel, den Cleary ihm aushändigte, hieß es: *Pelham. Vierhundert Meter den Weg entlang nach Nordost ist ein Bauerngehöft. Ich habe den Gefechtsstand in der Scheune eingerichtet. Stelle Ihnen das Haus zur Verfügung. Es ist kleiner.* Unterschrift Southey.

Hinter der Bucht verlief eine grobe Karrenspur. Cleary führte sie hinauf. Landeinwärts marschierende Partisanen, die weniger beladen waren als die Kommandotruppe, trugen die Vorräte. Nach kurzem Weg sah Pelham Gehöft und Scheune. Am Tor standen friedlich ein alter Mann und eine friedliche alte Frau, die David und die anderen begrüßten. Mit einem kleinen Lächeln küßten sie Jela, dann David, dann Fielding. „Wir sind ihnen willkommen", übermittelte Jela ihre Worte widerstrebend an Pelham.

„Sie werden mit uns kommen müssen, wenn es soweit ist", sagte Fielding. „Sonst..."

„Das ist klar. Jela, bitten Sie die alte Dame, uns das Haus zu zeigen."

In der Küche standen ein Kohlenofen und daneben ein mächtiger Familientisch, als hätten die alten Leute hier einst mit gut einem halben Dutzend Kindern zusammengesessen.

„Bitten Sie die alte Dame, das Feuer nicht ausgehen zu lassen, Jela."

Jela erwiderte: „Es ist schwierig. Sie sprechen den Tschakavski-Dialekt von Brač. Jugoslawen sprechen nicht alle die gleiche Sprache."

Ein Vorwurf wegen seiner Unkenntnis klang mit.

„Ich weiß, Jela. Versuchen Sie's."

Er betrachtete die mit Bimsstein saubergeriebene Platte des Tisches. Jela, die mit der alten Dame dahinter stand, hatte keine Schwierigkeiten bei der Unterhaltung. Die alte Frau lachte mittendrin.

Dies ist er, dachte er, dies ist der furchtbare Tisch. Er klopfte mit den Knöcheln gegen die Platte. Dellen waren darin vom Bimsstein, den die alte Frau benutzte. „Der muß mit Karbol abgewaschen werde", rief er einem der Sanitäter zu.

Fielding ging so sachkundig vor wie immer. Das Gummituch wurde sauber ausgelegt, daneben sterilisierte Handtücher. Behälter mit Wattebäuschen. Warum habe ich heute nacht das Gefühl, daß sich alles irgendwie gegen mich richtet?

Cleary brachte eine weitere Meldung aus Southeys Gefechtsstand jenseits des Hofes. Sie lautete: *LHI tritt 04.00 Uhr zum Angriff an.*

„Was ist LHI?"

„Leichte Hochland-Infanterie. Von Vis."

David schloß einen Moment die Augen. „Kilts?" In der Schwärze hinter seinen Lidern glaubte er blutgetränkte Kilts zu sehen.

„Ich weiß nicht, Sir", sagte Cleary.

Nicht viel Zeit, aber sie reichte zum Umziehen. Die alten Leute, als sie die Kittel und Masken sahen, verhielten sich, als begänne eine Kulthandlung. Schweigend rückten sie Stühle an die Wand und setzten sich, die Hände vor sich im Schoß. Hin und wieder erhob sich die alte Frau wie eine Nonne, die ein heiliges Feuer hütet, ging auf Zehenspitzen zum Ofen und legte Holz nach.

In der letzten Viertelstunde vor vier Uhr war nichts mehr zu tun. Es war heiß in der Küche, und die weißen Wände, von einem halben Dutzend Tilley-Lampen angeleuchtet, blendeten. Ein junger Offizier mit einem Maßband und einem Skizzenblock erschien in der Tür und zeigte Pelham zuvorkommend, wie man die Verwundeten auf dem Hof placieren würde. Dann verschwand er wieder eilig. Pelham stellte hin und wieder eine Frage an Fielding.

„Bringen sie heute nacht noch mehr Blutplasma?"

„Ja, Sir. Es ist alles geregelt."

Acht Sekunden nach vier brach vor den Anhöhen das Feuer los.

Aber das erste Opfer wurde erst nach vierzig Minuten zum Gehöft gebracht. Ein Hochländer, dessen Alter schwer zu schätzen war. Beide Beine waren abgerissen, und er war am ganzen Körper durch Granatsplitter verwundet. Auch seine Augen waren getroffen, so daß er vermutlich blind war. Ein Auge, jedenfalls, war nicht mehr vorhanden: man sah die blutige Augenhöhle.

„Geht da ja nicht rauf", riet er den Sanitätern, dem Sanitätspersonal, wieder und wieder, während sie ihn zum Tisch brachten. „Geht da ja nicht rauf!"

Gegen fünf war es an mehr als zehn Stellen auf der Insel zu furchtbaren Kämpfen gekommen. Den von Partisanen eingekreisten Hafen von Bole hatten Hurricane-Bomber mit Bomben und Maschinengewehrfeuer belegt. Auch gegen den an der Nordseite gelegenen Hafen von Supetar waren Bombenangriffe geflogen worden. Auf der Bergstraße von Sumartin nach Luca hatten die Angreifer alle befestigten Stellungen unter Beschuß genommen. Um fünf Uhr dreißig war die Maßband-Arbeit des jungen Offiziers gänzlich über den Haufen geworfen. Die vorgesehenen Stellen auf dem Hof waren von Verwundeten überfüllt, ebenso wie die Parkplätze für Brigadier Southeys Transportfahrzeuge.

Mayhew sortierte sie über den Daumen gepeilt aus. So viele er konnte, schickte er zu letzten, vor Tagesanbruch nach Mus auslaufenden Booten. Der Mann mit dem Maßband beobachtete ihn dabei und nahm sogar die Zeit.

„Machen Sie sich keine Gedanken? Es könnten Ihnen noch Irrtümer unterlaufen?"
„Wieso?"
„Ich habe die Zeit genommen. Sie brauchen für jeden Fall etwa dreißig Sekunden. Die Möglichkeit, sich zu irren..."
„Immer mit der Ruhe, sage ich mir – so schaltet man doch am ehesten Irrtümer aus", entgegnete Mayhew.

Wie vorher bei der endlosen Routinearbeit auf Mus erinnerte David sich auch hier kaum der einzelnen Patienten; nicht näher jedenfalls, als ein Arbeiter in einer Autofabrik sich der einzelnen Kurbelgehäuse erinnert, an denen er gebohrt hat. Ohne daß es einer von ihnen gemerkt hatte, war es in der sommerlichen Hitze mittlerweile Vormittag geworden. Cleary kam und blieb in der Tür stehen. Er redete, ohne daß eran interessiert schien, ob jemand ihm zuhörte. Am Tisch fuhr das Operations-Team, bei dem jeder die Handgriffe des anderen genau kannte, in seiner Arbeit fort.
„Hab eben mit dem Kommando Nr. 38 teilgenommen an einem Angriff auf eine Bunkerstellung. Oben in der Nähe von Nerežišće. Die Jäger, die Hunde, haben sich sogar die Mühe gemacht, die Weingärten zu verminen. Hatten sich in befestigten Geschützstellungen verschanzt. Das Kommando trat dreimal zum Angriff an. Schließlich arbeiteten sie sich mit Handgranaten und Flammenwerfern bis zum Hauptbunker vor. Aber da fanden sie nur die

sterblichen Überreste von zwanzig dieser Burschen. Die Verluste des Kommandos waren zwei- bis dreimal so hoch."

Pelham spielte mit dem Gedanken, ihn wegzuschicken, um seine Kriegsmüdigkeit anderswo an den Mann zu bringen. Aber vielleicht brauchte er eine Weile die Nähe der Leute, von denen er immer so übertrieben als „seiner Familie" redete.

Clearys Schätzung – Verluste im Verhältnis von zwei oder drei zu vier – erwies sich an diesem Tage auch auf den anderen Kampfschauplätzen der Insel als zutreffend. Im Schatten hinter Southeys Scheune lagen, zugedeckt und gekennzeichnet, vier Dutzend Gefallene der Kommandotruppe. Nicht weit davon in Massen namenlose, mit Persenning bedeckte Partisanen.

Und auf den Anhöhen von Nerežišće stieß am frühen Nachmittag ein Partisanenmajor einen deftigen, althergebrachten Fluch gegen das britische Empire aus, nachdem Spitfire-Jäger seine Leute im Tiefflug beschossen hatten.

Southey schickte eine Meldung herum. Sie besagte, daß Selka am Ostende der Insel praktisch gefallen sei. David fragte sich, was der Brigadier mit *praktisch* meinte. Southey beabsichtigte, seinen Gefechtsstand vorzuverlegen. David hatte nun das ganze Bauerngehöft, von dem er sowieso schon neunzig Prozent benutzte, zur Verfügung. Aber er hätte, schärfte Southey ihm ein, dafür zu sorgen, daß der Weg zur Bucht freigehalten würde.

Wieder tauchte Cleary in der Tür auf: „Bye bye, wir ziehn los, um irgendso'n gottsverfluchtes, lächerliches Ding zu drehen."

Am Spätnachmittag führte Southey seine Männer gegen die feindliche Hauptstellung auf dem höchsten Punkt der Insel. Er hatte seinen Köcher und seinen Bogen dabei und besuchte vor Ausgabe des Angriffsbefehls die vordersten Stellungen jeder seiner Kompanien und schoß dabei mehr oder weniger gezielt einige Pfeile in Richtung der Anhöhe ab. Hiermit schien er den Männern die heilige Sache vorzuführen, für die sie zu sterben hatten: die britische Exzentrizität. Noch an diesem Nachmittag nahmen sie die Höhe und säuberten die Hänge von Verwundeten.

Den Deutschen war die Bedeutung dieses erfolgreichen Unternehmens klar. Damit waren die Partisanen im Besitz des höchsten Punktes der Insel. Sie mußten also zum Gegenangriff übergehen. Sie traten dazu in dem Augenblick an, wo die Sonne hinter dem Bergrücken von Hvar verschwand.

Schon beim ersten Vorstoß fiel Greenway (einige Tage darauf stellten die Jäger seinen Leichnam an einer hohen Mauer im Hafen von Sumartin zur Schau). Southey, ein Major, Southeys Bursche und Cleary kauerten gemeinsam in einem Erdloch. Die Granate eines Mörsers schlug zwischen ihnen ein. Cleary und der Major, beide unverletzt, wurden einige Meter an dem Abhang hochgeschleudert. Southey aber, durch die Explosion betäubt, geriet mitsamt Köcher und Bogen in Gefangenschaft. Zwei Wochen später gab Lord Haw-haw über Radio bekannt, daß sie als Ausstellungsstücke in ein Wiener Militärmuseum gekommen waren.

Der Major und Cleary müssen sich tapfer geschlagen haben. Sie bildeten auf der Höhe eine Art Nachhut. Von dort zogen sie sich als letzte zurück und hielten im Dunkeln Ausschau nach Verwundeten. Cleary konnte selbst nicht verstehen, wieso er sich so mutig gab. Warum tust du das, du Wahnsinniger? fragte er sich die ganze Zeit. Hier herumtrödeln. Das bist doch nicht du selbst.

Hinter ihm ging eine Granate hoch. Cleary fühlte sich wie in der Mitte durchgerissen. Er wurde schwer an Beinen und Gesäß und an Darm und Nieren verwundet. Das Rückgrat blieb unverletzt. Mit den eigenen Händen hielt er sich zusammen.

Pelham war gänzlich unvorbereitet, als man ihn, das Gesicht nach unten, den Mund in ein sterilisiertes Handtuch gepreßt, vor ihm auf den Operationstisch legte. Blutige, mit Exkrementen vermengte Teile des Dünn- und Dickdarms traten aus der Wunde an der linken Seite hervor. Er flüsterte: „Ich weiß, was Sie tun können. Da ist doch dies Morphiumzeugs."

Pelham traten Tränen in die Augen. „Ja, Charlie", sagte er. „Ja."

Er konnte nichts weiter tun als die Stahlsplitter aus der Wunde herausschneiden und die Blutung abbinden. Die Wunde selbst ließ er offen, verpackte sie nur in einem sterilen Verband. Dann wurde ihm eine mörderische Dosis Morphium gegeben und er zum Sterben in den Nebenraum getragen.

Aber er weigerte sich und wurde in der übernächsten Nacht nach Mus verschifft, von wo er später nach Italien kommen würde. Die Wunde entzündete sich wiederholt, außerdem traten im Becken Geschwüre auf. Aber Mitte 1946 war er wieder in Clare und melkte unter der tyrannischen Aufsicht seiner beiden Frauen Kühe.

Nach Southeys Gefangennahme fühlten sich die britischen Offiziere auf Brač vaterlos. Ein Captain, den sie nur von Angesicht kannten, kam zur Küchentür gestapft und sagte: „Kein Grund zur Sorge. Wir holen ihn heute nacht zurück." Aber es war eine haltlose Behauptung.

Neben den Angriffen auf kaum einnehmbare Stellungen wurden jetzt Überfälle zur Befreiung von Brigadier Southey geplant. Das Unternehmen Brač war um eines Mannes, um Titos willen gestartet worden. Und innerhalb dieses Unternehmens waren nun die Offiziere der Kommandotruppe wie besessen von der Idee, einem anderen Mann – Southey – aus der Klemme zu helfen.

Auf der Suche nach ihm kehrten sie sogar in den folgenden Wochen auf die Insel zurück. Hugo Peakes Schnellboote griffen Sumartin an. Spitfire-Jagdflugzeuge gingen im Tiefflug auf die Straßen nieder, um irgendein weiterhelfendes Zeichen zu finden. Aber die Deutschen hatten ihn, wahrscheinlich schon in der ersten Nacht, an einen sicheren Ort gebracht.

Am Morgen des zweiten Tages machte David eine Pause. Decken unter dem Arm, stolperte er mit Fielding und Jela über den Hof zur Scheune. Auf dem Hof saß mit schwarz verschmiertem Gesicht und einem Feldstecher an den Augen ein britischer Offizier auf der Mauer. „Doktor!" rief er.

Er näherte sich Pelham und reichte ihm mit der linken Hand den Feldstecher.

„Sehn Sie sich das an!" sagte er mit einem Lächeln und zeigte landeinwärts.

David bemerkte, wie sich sein Gesicht zu einem sonderbaren Grinsen verzog und er fortwährend den Kopf schüttelte, obwohl keine Fliegen in der Nähe waren. Er zeigte offenbar zu einem Berghang mit Weingärten. David sah durch den Feldstecher. Das Einstellen machte ihm Schwierigkeiten.

„Da an dem Berg ist eine Kompanie von Partisaninnen", unterrichtete ihn der Offizier.

David sah sie jetzt. Sie gingen mit großen Schritten rasch durch die Weingärten. Dann begannen einige zu fallen. Es ging in dieser Entfernung alles so geräuschlos vor sich, daß David meinte, sie stolperten auf dem steil ansteigenden Gelände. Innerhalb von fünfzehn Sekunden fiel von dreien eine, kurz darauf, wie es schien, jede zweite. Ihm lag nicht daran zu sehen, wie die Sache ausging. Er gab das Glas zurück an den Offizier, der weiterhin imaginäre Fliegen abschüttelte.

„Wer sagt, daß Frauen nur gut für Hausarbeit sind!" konstatierte der junge Offizier.

Diese irrwitzige Bemerkung im Ohr, tappte Pelham weiter zu den anderen in der Scheune. Als er aufwachte, sah er in der Sonne beim Tor einen kleinen blau gekleideten Partisanenarzt sitzen. Er hatte ein rosiges Gesicht und nippte an einem Glas mit Weißwein. Er stellte sich als der Arzt von Vis vor.

„Viel zu tun, Doktor?"

„Ja", sagte David. „Und Sie?"

„Alle Hände voll!" Der kleine Mann pfiff und staubte seine blaue Hose ab. „Wir sind zu zweit. Aber die Amputationen mache ich. Fünfzig. Oder sogar noch mehr."

Mit den Händen deutete er vor sich einen großen Haufen an.

Die jugoslawische Medizin, dachte David, ist gefährlicher als der Feind. „Solange Sie einen ausreichenden Lappen lassen –" sagte er hoffnungsvoll.

„Lappen?"

„Von Haut."

„Haut? Ja natürlich, Haut."

David hatte nicht die Kraft, sich näher darauf einzulassen. Er hatte die Hand bereits in die Tasche gesteckt, aus der er ein Röhrchen mit Benzedrin holte. Hält einen auch nur so lange in Gang, dachte er, bis es zum Kollaps kommt. Und doch nehm ich's wieder.

Soll'n sie doch amputieren, wie's ihnen richtig scheint, sagte er sich. Er selbst hatte nur den Ehrgeiz, an diesem Nachmittag anständige chirurgische Arbeit zu leisten.

Fielding trat zu ihm und fing ein Gespräch an.

„Vielleicht wird's nicht so schlimm heute nacht. Ich kann mir nicht vorstellen, daß sie nochmal so rangehn wie letzte Nacht."

„Vielleicht. Aber man sollte ihre Besessenheit nicht unterschätzen."

Fielding verzog mißbilligend den Mund. Als paßte ihm Pelhams Kritik an seinen Slawen nicht.

Aber David blieb dabei: „Sie sind unfähig... abzuschalten."

Bei ihnen war es ähnlich. Die ganze Nacht kamen die Lastwagen mit Verwundeten aufheulend in den Hof gefahren.

Am dritten Morgen auf Brač kam ein Melder vom Gefechtsstand der Kommandotruppe zu ihnen. Die Insel war bis drei Uhr nachmittags zu räumen. Eine Stunde später überbrachte ein Partisanenoffizier die gleiche Nachricht. Die Verwundeten waren sofort zur Küste zu bringen.

„Ich muß erst schlafen", sagte David. „Und alle anderen auch, die in der letzten Nacht keinen Schlaf bekommen haben."

In der Nähe des Operationstisches sprach Jela verstohlen auf serbokroatisch mit Fielding. Fielding nickte und antwortete ihr in derselben Sprache. Irgendwie fand sich Pelham von ihrer hinter der Sprachmauer gepflegten Intimität irritiert.

„Der Befehl bedeutet wahrscheinlich", sagte Fielding in

Übersetzung seines Gespräches mit Jela, „daß der Feind seine Streitkräfte bei Split oder Makarska zusammenzieht. Von dort könnten sie jederzeit auf Brač landen."

David winkte Fielding mit schläfriger Hand zu. „Nein... Wir müssen auf alle Fälle erstmal schlafen."

Er suchte sich zwischen den Tragbahren einen Weg über den Hof. Auf Wunden gierige Schmeißfliegen prallten ihm gegen die Stirn. Mit grauen Gesichtern, als seien sie selbst verwundet, bewegten sich Mayhews Männer zwischen den Kranken. Mayhew selbst war an der Bucht und diskutierte mit Jugoslawen und mit dem überspannten Vizeadmiral darüber, in welche Boote die Verwundeten verladen werden sollten.

Während Pelham schlief, begann unter dem Schutz von Spitfire-Jägern der Rückzug von Brač. Keine feindlichen Maschinen in der Luft, keine aus Makarska vorstoßenden Schnellboote.

Als er wieder wach war, ging er zur Umrandung des Hofes und blinzelte hinunter zur Bucht. Männer wateten zu den Booten und kletterten ungelenk an Bord. Zwei Felder weiter sah er die Batterie feuern und merkte bei dem Krach nicht, daß Jela sich ihm näherte. Sie starrte, wie er bemerkte, ausdruckslos zu den Booten, die dort unten festlagen.

Muß ich mich, fragte er sich, verantwortlich fühlen für den teilnahmslosen Blick, mit dem sie die kleinen Schiffe mustert?

„Haben Sie gut geschlafen, Jela?"
Sie gab keine Antwort.

„Nur noch wenige Stunden. Halten Sie noch solange durch?"

„Natürlich", sagte sie.

Er dachte, jetzt würde sie weggehen, aber sie blieb.

„Doktor, Sie haben viele gerettet. Sie haben Großes für die Menschheit geleistet."

„*Menschheit.*"

„Glauben Sie nicht, daß sie es wert ist?"

„Doch, doch." Er wischte die Frage mit einer Handbewegung weg. „Eine andere Frage, Jela. Diese Männer und Frauen, denen wir geholfen haben. Sind sie so heldenmütig und kühn, daß eine erträgliche Zukunft für die Menschheit gewährleistet ist? Oder sind sie so wahnbesessen, daß wir alle Verdammte sind?"

Jelas Gesicht verschloß sich. „Das ist eine spekulative Frage", sagte sie wild. „Was soll'n solche Fragen?"

„Warum sie nicht stellen?"

„Sie machen unfähig zu Taten."

„Aha?"

Der Speichel auf ihren Lippen deutete Ärger an.

„Kein Wunder, daß der Westen zugrunde geht. Das kommt nur daher, daß er sich mit solchen Fragen schwächt."

„Meinen Sie?"

„Es heißt, daß es in Kragujevac, dessen gesamte männliche Bevölkerung vom Feind getötet wurde, zwischen den Gräbern einen Platz gibt, wo deutsche Soldaten, die sich weigerten, auf Unschuldige zu schießen, begraben wurden. Auch heißt es, daß mindestens tausend deutsche

Deserteure auf seiten Titos kämpfen. Wer kann schon Menschen ergründen?"

„Wenn auch der Feind so kompliziert ist, warum verzeihen Sie ihm nicht?"

„Das bringe ich nicht über mich. Und ich will es auch gar nicht."

Sie stapfte hinüber zum Bauernhaus. Ideologisch bereit, ihre Arbeit zu tun.

Kurz nach Mittag, bemerkte David, hörte das Feuer auf. Von der Batterie weiter unten am Hang hörte er britische Offiziere in jugoslawischem Kauderwelsch Befehle rufen. Bald darauf das Aufheulen der Laster, die die Geschütze zur Bucht transportierten.

Einer dieser Offiziere kam zum Bauernhaus und klopfte höflich an die Tür des Operationsraumes. „Wir brechen jetzt auf, Sir", sagte er. Es klang wie ein Goodbye, mit dem er sich von einem Tischnachbarn in einem südenglischen Badeort verabschiedete. „Es besteht kein Anlaß zur Sorge. Alles ist ruhig, und auf der Insel befindet sich eine starke Nachhut. Ich würde an Ihrer Stelle in etwa einer Stunde aufbrechen, Sir."

Aber noch bevor die Stunde herum war, hatten sie weniger zuvorkommenden Besuch. Es war einer jener kräftigen Partisanenoffiziere mit streitsüchtigem Mund. Mit einer Maschinenpistole im Arm kam er hereingestampft. Er stieß den Daumen vor und deutete damit an, daß sie sofort gehen sollten.

David war dabei, eine gerissene Arterie in einer zerschmetterten Hüfte zu nähen. Es war eine reizvolle Hüfte, Teil eines Partisanenmädchens Ende zwanzig. Gehen würde sie zwar nicht wieder können und, wenn ihr Landsmann zu sehr für Ablenkung sorgte, sogar verbluten.

„Jela, sagen Sie ihm, er soll gehen."

Jela stritt sich mit ihm, lauter und immer lauter.

„Könnt ihr verdammten Jugos nicht leise reden?" schrie David.

Jela sah, bevor sie den Streit wieder aufnahm, die Lider des Mädchens zucken und spritzte ihr noch etwas Pentothal.

Während die serbokroatische Debatte wieder einsetzte, sprach David mit Fielding. „Ich möchte, daß alle Instrumente mitkommen. Und der Sterilisierapparat. Auch alle Medikamente und das Pentothal. Wenn Sie noch etwas tragen können, nehmen Sie das Plasma. Sollte für die übrigen Sachen keine Zeit mehr oder kein Platz sein, dann lassen Sie sie hier."

„Und die alten Leute?" fragte Fielding.

Der Bauer und seine Frau hatten den Ofen versorgt und tags dreimal, nachts zweimal Brot und Suppe gebracht und sonst still an der Mauer gesessen. Der Feind würde sie dafür auf einen Spieß stecken und rösten.

„Sagen Sie ihm, er soll die alten Leute auf einem Boot unterbringen", forderte David Jela auf.

Aber die alten Leute erwiesen sich keineswegs als gefügig. Während er die Hüfte des Mädchens nähte, sah

David mit einem Teil seiner Aufmerksamkeit, wie sie die Köpfe schüttelten.

„Sie wollen bleiben", unterrichtete ihn Fielding. „Sie sagen, sie wollen nicht auf einer fremden Insel sterben."

„Herr du meine Güte!"

„Sie wollen gefesselt auf den Hof gelegt werden. Damit es so aussieht, als hätten sie uns nicht geholfen."

Ein Offizier der Kommandotruppe, nachdem er auf einer Flöte gepfiffen hatte, kam in die Küche. Jovan und Peko fuhren fort, das Mädchen auf einer Tragbahre unterzubringen. Sie stritten sich leise über die Haltung, in der sie zu liegen hatte.

Der Offizier sagte: „Es ist soweit, Sir. Hier ist alles erledigt. Der Bauernhof ist geräumt."

Draußen in der Sonne streifte David seinen Kittel ab. Die Deutschen würden ihn dort auf der Erde finden und sich einig sein, daß Waschen keinen Zweck mehr hatte. Als er seine Handschuhe auszog, sah er das alte Paar, es war an einen Schafbock gebunden, der es um die Scheune schleifte. Der Unterkiefer des alten Mannes hing herab. Mit den Augen des Arztes erkannte er, daß er gebrochen war. Das Gesicht seiner Frau war blutverschmiert. Pelham wandte sich an Fielding, der sich neben ihm auf dem sonnigen Hof auszog.

„Was hat dieser Dreckspartisane bloß mit ihnen gemacht?"

„Genau das, worum sie ihn gebeten haben, Sir."

„Ich laß ihn erschießen."

„Sie haben ihn darum gebeten, Sir. So brauchen sie es."

„*Brauchen* sie es?"

„Sonst gehen die Jäger nicht freundlich mit ihnen um."

Pelhams Mannschaft mußte hinauswaten und wurde an Bord eines Torpedobootes gehievt. Dort wartete eine Ordonnanz mit einem Silbertablett und Gläsern mit Limonade auf. Die letzten, übernächtigten Männer der Nachhut überquerten den Strand. Der alte Admiral Harris stapfte in seinen Seestiefeln durch das seichte Wasser.

„Noch Platz für'n Seehäschen?" rief er verbrecherisch munter.

David zuckte zusammen, als ihm der alte Mann, nachdem er an Bord geklettert war, zuwinkte.

„Captain", rief er zur Brücke herauf, „raten Sie Ihren Kollegen, die Küste abzusuchen. Nach Verwundeten und Nachzüglern. Nachzüglern und Verwundeten."

Pelham und die anderen gingen unter Deck. Die Mannschaftsquartiere waren überbelegt von Kommandosoldaten und Partisanen, die nach Gewehrpulver und Exkrementen stanken. Nur wenige schliefen in der Hitze unter Deck. Sie starrten entgeistert vor sich hin, wie Männer, die soeben ein schweres Verbrechen begangen haben.

Die kleineren Schiffe kreuzten den ganzen Nachmittag vor der Küste, während der Admiral vom Ruderhaus her brüllte: „He, Küste! Ist da noch wer? *Engelski!*"

Als erwarteten sie Beschuß von der Anhöhe, saßen

Fielding und Jela noch enger Schulter an Schulter, als es der knappe Raum erforderte.

Nichts geschah. Das gedehnte Brüllen des Admirals in den Ohren, fiel die Schiffsladung alter Krieger in Schlaf.

12

Noch am Abend wurde David vom Hafen Mus nach Momoulje gefahren. Es drängte ihn, Ellis aufzusuchen; er fand ihn unter der Markise auf dem großen Einlieferungsplatz, wo er zwei jüngere Offiziere unterwies.

„Sehn Sie, an Puls, Gesichtsfarbe und Atmung stellen Sie fest, was los ist. Hat der arme Kerl vielleicht Angstzustände? Entdecken Sie Symptome für innere Blutungen? Muß er vielleicht vorrangig behandelt werden?"

Ein Sanitäter schnitt einen schmutzigen Verband von einer Kopfwunde weg. In seinen Händen sammelte sich ein grauer Brei. Er wandte sich an Ellis und streckte sie ihm fragend hin.

„Hirn ist das, Mann. Hirn. Bereiten Sie den Patienten vor."

Als er Pelham sah, begann er zu zittern und legte seine Hände über dem Bauch zusammen wie ein Teddybär oder eine Äbtissin.

„Hoffnungslos hier, David. Ihr Chirurg... wie heißt er

noch?... Wakeham. Sein Magengeschwür ist aufgegangen. Ich bin ganz allein."

„Ich kann Benzedrin nehmen. Wenn Sie Hilfe brauchen..."

„Wenn Sie beim Aussortieren helfen wollen..."

„Wissen Sie, daß Rom gefallen ist?"

Es klang wie eine Shakespeare-Zeile.

„Nein, nichts davon erfahren."

Sie waren wie zwei Betrunkene, die über Weltpolitik diskutieren.

„Aber es ist so. Werd'n sehn, was das bringt."

In den frühen Morgenstunden kam Ellis in das Zelt, in dem David arbeitete. Sein Kittel war blutig.

„Kommen Sie mit, David", sagte er flüsternd. „Ich weiß nicht, ob ich noch lange durchhalte."

Sie behandelten den Hodensack eines Soldaten, der eine Lendenverwundung erlitten hatte. Ellis hatte noch ein halbes Dutzend Fälle vor sich. Ein Junge mit einer Armverwundung lag betäubt vor ihm. Ellis begann sichtbar zu zittern, ohne etwas dagegen tun zu können.

„Können Sie übernehmen, David?"

„Nein. Ich kann nicht."

„Dann müssen die anderen es machen."

„Ja. Sollen sie."

Der Narkotiseur hinter seiner Maske warf vorwurfsvoll ein: „Die anderen leisten gute Arbeit. Sie unterschätzen sie."

„Tu ich das? Nach meinen Erfahrungen in diesen verdammten Zelten? Nein, ich glaube nicht."

„Kommen Sie", sagte Pelham, nahm ihn am Arm und half ihm nach draußen.

Sie schliefen zwischen den Verwundeten in einem der Zelte, das zur Einlieferungsstation gehörte. Schwach atmend lagen sie in ihren malvenfarbenen, verschmutzten Kitteln und hätten für ärztlich aufgegebene Fälle gehalten werden können, über die man Leichentücher gedeckt hatte.

Von Sanitätern umsorgt, schliefen sie unter ihren Decken den ganzen Tag. Dann zogen sie sich in ihre Quartiere zurück und schliefen auch die folgende Nacht. Die Ordonnanz, die ihnen am Morgen den Tee brachte, teilte ihnen mit, daß in Frankreich eine Landung erfolgt war. Brückenköpfe seien gebildet worden, sagte der Mann. Die Zweite Front. Eine Landung auf Mus wäre nun nicht mehr zu erwarten.

„Ein großes Frühstück ist unten bereit, Sir."

Pelham war als erster unten. Fielding saß schon am Tisch und aß in seiner bedächtigen Weise.

David wurde beim Anblick von Schinken und Eiern, Marmelade und schwarzem Kaffee redselig. Wie ein Wunder war das alles für ihn. Fielding sagte kaum ein Wort. Pelham stieß sich wie so oft an seiner fabianisch-überlegenen North Country-Art.

„Was ist denn, Fielding?"

„Was meinen Sie, Sir?"

„Na ja, die Art, wie Sie sich geben. Wie Sie mir

antworten. Was hat das denn alles zu bedeuten?"
„Ich kann Ihnen dazu nichts sagen, Sir"
„Aber wieso denn, um Himmels willen?"
„Weil Sie es nicht verstehen würden."
„Meine Güte. Ich lebe hinter dem dichten Schleier meiner unverbesserlichen Ignoranz. Ist es das?"
„Genau, Captain Pelham."
„Und ich nehme an, meine Ignoranz erstreckt sich auch auf die jugoslawische Frage in all ihren Spielarten."
„Ja."
„Ach, gehn Sie doch zum Teufel, Fielding."
Fieldings Ärger riß ihn vom Stuhl.
„Für Sie sind alle Jugoslawen dreckige Barbaren. Sie wissen nicht, wie man zu Punkten beim Tennis kommt, nicht wahr, Sir? Sie haben kein Gefühl dafür, nicht das geringste Gefühl dafür, daß sie die Zukunft und Sie längst ein Museumsstück sind."
Fielding wandte sich ab. „Ich habe nicht vor, hier eine Rede zu halten."
„Sprechen Sie, Fielding. Machen Sie, Teufel auch, kein Hehl aus Ihrer Kritik."
„Die Klasse, der Sie angehören, diese scheißarrogante Oberschicht hat die halbe Welt und dazu neunzig Prozent der britischen Bevölkerung unterdrückt. Aber obwohl Sie Bauern und Eingeborene rundheraus verachten, macht es Ihnen nichts aus, sich mit einheimischen Frauen abzugeben."
„Ich weiß, wovon Sie sprechen. Jela. Ich brauche mich nicht zu verteidigen."

„Besonders nicht vor mir! Ich meine, niemand würde auf die Idee kommen, sich vor einem marxistisch eingestellten Schullehrer zu rechtfertigen. Herrgott – ausstopfen sollte man Sie und ins Britische Museum verfrachten."

„Die Sache mit Jela geht Sie nichts an."

„Geht mich nichts an? Jela und ich werden heiraten. Also?"

Warum bin ich eifersüchtig auf den Mann, fragte sich Pelham. Warum drängt es mich, ihn zu kränken?

„Und ist da Leidenschaft im Spiel?" fragte David ironisch. „Oder ist es nur eine Erweiterung Ihres Interesses an der slawischen Kultur?"

Ehe sich's Pelham versah, holte Fielding aus und schlug ihn mit der geballten Faust vom Stuhl. Pelham stürzte zu Boden, seine eigene Stimme klang ihm wie eine dumpfe Glocke im Schädel. „Sie hundsgemeiner Kerl, Sie hundsgemeiner –" sagte er.

Fielding bemerkte unbewegt: „Wenn der Brigadier eine Wache schickt, um mich abzuholen – ich bin im Lazarett zu finden."

Den Kopf in die Armbeuge gelegt, lag David still da. Irgendeine alte, trockene Stimme in ihm gab ihm den Rat, sich in diesem Zustand nicht dem Personal zu zeigen.

Seine eigene Stimme hatte David erst wieder zur Verfügung, als Fielding schon halb aus der Tür war.

„Sergeant!"

Fielding drehte sich um, sagte aber nichts.

„Ich gebe Ihnen recht. Mich schert weder die Vergangenheit, aus der ich komme, noch die Zukunft, auf die Sie sich zubewegen. Nichts für ungut. Jela hat Grund, wenn sie sich beklagt. Also gut. Ich bitte sie, mir zu verzeihen. Tut sie das nicht, dann werde ich sehr böse. Das ist alles. Und in Zukunft kommt solcher Unsinn nicht mehr vor."

„Gut." Fielding ging zur Halle, aber Pelham humpelte hinter ihm her.

„Sergeant."

Wieder blieb Fielding stehen und wandte ihm sein stummes Gesicht zu.

„Was geht im Lazarett vor?"

„Die Arbeit ist so gut wie beendet. Nur noch die Verbrennungen."

„Verbrennungen? Ich weiß davon nichts..."

Der Streit hatte Fieldings Haltung Pelham gegenüber ins Lot gebracht. Wer wollte schon sagen, warum? Freundlich erklärte er ihm die Sache mit den Verbrennungen.

Es geschah (sagte Fielding), während David sich zur Ruhe gelegt hatte. Drei Matrosen schrubbten das Blut von den Schotten ihres Patrouillenbootes. Sie benutzten dazu Benzin. Irgend jemand schaltete die Schiffsgeneratoren ein. In der Kabine befand sich ein kleines Heizgerät, das über Nacht dort geblieben war. Als es sich aufheizte, stand augenblicks die ganze Messe in Flammen. Bei allen Männern mußten Luftröhrenschnitte gemacht werden. Es bestand wenig Aussicht, daß sie durchkommen würden.

Pelham kreuzte die Arme vor der Brust, als wollte er

sich schützen. „Oh, mein Gott. Genug ist genug. *Wirklich genug.*"

„Sie sollten heute im Bett bleiben, Captain Pelham."

„Genug ist genug, Fielding."

„Ja, Sir."

„Dieser kroatische Bandit ist das alles nicht wert."

„Tito? Abwarten, Sir. Wir werden sehn."

Spätmorgens ging David in der belebenden adriatischen Luft auf der Straße entlang übers Plateau. Er hatte das dumpfe Bedürfnis, zu den Inseln vor der Küste hinüberzublicken. Er vermochte sich nicht vorzustellen, daß ihre geographische Gestalt nach den Kämpfen auf Brač noch die gleiche sein könnte.

Unterwegs überholte ihn ein Jeep, hielt dann an und wartete auf ihn. Am Steuer saß ein junger Amerikaner und neben ihm der alte Admiral Harris.

„Erfreut, Sie zu sehn. Hab'n sich ausgeruht? Denen hab'n wir's aber gegeben, was? Ganz so wie sich's gehört."

Die irren Vogelaugen zwangen ihn, darauf zu antworten.

„Sieht so aus, Sir."

„Freu mich, Sie noch eben zu sehn. Dies Ding da in Frankreich. Muß hin und dabeisein. Keiner hat *mich* unterrichtet, daß es geplant war. Na, hätte Brač nicht gern missen woll'n."

„Nein, Sir. Es war... so eine richtige Spritztour."

„Fliege heut nachmittag. Mit unsern amerikanischen Brüdern. Passen Sie gut auf sich auf. Pelham. Vorwärts, Fahrer."

Erst nach drei Tagen ging David wieder ins Lazarett. Es fiel ihm nicht schwer, den jungen Ärzten des 5. Feldlazaretts zu danken, die sich auf die eine oder andere Weise der Masse seiner Verwundeten angenommen hatten.

Eine Woche darauf kam ein Dutzend Partisanen, mit Waffen unterm Arm wie immer, ins Lazarett gestampft. Sie waren wie Männer, die einen Bankraub vorhatten. Wenn sie kommen, dachte David von Wut gepackt, um eins von den armen Schweinen hier abzuschleppen, dann geht das diesmal nur über meine Leiche.

Aber bevor er den Mund öffnen konnte, erschien in der Tür Tito mit Kallić, dem Dolmetscher aus Cleveland. An Titos Kragen waren Sterne, Marschallsterne.

Der legendäre Mann stand schweigend in dem Gebäude. Alle im Lazarett verstummten und blickten ihm ins Gesicht. Bäuerlich und durchgeistigt, erdhaft und feierlich. Und spürbar war die starke Ausstrahlung eines Mannes, der das Sonnenlicht liebt, die Mädchen und das Trinken, eines Mannes mit dem Auftreten eines marxistischen Papstes.

Diese Gestalt war auf Wegen zu ihnen gekommen, die wie Schneisen durch die Masse des Feindes gesprengt worden waren. Und jetzt stand sie hier an der Türschwelle, voller Achtung vor ihren Verwundungen.

Die Verwundeten setzten sich hoch oder standen auf. Viele nahmen Haltung an und hatten die Schläuche doch noch in ihren Körpern. Sie hoben ihre Fäuste. „Zivio Tito", riefen sie. „Zivio Tito, Zivio Tito."
Es mußte ihnen durch einen Befehl von Kallić Einhalt geboten werden. Der Marschall sprach einige serbokroatische Sätze zu ihnen. Alle großen Mörder haben vermutlich eine Stimme wie diese, dachte David. Napoleon, Cäsar. Als der Marschall geendet hatte, hob er die Faust langsam vor sich in die Luft und zog die Finger in einer Gebärde zusammen, die zeigte, daß sie alle eine Familie waren. Die Patienten riefen und spendeten Beifall, so daß bei vielen nur noch wenig bis zum Blutsturz fehlte.

Dann sprach der Marschall Pelham an. Wieder ärztlich kaum vertretbarer Beifall.

Kallić dolmetschte für David. „Der Marschall sagt, Sie hätten sich als wahrer Partisane gezeigt. Er sagt, die Verwundeten hätten Tito gerettet, sie selbst aber wären durch den tapferen Dr. Pelham gerettet worden."

Diese Anerkennung durchdrang David wie ein Kälteschauer. Er verbeugte sich vor den Patienten und vorm Marschall. *Zivio Pelham*, riefen sie jetzt.

Kallić sagte: „Der Marschall möchte draußen mit Ihnen sprechen. Und zwar auf englisch. Das tut er nicht für jeden."

„Sehr schmeichelhaft."

Pelham gesellte sich zu dem Marschall. Auf und ab schlenderten sie auf dem Platz. Vor Tito und hinter ihm schritt seine Leibgarde mit schußbereiten Waffen. Kallić und einige Stabsoffiziere folgten ihnen in größerem Abstand.

„Doktor", sagte der Marschall. „Ich bin von jetzt an auf Vis. Sie müssen besuchen kommen."

„Danke, Sir. Ich komme gern."

„Freut mich, daß Sie mich mögen. Dieser Brigadier Southey. Er mochte mich nicht. Er pflegte zu sagen, Sie nehmen Waffen von Britannien und Befehle von Rußland. Verdammt gute Zusammenstellung, pflegte ich zu antworten. Was sagen Sie?"

„Von beiden Welten das beste", meinte Pelham.

„Die Wahrheit in einer Nußschale. Jetzt zur Medizin. Ich war krank die ganze Nacht. Kallić ganz aufgeregt. Letztes Mal, als das war, gab mir Moja kleine Pillen ins hintere Ende."

„Suppositorien?"

„Das ist es. Haben Sie welche?"

„Ja, ich kann Ihnen Suppositorien geben. Aber Sie sollten sich von Major Ellis untersuchen lassen."

„Sehn Sie. Es ist nichts. Das Trinkwasser." Die Geschichte sollte diese Diagnose eines Tages als korrekt bestätigen. „Sie schicken mir die kleinen Pillen zum Quartier der Kommissare."

Eine Pause trat ein. Pelham konnte nicht umhin, die in der Luft liegende Frage zu stellen.

„Wissen Sie, wie es Moja geht?"

„Ah, prächtig. Läßt sehr lieb grüßen. Dr. Pelham sein duftes Bienchen."

„Wo ist sie?"

„Rumänische Grenze. Wartet auf unsere russischen Brüder, daß sie kommen. Ist in Sicherheit, ja."

„Hat sie...?" Aber er meinte, er könnte Tito nicht fragen, ob sie irgend etwas Persönliches mitgeschickt habe. Ein Marschall ist ein Marschall und kein Liebesbote.

Tito lächelte gewitzt und vergnügte sich. Wie ein nachsichtiger Schwiegervater kam er Pelham vor. Es schien unvorstellbar, daß dieser launige Mann die Liebe zu einem Kapitalverbrechen gemacht haben sollte.

Tito sagte: „Sie legte einen Brief für sie in die Post. Unartige kleine Frau! Kallić hat den Brief für Sie."

„Danke."

Der Marschall blinzelte ihn an und schüttelte ihm die Hand. Die Gruppe ging weiter, und Pelham blieb allein auf der Straße zurück. Kallić zog im Vorbeigehen einen Brief aus seiner Tasche, steckte ihn Pelham in die Hand und lief, um wieder seinen Platz in der Nähe des Marschalls einzunehmen.

Am Rande von Momoulje rief Tito über die Schulter zurück. „Wenn Sie nach Vis kommen wollen, schicken wir das Motorboot. *Wrumm, wrumm!*"

Pelham brach den Brief auf.

„Liebster Pelham,

Als ich Mus im Boot verließ, setzte ich mich auf den Lukendeckel und dachte, der Junge glaubt, ich liebte ihn, weil es meine sozialistische Pflicht war. Jetzt geht sie, denkt er, und tut ihre Pflicht für den kanadischen Arzt.

311

Denk bitte so etwas nicht. Ich erinnere mich Deiner und werde Dich nie vergessen. Der Kanadier bittet mich außerhalb der Dienststunden manchmal um Gefälligkeiten, aber er bekommt sie nicht aus dem einfachen Grunde, weil er nicht Pelham ist.

Wenn Du mir versprichst, vernünftig zu sein, werde ich Dich in London besuchen. Ich werde jedenfalls meinen Pelham nie vergessen.

Wir erwarten hier noch vor Ende des Jahres die Rote Armee. Vielleicht schon früher. All das Schreckliche wird dann vorbei sein.

Moja Javić."

(Der Doktor verläßt Mus, von dem Dichter Milovan Aljozic.
Aus dem Jugoslawischen übersetzt von Professor F.N. Fielding.)

An einem duftenden Abend im Juni
holen wir ihn zu seinem Ehrenfest
mit Gewalt aus dem Lazarett.
Zuerst wollte er nicht mitkommen,
er dachte, wir wären mit bösen Absichten
in sein Lazarett eingedrungen.
Er fühlte sich nicht wohl in seiner Haut, bis er die
                weißen Tische am Berg Muštar sah,
die von schimmernden Fischern gefangenen Sardinen
und die großen garnierten Fische.
Bis er den Ziegenbraten am Spieß sah
und zu trinken bekam.
Seine Hände waren für einen Mann,
der den ganzen Tag handtief
in den Eingeweiden des Krieges gearbeitet hat,
                              sehr sauber.
Er mußte trinkend mit uns viele Toasts ausbringen.
Nieder mit den Zuchthengsten des Faschismus,
ein Hoch auf alles noch so verrückte Volk.
Selbst auf Tschiang-kai-schek.
Er war betrunken, bevor wir die Hälfte
der Staatsmänner und Generale gefeiert hatten.
Die uns alle seit jenem Tag enttäuschten.
Und er tanzte mit Kommissar Felica,
mit Jovan und dem bulligen Peko.

Und mit der Sylphide Jela, die mit Spritzen für
Schmerzlosigkeit sorgt.
Und mit General Djuvenica,
der sich in seinem eigenen Hirn
Schreckliches für die Insel Brač erdachte.
Und in den Mengen, die der Doktor trank,
starb der Faschismus wieder und wieder,
und Churchill wurde fälschlich ewiges Leben
verheißen (zumindest bis 1965).
Es war seine glücklichste Nacht auf Mus.
Und all die ungebildeten Inselbewohner
durchtanzten seinen trunkenen Traum.
Seine Kleidung war ganz und gar durcheinander,
als sie ihn auf das Schiff nach Italien brachten;
er schlief den guten Schlaf, den der Slibowitz spendet.
Jemand schrieb auf seine Brust:
GAB DEN GEIST UM 8.00 UHR AUF
mit Lippenstift,
doch Lippenstift ist auf dieser Insel verboten.

Am Rande der Hölle